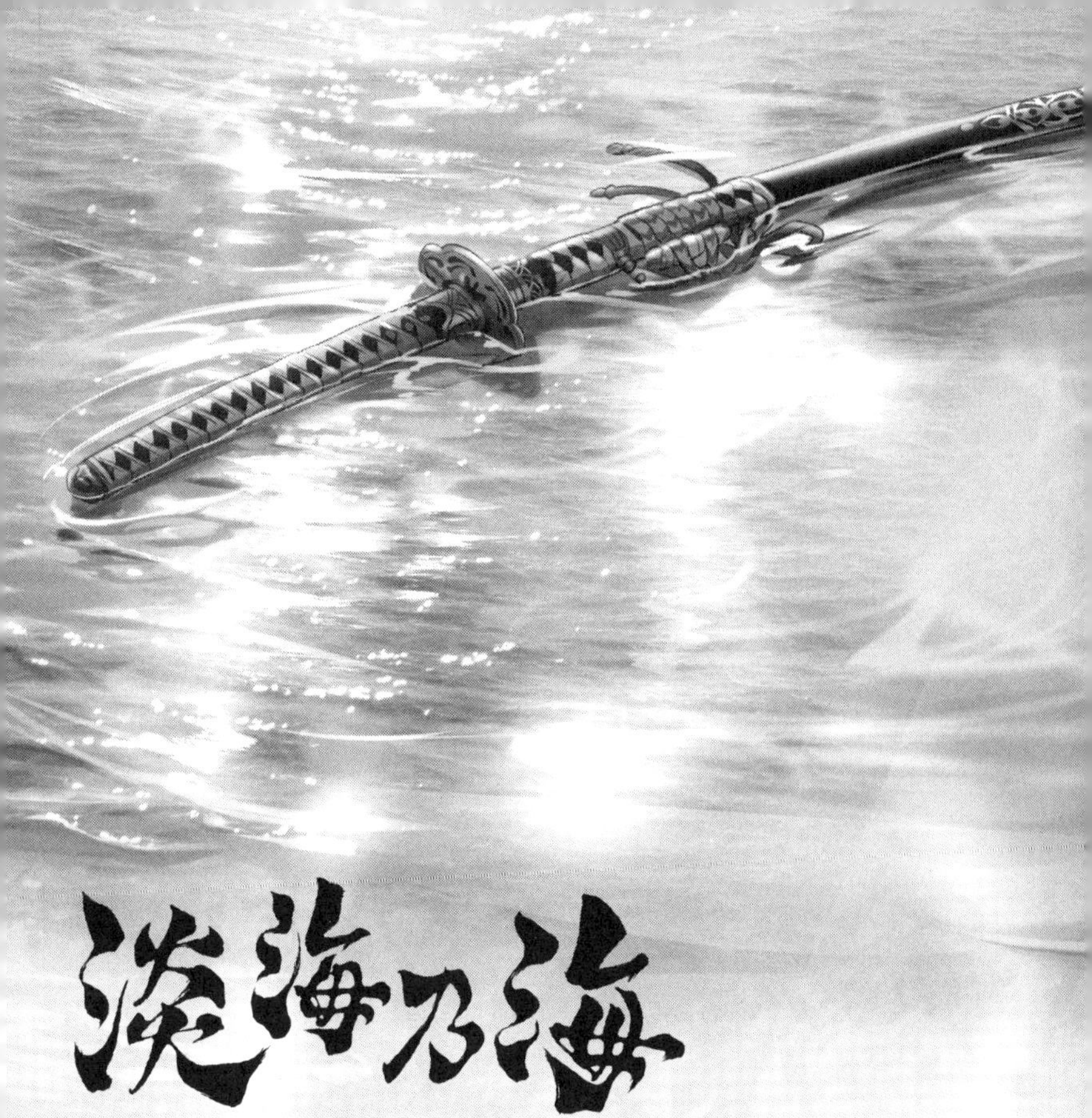

淡海乃海

水面が揺れる時

～三英傑に嫌われた不運な男、朽木基綱の逆襲～

七

[著]イスラーフィール

[絵]碧風羽《みどりふう》

TOブックス

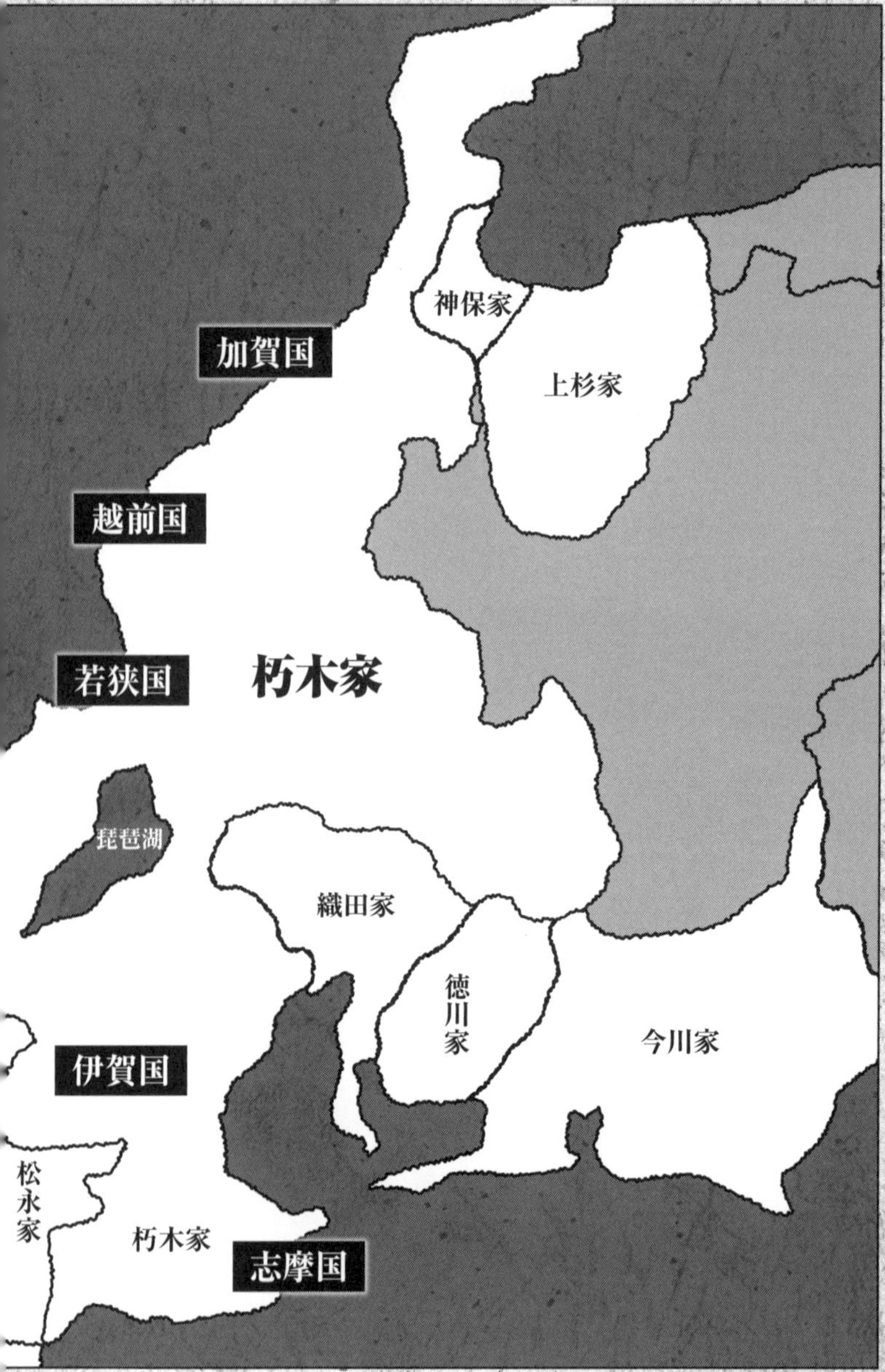

加賀国
神保家
上杉家
越前国
若狭国
朽木家
琵琶湖
織田家
徳川家
今川家
伊賀国
松永家
朽木家
志摩国

近畿・北陸勢力図 【きんき・ほくりくせいりょくず】

人物紹介［じんぶつしょうかい］

朽木家［くつきけ］

朽木《くつき》左近衛権少将《さこのえごんのしょうしょう》基綱《もとつな》
主人公。現代からの転生者。北近江・南越前の領主、朽木元綱に転生し二歳で当主となる。歴史の知識を駆使して戦国乱世を生き抜く。

朽木小夜《くつきさよ》
基綱の妻。六角家臣平井加賀守定武の娘。聡明な女性。

朽木綾《くつきあや》
基綱の母。京の公家、飛鳥井家の出身。転生者である息子に違和感を持ち普通の親子関係を築けない事、その将来を不安に思っている。

雪乃《ゆきの》
基綱の側室。氣比神宮大宮司の娘。好奇心が旺盛で基綱に強い関心を持つ。自ら進んで基綱の側室になる事を望む。

竹若丸《たけわかまる》
基綱と小夜の間に生まれた子。朽木家の嫡男。

松千代《まつちよ》
基綱と小夜の間に生まれた子。朽木家の次男。

竹《たけ》
基綱と側室雪乃の間に生まれた子。朽木家の長女。上杉家へ嫁ぐ。

鶴《つる》
基綱と雪乃の間に生まれた子。朽木家の次女。

黒野《くろの》重蔵影久《じゅうぞうかげひさ》
鞍馬流志能便。八門の頭領であったが引退し相談役として主人公に仕える。

黒野《くろの》小兵衛影昌《こへえかげあき》
鞍馬流志能便。重蔵より八門の頭領の座を引き継ぐ。情報収集、謀略で主人公を助ける。

朽木惟綱《くつきこれつな》
稙綱の弟、主人公の大叔父　主人公の器量に期待し忠義を尽くす。

朽木《くつき》主税基安《ちからもとやす》
主人公の又従兄弟《またいとこ》。主人公と共に育ち、主人公に強い忠誠心を持つ。主人公からはいずれ自分の代理人にと期待されている。

明智《あけち》十兵衛光秀《じゅうべえみつひで》
元美濃浪人。朝倉家臣であったが朝倉氏に見切りを付け朽木家に仕える。軍略に優れ、主人公を助ける。

竹中《たけなか》半兵衛重治《はんべえしげはる》
元は一色家臣であったが主君一色右兵衛大夫龍興との不和から浪人、主人公に仕える。軍略に優れ、主人公を助ける。

沼田《ぬまた》上野之助祐光《こうずけのすけすけみつ》
元は若狭武田家臣であったが家中の混乱から武田氏を離れ主人公に仕える。軍略に優れ、主人公を助ける。

朽木家譜代［くつきけふだい］

日置行近《ひおきゆきちか》
譜代の重臣。武勇に優れる。

宮川頼忠《みやがわよりただ》
譜代の重臣。思慮深い。

宮川《みやがわ》又兵衛貞頼《またべえさだより》
朽木家家臣　譜代　殖産奉行

荒川《あらかわ》平九郎長道《へいくろうながみち》
朽木家家臣　譜代　御倉奉行

守山《もりやま》弥兵衛重義《やへえしげよし》
朽木家家臣　譜代　公事奉行

長沼《ながぬま》新三郎行春《しんざぶろうゆきはる》
朽木家家臣　譜代　農方奉行

阿波三好家［あわみよしけ］

三好《みよし》豊前守《ぶぜんのかみ》実休《じっきゅう》

長慶の二弟。長慶死後、家督問題で不満を持ち平島公方家の義栄を担いで三好家を割る。

安宅《あたぎ》摂津守《せっつのかみ》冬康《ふゆやす》

長慶の三弟。長慶死後、家督問題で不満を持ち平島公方家の義栄を担いで三好家を割る。

三好《みよし》日向守《ひゅうがのかみ》長逸《ながやす》

三好一族の長老。長慶死後、豊前守実休、摂津守冬康と行動を共にする。

伊賀上忍三家［いがじょうにんさんけ］

千賀地《ちがち》半蔵《はんぞう》則直《のりなお》

伊賀上忍三家の一つ千賀地氏の当主。

藤林《ふじばやし》長門守《ながとのかみ》保豊《やすとよ》

伊賀上忍三家の一つ藤林氏の当主。

百地《ももち》丹波守《たんばのかみ》泰光《やすみつ》

伊賀上忍三家の一つ百地氏の当主。

河内三好家［かわちみよしけ］

十河《そごう》讃岐守《さぬきのかみ》一存《かずまさ》

長慶の四弟。

三好《みよし》左京大夫《さきょうだゆう》義継《よしつぐ》

讃岐守一存の息子。父の死後、長慶の養子となり三好本家を継ぐ。河内守護。

松永《まつなが》弾正忠《だんじょうのちゅう》久秀《ひさひで》

三好家重臣。長慶死後、左京大夫義継と行動を共にする。大和守護。

内藤《ないとう》備前守《びぜんのかみ》宗勝《むねかつ》

三好家重臣。松永弾正忠久秀の弟。長慶死後、左京大夫義継と行動を共にする。和泉守護。

織田家［おだけ］

織田《おだ》信長《のぶなが》

尾張の戦国大名。三英傑の一人。歴史が変わった事で東海地方に勢力を伸ばす。基綱に好意を持ち、後年同盟関係を結ぶ。大変な甘党。

上杉家［うえすぎけ］

上杉《うえすぎ》左近衛少将《さこんのえしょうじょう》輝虎《てるとら》

上杉家当主。元は長尾家当主であったが上杉家の家督と関東管領職を引き継ぐ。主人公を高く評価し対武田戦について助言を受ける。大変な酒豪。

上杉《うえすぎ》景勝《かげかつ》

関東管領上杉輝虎の姉と長尾越前守房景の間に生まれた子。輝虎の養子となり主人公の娘竹を妻に娶る。

甲斐武田家［かいたけだけ］

武田《たけだ》大膳大夫《だいぜんだゆう》晴信《はるのぶ》（徳栄軒信玄）

甲斐武田家当主。父を追放後、信濃に攻め込みその大部分を得るが第四次川中島の戦いで上杉政虎に敗れる。信濃の殆どを失い失意のうちに死去。

武田《たけだ》四郎《しろう》信頼《のぶより》

武田家当主。勝頼から改名。上杉、朽木への復讐を誓う。今川、北条との同盟関係を維持し反攻の機会を窺う。

足利家（平島公方家）［あしかがけ・ひらしまくぼうけ］

足利《あしかが》左馬頭義栄《さまのかみよしひで》

義輝、義昭の従兄弟。義輝の死後、三好豊前守、安宅摂津守に擁立され将軍になる事を目指すが病死する。

足利《あしかが》義助《よしすけ》

義輝、義昭の従兄弟。義栄の弟。義栄の死後、三好豊前守、安宅摂津守に擁立され将軍になるが将軍職を辞職する事で義昭と和睦する。

徳川家［とくがわけ］

徳川《とくがわ》次郎三郎家康《じろうさぶろういえやす》

徳川家当主。三河西半国の領主。今川家の属国で有ったが桶狭間の戦いの後、今川氏の混乱に乗じて独立。織田と同盟を結ぶが三河一向一揆に苦しむ。妻は今川義元の姪。

朝廷・公家［ちょうてい・くげ］

飛鳥井《あすかい》雅綱《まさつな》

主人公の祖父。

飛鳥井《あすかい》雅春《まさはる》

主人公の伯父。

目々《めめ》典侍《ないしのすけ》

主人公の叔母。朝廷に出仕。

近衛家［このえけ］

近衛《このえ》前久《まえひさ》

五摂家の一つ、近衛家の当主。関白の地位にある朝廷の実力者。主人公を積極的に武家の棟梁へと推す事で天下の安定と朝廷の繁栄を取り戻そうとしている。

毛利家［もうりけ］

毛利《もうり》右衛門督《うえもんきょう》輝元《てるもと》

毛利家の当主。毛利陸奥守元就の孫。

吉川《よしかわ》駿河守元春《するがのもりもとはる》

輝元の叔父。毛利陸奥守元就の次男。弱年の輝元を支える。勇将として名高い。山陰地方を担当する。

小早川《こばやかわ》左衛門佐隆景《さえもんさたかかげ》

輝元の叔父。毛利陸奥守元就の三男。弱年の輝元を支える。知将として名高い。山陽地方を担当する。

安国寺《あんこくじ》恵瓊《えけい》

毛利家に仕える外交僧。朽木の勢力拡大を防ぐために謀略を巡らす。

足利将軍家［あしかがしょうぐんけ］

足利《あしかが》義昭《よしあき》

義輝の弟。一乗院の門跡であったが兄の死後還俗して足利義昭と名乗り幕府の再興を目指す。

本願寺［ほんがんじ］

顕如《けんにょ》

浄土真宗本願寺派第十一世宗主。主人公を仏敵と敵視する。

下間《しもつま》筑後守頼照《ちくごのかみらいしょう》

七里《しちり》三河守頼周《みかわのかみよりちか》

杉浦《すぎうら》壱岐守玄任《いきのかみげんにん》

本願寺坊官であり、加賀一向一揆の大将。越前に攻め込む。

今川家［いまがわけ］

今川《いまがわ》治部大輔義元《じぶたいふよしもと》

今川氏第十一代当主。武田氏、北条氏と同盟を結び西へと兵を進めるが桶狭間の戦いで織田信長に討たれる。

今川《いまがわ》治部大輔氏真《じぶだいふうじざね》

今川氏第十二代当主。父の死後、独立した徳川に敵意を持ち武田との協力の元、三河で一向一揆を起こさせる。

勢力相関図［せいりょくそうかんず］

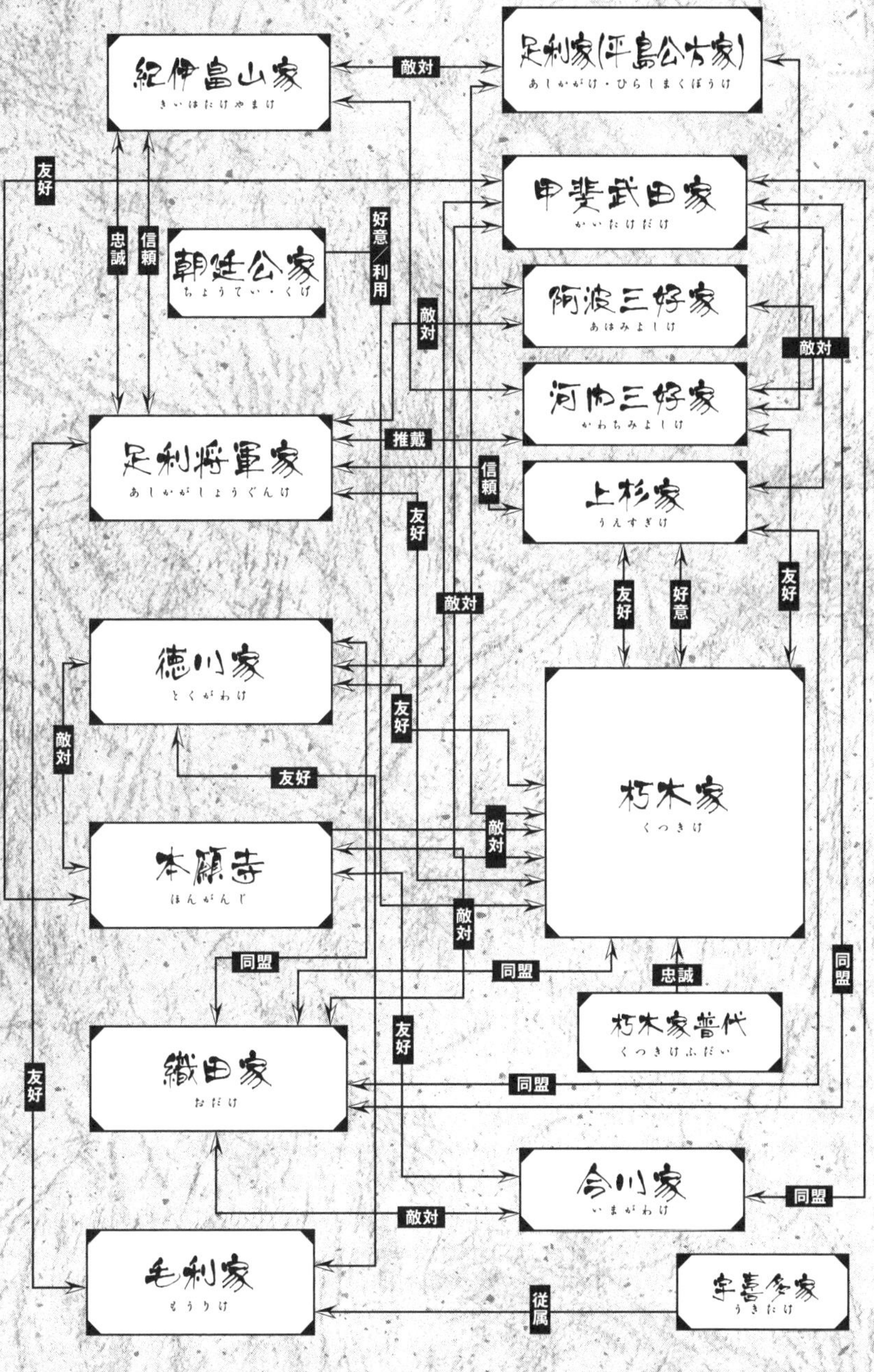

目次【もくじ】

あふみのうみ
みなもがゆれるとき

朽木基綱

ILLUST. 碧風羽
DESIGN. AFTERGLOW

後援者

元亀四年（一五七六年）　三月下旬　　阿波《あわ》国那賀郡古津村　　平島館　　三好長逸《みよしながやす》

「従三位権中納言《じゅうさんみごんちゅうなごん》への御昇進、おめでとうございまする」

豊前守《ぶぜんのかみ》殿の言葉の後に摂津守《せっつのかみ》殿、儂《わし》が〝おめでとうございまする〟と続けると上座に座られた大御所様、いや権中納言様が〝うむ、有難う〟と礼を申された。

「もう大御所様とはお呼び出来ませんな。これからは権中納言様とお呼びせねば」

「真に、気を付けねばならぬ」

豊前守殿と摂津守殿の言葉に和《なご》やかな笑い声が上がった。

「兄上、よろしゅうございましたな」

御舎弟五郎義任様の言葉に権中納言様が笑みを浮かべられて〝そうだな〟と仰せられた。

「残念なのは父上が居られぬ事よ。さぞかし御喜びになったであろうに。父上には随分と心配を御掛けしたからの。せめて今日の日をともに喜びたかった……」

権中納言様が眼を瞬《またた》かせると五郎様も切なそうな表情をなされた。御父君義維《よしつな》様は三年前に亡くなられている。

「何を申されます。兄上程親孝行な方は居られませぬぞ。兄上が征夷大将軍になられた時、父上は本当に御喜びでした。良くやった、自分の無念も筑前守《ちくぜんのかみ》の無念もこれで晴れたと……」

五郎様の声が途切れた。義維様は堺公方《さかいくぼう》と称され一度は征夷大将軍にと目された御方であった。支えたのは細川晴元《ほそかわはるもと》、そして豊前守殿、摂津守殿の父である三好筑前守元長様。だがそれも細川晴元の裏切りによって潰《つい》えた。筑前守様は一向門徒に殺され義維様はその折、腹を切ろうとなされたと聞く。さぞかし御無念であられたのだろう。豊前守殿、摂津守殿も複雑そうな表情をしている。

「征夷大将軍か、今となっては夢のようじゃ」

「兄上」

権中納言様が首を横に振られた。

「勘違いするな、五郎。懐かしんでいるのではない。安堵《あんど》しているのよ」

「安堵？」

権中納言様が頷かれた。

「将軍になるまでは負けられぬと苛立ち、将軍になってからはその地位を奪われるのではないかと怯《おび》え続けた。あれは地獄の日々であったわ」

思わず権中納言様の顔をまじまじと見てしまった。儂の視線に気付いたのであろう、権中納言様が儂を見て顔を綻《ほころ》ばせた。

「日向守《ひゅうがのかみ》、そのように儂を見るな。照れるではないか」

「これは御無礼を」

権中納言様が声を上げて笑う。皆が笑った。

「その方には感謝しておる。その方が近江少将から三好一族への寛恕《かんじょ》と引き換えに征夷大将軍職の返上という言質を取ってくれたから儂は将軍職を返上出来た。皆の為と思う事でな」

しみじみとした口調だった。豊前守殿が〝権中納言様〟と声を詰まらせた。

「儂にも面子《メンツ》が有るからの、簡単には返上出来なかった。あのままなら儂はずっと地獄に堕《お》ちたままであったろう。いずれは命を奪われたかもしれぬ。だがその方等の為と思い定めて覚悟を決めた。その時からよう眠れるようになったわ。その方等は儂に救われたと思っているかもしれぬ。逆よ、救われたのは儂の方よ。その方等の御蔭《かげ》で命永らえ、穏やかに生きる事が出来る」

穏やかな表情だった。もうこの御方に野心は無いのだろう。

「某《それがし》、何もしてはおりませぬ。全ては近江少将様の御配慮にございます」

権中納言様が顔を綻ばせた。

「そなたは近江少将と縁が有った。その縁の御蔭じゃ。真、人の世の縁とは不思議なものよ」

縁か、その事には素直に頷けた。たった一度の会談であった。決して和やかでも穏やかでも有ったわけではない。だが悪い感情は持たなかった。おそらくは向こうも同様だったのだろう。その僅かな縁が天下を動かした。真、縁とは不思議なものよ。

「義昭《よしあき》殿はどうかの、将軍職は返上出来ぬかの」

皆が顔を見合わせた。

「此度《こたび》の従三位権中納言への昇進、近江少将から義昭殿への声無き呼びかけだと思うのじゃ。たとえ将軍職を返上しようと粗末な扱いはせぬ、というな」

そうかもしれぬ。皆が権中納言様の言葉に頷いている。

「兄上は足利の天下が終わっても良いと御考えですか?」

五郎様の問いに権中納言様が寂しそうな笑みを浮かべられた。

「朝廷は既に足利を見放したようじゃ。諸大名も幕府に重きを置かぬ。幕府など有って無きが如しよ。そうではないか、五郎」

五郎様が視線を伏せられた。五郎様から見ても幕府は有名無実化していると見えるのだろう。

「形だけの物に拘《こだわ》れば惨めじゃ。周りからは笑われよう。そうなる前に返上すべきだと思うのじゃが……」

「……」

「武家の棟梁《とうりょう》、天下人、何とも甘美な言葉じゃ。儂はそれを義昭殿に譲った。敵対はしても同じ足利の一族じゃ、だから抵抗は少なかった。だが義昭殿は捨てる事になる。代々の足利家当主が守ってきた武家の棟梁の座を捨てる、難しいのう」

権中納言様が嘆息《たんそく》を漏らした。

「地獄じゃの、辛かろう」

しんみりとした口調だった。


元亀四年(一五七六年)四月下旬　近江国蒲生《がもう》郡八幡町　八幡城　朽木基綱《くつきもとつな》

播磨《はりま》から八幡城の自室に戻るといつもの様にお手紙が待っていた。先《ま》ずは目々典侍《めめないしのすけ》、千津叔母《ちづおば》ちゃんからの文を読もう。例の内親王宣下の話が書いて有った。竹の嫁入りが夏なのでその後、秋に行いたいと考えていたが権典侍《ごんのないしのすけ》、飛鳥井《あすかい》の伯父が養女にして誠仁親王《さねひとしんのう》の側に送った娘が懐妊したらしい。時期的に見て出産は十月ぐらいになるとの事。いずれも目出度《めでた》い事だがばたばたとたて続けに事が起きては如何《いかが》なものかと書いて有った。

気にする事は無いと言いたいが八月には竹を越後に送る。十月に子供が生まれるとなると内親王宣下は九月、或《ある》いは十一月以降という事か。十一月以降となれば年の瀬も近くなる、忙しいな。年明けという選択肢も有るが御目出度い事を先延ばしにするのは面白くない。千津叔母ちゃんも自分の娘のイベントを先延ばしにされる事は不愉快だろう。九月だな、不幸が重なるんじゃない。慶事が重なるんだ、九月で問題無しと返事をしよう。

しかし、男の子が生まれても皇位は難しいな。勧修寺《かじゅうじ》の阿茶局《あちゃのつぼね》が五人も子供産んでるからなあ。しかも男が四人、まあそのうち一人は夭折《ようせつ》しているから三人か。如何《どう》見ても皇位は無理だ。だが子供が生まれれば肩身が狭い思いはせずに済む。こっちだって精一杯応援するさ。出来れば女の子の方が良いな、内親王宣下から有力貴族に降嫁させる事で繋がりを持てる。男だと使い道が……、いや、断絶した家を再興させるか、その手が有るな。皇族が再興させれば当然だが優遇される。これはこれで有りだな。

問題は阿茶局が産んだ子供達だ。放置は余り上手くない。幸いな事に勧修寺は若狭の粟屋を通して繋がりが有る。やり様は有るだろう。それに阿茶局も頭を痛めている筈《はず》だ。男子が三人居ても皇位を継ぐのは一人。あとの二人を如何するか？　寺に入れるのは切なかろう。となれば息子二人の行く末のためにこちらと手を結ぶ事はむしろ望むところだろう。

関白殿下からも文が来ていた。竹の養女の件、六月に京《みやこ》で手続きを取りたいと言ってきている。要するに六月に竹を連れて京に来いという事か。これも問題無い、行くと伝えよう。それと和歌の件は順調に進んでいると書いて有った。どうやら公家達は三人集まればお祭り騒ぎらしい。皆頭を捻《ひね》って一生懸命和歌を考えているようだ。締め切りは五月末だぞ。飛鳥井の伯父が取り纏《まと》め役だからちゃんと渡せよ。

勿論皆俺が何を考えたかは理解している。その上で喜んでいるようだ。理由は二つ。一つは自分達が必要とされていると実感出来た事が嬉しいらしい。まあ公家なんて位階が高いだけで役に立たんと思われがちだからな。そんな時に嫁入り道具を作るのを手伝えと言われたのが嬉しいらしい。しかも戦国の二大強国の婚礼の嫁入り道具だ。張り切るなと言われても張り切るよな。

そしてもう一つは和歌を作る場を与えられた事だ。これまで和歌を作っても仲間内で発表したり日記に書いたりするのが精々だった。だが屏風《びょうぶ》に書きつけて貰えれば皆に見て貰えるし後世にまで残るのだ。これはもう頑張るしかないだろう。言ってみれば発表の場を得られなかった芸術家が突然個展を開く機会を得られた様なものだ。そりゃ興奮するし発奮もするわ。睡眠時間を削ってでも和歌を作る事に没頭するだろう。

そうだなあ、そういう場って要るよな。貴族政治全盛期には自分達で詩歌管弦《しいかかんげん》を中心とした貴族文化を発表する場を作れた。だが今の公家達にはその力が無い。発表する場が無ければ技術は廃れる。金が無ければ生活に追われて技術を磨く時間が無くなる。徐々に失われていく。だから公家達は地方に下向して貴族文化を大内、朝倉、今川、土佐一条などに伝える事で生計を立てた。

地方だけじゃない、本拠地である京でも芸術振興、文化振興をやるべきだ。京が文化の発信元なんだから京でやらなければ意味が無い。この場合やるのは俺なんだろうな。義昭にはそんな事考える頭なんて無いしやる気も無いに違いない。そういう事に目を向ければそれなりに存在価値が有るのに……。遺る事と言えば騒乱を引き起こす事だけだ。さて、如何したものかな？　うん、和歌から行くか。

今回和歌を頂いた。非常に素晴らしい歌ばかりで大変感動した。ついては帝の命で和歌集を作っては如何だろうか？　皆々和歌を持ち寄りその中から優れた歌を選んで和歌集に残す。……そんな感じで提案してみようか。勿論経費は朽木が出す。和歌集は男子の部と女子の部で分けても良いんじゃないかな？　この世界、男尊女卑だけど女だけの和歌集って言ったら奥方や娘達が張り切るだろう。後で関白殿下に尋ねてみよう。それと屏風に和歌を書かねばならん。能書家が必要だ、そちらも公家から選ぶか。誰が居るんだろう？　飛鳥井は書道の家だと聞いた事が有るが……。ま、それも関白殿下に相談だな。

加賀の井口越前守《いぐちえちぜんのかみ》からも文が来た。今のところ越中の神保、椎名に動きは無いらしい。輝虎《てるとら》が、いや謙信《けんしん》だったな。倒れてから謙信と名乗り始めたんだった。謙信が死んだわけではないから様子見という事だろう。当分目は離せない。越前守には油断せずに見張れと伝えよう。それと能登の宮部善祥坊にも警告をしなければ……。

信長からも文が来ている。水軍の派遣について丁重な礼が書かれてあった。謙信の病状に触れお酒の飲み過ぎは良くないよね、と書いてあった。でもなあ、そう書いた後で琉球からそろそろ砂糖が届いたでしょ、届いたら送って頂戴とか書くなよ。カステーラも欲しいとか甘党なのは分かるけど糖尿病になるぞ。あいつ変なところで抜けてるよ。八門の報せでは信長は最近太って来たらしい。メタボの信長なんて到底信じられん。聞いた時には何の事か分からなかった程だ。

史実だと痩せているんだよな、信長包囲網の所為《せい》で太る暇が無かったのかもしれない。だがこの世界では史実ほど駆け回っていないからカロリーが蓄積されている様だ。逆に俺が太る暇が無くて痩せている。夜は小夜と雪乃に攻められるし昼間は仕事が追いかけてくる。この上辰を側室にとか辛いわ。俺の苦しみを理解してくれるのは壺だけだ。

駿河《するが》の今川はとうとう小田原に逃げた。もう如何にもならなくなったらしい。信長の文には次は武田だと書いてあった。根こそぎ叩き潰すとも書いてあった。信長はかなり武田を憎んでいる。史実と違って武田には酷《ひど》い目には遭っていないんだけど……、いやそうでもないか。三河の一向門徒を動かしたのは顕如《けんにょ》だがその顕如を動かしたのが武田だった。顕如の妻と信玄の妻は姉妹だったな。

こりゃ駄目だ。

この世界で織田の美濃攻略が遅れ東海地方制圧にどっぷりと浸かる事になったのは武田と一向一揆の協力関係の所為だった。史実で信長が武田を目の仇《かたき》にしたのも一向宗との関係が有るのかもしれない。まあこの世界でも武田は悲惨な目に遭うだろう。上杉にボコボコにされて織田に潰される。

俺がボコボコにしたわけじゃないし潰すわけでもないから俺には関係ない、知らぬ振りをしよう。俺は織田が何時《いつ》飛騨に攻め入るかと心配しているんだけど今のところは余り心配はいらなさそうだ。播磨での蛮勇《ばんゆう》が多少は信長に影響を与えたのかな？

「御屋形様」

声をかけてきたのは石田佐吉だった。こいつ、面白い頭の形をしている。才槌頭《さいづちあたま》と周囲からは言われているけど頭と頸《くび》の形が才槌に似ているのは確かだ。頭が後ろに大きく張り出していて脳の容量が大きそうな感じがする。いかにも才子という感じだ。ただちょっと生真面目過ぎるところが有る。でもそこも可愛い。慣れてない感じが初々しいんだ。

「如何した佐吉」

「はっ、黒野様が」

「ほう、小兵衛か、重蔵か？」

「小兵衛様です」

「通してくれ。佐吉、席を外せ」

「はっ」

佐吉がちょっと不満そうな顔をした。二人だけで会うと言う事が不満らしい。こいつ融通が利かないところが有る。そこは直していかないと。

佐吉が出て行くのと入れ違いに小兵衛が入って来た。暦の間だと重蔵が相談役として控えているからな、ちょっと遣り辛いらしい。それで俺の自室を訪ねてくる事が多いようだ。小兵衛の嫁さんがキリで子供が四人居ると言うのだから驚きだよ。一番上の男の子は十三歳？　いや十四だったかな。もう直ぐ独り立ちだそうだ。すっと俺の前に座った。動きに淀みが無い、流石《さすが》に八門だな。重蔵も嘗《かつ》てはそうだった、今は怪我をした所為で微かに動きがぎこちない。胸が痛む。

「もそっと寄れ、遠慮は要らぬ」

「はっ」

すっとさらに近寄った。格好良いわ。

「如何であった、毛利は」

声を潜めて問い掛けると小兵衛が微かに笑った。

「右馬頭輝元、なかなか肚が据わらぬようで。家臣達の間から英賀《あが》を見殺しにした事で大分不満が出ているようにございます」

「なるほどな」

毛利家中には一向門徒が多い、当然不満は出るだろう。肚の据わらぬ男か。悪くない。何処《どこ》まで主体性を持って朽木と戦うと決めたかな？　安芸の門徒衆や顕如に頼まれてとなれば何処かで不本意、巻き込まれたという感情が有るのかもしれない。だとすると肚が据わらぬという事は十分に有り得る。それに毛利の直接治める地域が攻められたわけではない。悪気はないのだろうが輝元に切迫感は余り無いのかもしれん。それが苛立ちを呼ぶ。

「宇喜多の事は？」

「取り敢えずは受け入れるようでございます」

「では三村の裏切りを信じたと？」

ゆるゆると小兵衛が首を振った。

「さて、そこは何とも。ですが宇喜多が寝返れば備前は当然でございますが備中、美作《みまさか》にまで御屋形様の力が及ぶ事になりましょう。ここは信じるほかございますまい」

已《や》むを得ず目を瞑《つむ》ったか……。ま、そうなるな。そして宇喜多もその辺りは分かっている。宇喜多、毛利はぎくしゃくするな。

「今毛利は備中の混乱を抑えるのに必死でございまする。宇喜多を受け入れた以上、三村は朽木に寝返ったとして潰すしかありませぬ。備中平定の指揮を執っているのは小早川左衛門佐《さえもんのすけ》ですが毛利内部でもこの事態に批判が出ております」

「上手く行ったかな、小兵衛」

「十分に」

小兵衛が頷いた。

毛利内部で三村が疑われている可能性が有る、東播磨を攻略中の俺に小兵衛が報せを持って来た。どうも毛利の忍び、世鬼一族が動いているらしい。宇喜多と犬猿の仲の三村が大人しく毛利に服属している事が気になったのかもしれない。輝元がはっきりした態度を見せないのもその辺りが関与しているとも考えられる。……今から考えると輝元がただ迷っていただけなのかもしれないがその時はそう思った。

悩んでいる間に毛利が三村に出陣を命じた、でも毛利の出陣は無い。やはり毛利は疑っているのだと判断せざるを得なかった。宇喜多も三村も信用出来ない、だから出兵が無い。毛利に疑われている以上、三村は使えないだろう。それが俺と小兵衛の判断だ。という事で宇喜多にこっそりと三村が朽木に通じていると情報を流してやった、官兵衛にも内緒でな。宇喜多、三村が備前、備中の国境で噛み合えば播磨、備前の国境は手薄になる。仕掛けたのが宇喜多なら毛利の疑いの目は宇喜多に向く、そう思ったんだがまさか宇喜多が三村を暗殺するとは思わなかった。親子二代を暗殺か、いや凄まじいわ。流石宇喜多直家、戦国の梟雄《きょうゆう》だな。

三村元親が死んだ以上三村は混乱する。もう使えない。宇喜多を降伏させて三村を援けてもまた宇喜多と三村が争いを始めるだろう。つまり朽木まで混乱する、足を引っ張られる。という事で後味は悪かったが何もせずに近江に戻った。三村は毛利が、宇喜多は朽木が滅ぼす。そして備中で毛利と朽木がぶつかる。そういう事だ。史実よりも宇喜多の立場は悪い。備中における毛利の立場も悪いだろう。十分な成果だと思おう。

今回は播磨でかなり無理をした。大筒も鉄砲も目一杯持って行った。火薬も使ったが弾も使った。これまでにない消費量だった。兵糧方も目を剥いていたわ。だが短期間で播磨を攻略する事が出来た、その意味は大きい。毛利の狙いを挫《くじ》いたのだ。最近厳しい戦はしていないからな。朽木を怒らせる事がどれだけ危険か。皆改めて分かっただろう。

三木城、英賀ではトラウマからか抜け殻みたいになったり幼児化したりした人間も居た。官兵衛も顔が蒼褪《あおざ》めていたな。今までの戦と違う、そんな事を呟いていた。御着《ごちゃく》城の小寺加賀守が逃げたのも想定通りだ。今では御着城は朽木の播磨支配の拠点となり明智十兵衛が一万の兵と共に詰めている。十兵衛を支えるのは軍略方から芦田源十郎信蕃《のぶしげ》、兵糧方から山内次郎右衛門康豊だ。石山に山内伊右衛門がいる。兄弟で上手くやってくれるだろう。ああ、そうだ、官兵衛に小寺の姓を捨て黒田に戻れと言わなければならんな。

「この後は？」

考えに耽《ふけ》っていると小兵衛が問い掛けてきた。

「備中、美作を混乱させてくれ。三村は毛利、宇喜多に嵌《は》められた。或いは朽木に嵌められた。そんな噂を流せ」

「朽木も、でございますか？」

訝《いぶか》しげな表情だ。この辺りは重蔵に及ばないな。

「今回利を得たのは備中を得た毛利と邪魔な三村を潰した宇喜多だ。朽木の名が有っても厳しい目は向こうに行く」

小兵衛が頷いた。誘導するのではない、選択させる事で誘導していく。そういうやり方も有る。営業の基本だよ。

小兵衛が下がると次の文を読んだ。土佐の土居宗珊《どいそうざん》からの文だ。二月の末から三月にかけて行われた長宗我部《ちょうそかべ》との戦について書かれていた。はっきりした勝敗は無しか。土佐の東部で三好が兵を出すそぶりを見せたために長宗我部は退いたらしい。まあ朽木の水軍が土佐の東部を荒らしたという事も有る。兵を退くのは妥当だろう。土佐一条家は後退する敵を追おうとしたようだが隙が無いので諦めたようだ。流石だな、長宗我部元親《もとちか》。

戦の勝敗は着かなかった。だが戦略面で劣勢にある事は元親も理解しただろう。長宗我部は陸で二つの敵に挟まれ海からも攻撃を受ける状況になったのだ。さて、如何する？　領内でもこの状況には不安を持つ者が現れよう。後で大叔父と伊賀衆を呼ぼう、長宗我部を如何するか、検討しなければ……。文は土佐一条家の当主、一条兼定からも来ていた。長宗我部は尻尾を巻いて退散した、大勝利だと書いて有る。阿呆、俺に見栄張って如何する？　事実を書いて来い。話にならん……。

その次は平島公方家の大御所足利義助《あしかがよしすけ》からの文だった。従三位権中納言に昇進した事の礼だった。うん、これで将軍を退位してもそれなりの待遇をするという前例が出来た。義昭の周辺にそれとなくそれを気付かせる様な噂を流そう。こいつは八門よりも公家を使った方が良さそうだ。関白殿下を頼もうか。三好日向守からも文が来ている。こっちも権中納言昇進の礼だった。三好豊前守、安宅《あ》摂津守《たぎせっつのかみ》も義助の権中納言昇進を喜んでいるようだ。ま、良い感じだよな。

元亀四年（一五七六年）五月上旬　　越後国頸城《くびき》郡春日村　　春日山城　　目賀田忠朝

上杉謙信公、御養君喜平次景勝様への挨拶を済ませると別室にて直江大和守殿、長尾越前守殿との会談となった。

「目賀田殿、御足労をお掛け致しました。真にもって申し訳ない、この通りでござる」

越前守殿が頭を下げると大和守殿も頭を下げた。二人とも緊張している。

「足労等というものは全くござりませぬ。正直に申せば近江と越後が余りにも近いのに驚き申した。

淡海乃海を船で渡り敦賀からは直江津までこれまた船であっという間でござった」

二人の顔に笑みが浮かんだ。どうやら心が解《ほぐ》れたらしい。

「少将様におかれましては一息に播磨を平定された由、心からお祝い申し上げる」

「真、余りの速さに驚き申した」

「忝《かたじけ》のうござる、主人基綱に代わり御礼申し上げまする。戻りましたならば必ずや御両所より御祝いを受けた事、主人基綱に言上仕《つかまつ》る」

「何卒《なにとぞ》、良しなに」

二人から丁重な挨拶を受けた。確かに速かった、毛利も胆を潰しただろうがこちらも胆を潰した。竹姫様のため、御屋形様は播磨を一息に攻め獲《と》った。

「ところで、竹姫様を関白殿下の御養女になされる件は如何なりましたか?」

大和守殿が訊ねて来た。

「順調に進んでおりまする。六月には関白殿下と親子の縁を結ぶ事になりましょう」

「関白殿下、近江少将様と縁続きに成れるとは真に目出度い」

「左様」

二人が笑みを浮かべて頷いている。

「失礼ながら上杉家中において喜平次様への反発は?」

「表立っては」

大和守殿が答えると越前守殿が辛そうに頷いた。父親としてはさもあろう。

「では跡目について進展は？」

二人が首を横に振った。なるほど、竹姫様を娶ると決まっても跡目については進展は無しか……。今のままでは喜平次様はただの養子だな。余程に反発が強いと見える。

「如何でござろう、喜平次様に朝廷から官位を頂いては？」

「と申されると？」

「従五位下、弾正少弼《だんじょうしょうひつ》」

二人が顔を見合わせた。

「御存じの通り謙信公も頂いた官位。いわば謙信公をなぞる形になり申す」

「つまり跡を継ぐのは喜平次様と」

大和守殿が呟く。その隣で越前守殿が〝なるほど〟と大きく頷いた。

「左様、言葉には出さずとも皆が理解致しましょう。そして朝廷が官位を授けると言う事は朝廷が喜平次様を謙信公の跡を継ぐべき御方と認めたという事」

私の言葉に二人が唸った。気持ちは分かる。御屋形様は真、朝廷を利用するのが上手い。それに朝廷としても関白殿下の養女である竹姫様の夫君を蔑《ないがし》ろには出来ぬ。むしろ此処《ここ》は積極的に恩を売ろうとするであろう。

「如何でござろう、謙信公の御了承を頂ければ朝廷に主よりお願い致しまするが」

二人が顔を見合わせ頷いた。

「暫《しば》らくお待ち頂けまいか、直ちに主の考えを確認致しましょう」

そう越前守殿が言って二人が慌ただしく部屋を出て行った。まあ謙信公が断る事は有るまい。さて、後は行列の事を話さねばならん。三万人、あの二人一体どんな顔をするか……。

元亀四年（一五七六年）五月上旬　越後国頸城郡春日村　春日山城　長尾政景邸　長尾綾《あや》

トントントントントンと足音が近付いて来た。夫か、喜平次か、足音が複数聞こえる、一緒かもしれない。カラリと戸が開いて夫が入って来た。後ろから入って来たのは喜平次ではない、若い男だった。手には長三方を持っている。長三方には美しい布が載せられていた。娘達が嘆声を上げた。はしたない！　〝静かにしなさい〟と窘《たしな》めると夫が軽く笑い声を上げた。

「それは其処《そこ》に置いてくれ」

「はっ」

若い男が指し示された場所に長三方を置く。夫が〝御苦労だったな〟と声を掛けると頭を下げて部屋を出て行った。それを待ちかねたように娘達が長三方に近付く。

「まあ、なんて美しい」

「本当」

「近江少将様より綾への贈り物だ。明《みん》の絹織物だ」

夫が娘達に教えながら腰を下ろした。そして〝そうそう、これもだ〟と言って懐から袱紗《ふくさ》を出した。袱紗には櫛、簪《かんざし》、扇子が包まれていた。娘達がまた嘆声を上げた。

「これも少将様からですか？」

問い掛けると夫が〝うむ〟と頷いた。

「殿方より贈り物を貰うなど久方振りの事にございます」

「おいおい、儂を責めているのか？」

夫の言葉に娘達が笑い声を上げた。

「父上も母上に贈り物をなさいませ」

「私達にも忘れずに」

「やれやれ、おねだりか」

困ったもの、夫は娘達に甘過ぎる。

「責めているのではございませぬ。素直に喜べぬと申しております」

「竹姫様が越後にお出でになれば母代りとなるのがそなただ。気を遣っておられるのだろう」

溜息が出た。嬉しさよりも責任の重さを感じる。

娘達を下がらせると漸《ようや》く夫の表情が厳しいものにと変わった。

「それで、如何でございました？」

「竹姫様が近衛家の養女になる話は問題無く進んでいるそうだ」

「それは良うございました。例の御話は？」

夫が顔を顰《しか》めた。

「伝えた、驚いていたな」

やはり朽木家では知らなかった。……公方様より上杉家に文が届いた。内容は朽木家との婚儀は認められない、関東管領の任命権は自分に有るというものだった。要するにこの縁談を進めるなら喜平次を関東管領として認める事は出来ないと言っている。

この文を読んだ弟は良く回らぬ口で〝愚かな〟と呟いた。その時の表情が酷く悲しげなものであった事が印象に残っている。公方様に幻滅したのかもしれない。弟の判断は朽木家との縁談を最優先とするというものだった。今は乱世、必要なのは力、力が無ければ関東管領であろうと滅ぶ。山内上杉家は一度滅びかけたのだ。その事を忘れてはならない。

「まあ後は朽木家で何とかするであろう」

「左様でございますね」

夫が〝綾〟と声を掛けてきた。

「喜平次に官位を貰う事になった」

「官位を？」

問い返すと夫が頷いた。

「従五位下、弾正少弼」

従五位下、弾正少弼。なるほど、弟の後継者である事を官位で示すか。流石は京を押さえているだけの事はある。朝廷を利用するのが巧みだ。これなら関東管領に任じられなくとも喜平次の面目は立つ。私が頷くと夫も頷いた。

「輿入《こしい》れの行列、供は三万だそうだ」

「三万！」

思わず声が高くなった。三万もの行列など聞いた事も無い。驚いていると夫がぐっと顔を寄せてきた。

「近江少将様は本気よ。本気で喜平次を支えようとしている」

「……」

「一旦事が起きれば朽木家は喜平次の為に、いや竹姫様の為に三万の兵を出すと言っておる」

囁くような声なのに鳴る様に耳に聞こえた。

「……そのような事、可能なのですか」

「まあ朽木家の所領は軽く四百万石を超えよう。三万程度の軍ならば難しくは有るまいな」

「……」

「尤《もっと》も出す力が有るのと実際に出すのとは別問題ではある。だから行列が三万なのよ。少将様は本気で出すと言っておる」

三万の軍、竹姫様はその証《あかし》……。その御方を私が預かる……。何とも重い責任を負ってしまった……。

火種

元亀四年（一五七六年）　五月中旬　　　近江国蒲生郡八幡町　　八幡城　　朽木基綱

「御苦労であったな、次郎左衛門尉」

「はっ」

「越後の方々に変わりは無かったかな？」

「いえ、特にはございませぬ。皆々様、御屋形様に良しなにとの事でございました。また謙信公、喜平次様、越前守殿、大和守殿より播磨平定の祝いの言葉を頂きました」

「そうか、重ね重ね、御苦労であった」

俺が労《ねぎら》うと目賀田次郎左衛門尉が〝有り難きお言葉〟と言って頭を下げた。うん、もう朽木の重臣だな。

「越前守殿に例の物、渡してくれたか？」

「はっ、お渡し致しました。越前守殿は大層恐縮しておいでででした」

「うむ」

越前守の奥方に贈り物をした。櫛、簪、扇子、それに明の絹織物。竹の姑になる人だからな、それなりに手当しないと。それなのに小夜と雪乃は俺が外に女を作ったと疑って露骨に胡散臭そうな目で俺を見るんだから……。あの二人の考えでは外でこそこそするのは駄目という事らしい。要するに自分達の許可を得てからにしろと。相手は五十過ぎの小母《おば》さんだと言うと更に疑わしそうな顔をした。俺は年増に甘いそうだ。真田の未亡人に弾正が亡くなって寂しいと文を書いたのがその根拠らしい。馬鹿馬鹿しくてやってられん。

暦の間には俺と次郎左衛門尉の他に蒲生下野守《しもつけのかみ》、黒野重蔵、進藤山城守、伊勢与十郎貞知、伊勢因幡守《いなばのかみ》貞常、伊勢上総介《かずさのすけ》貞良が居た。伊勢家は礼法の家だ、次郎左衛門尉と山城守は何かと伊勢の三人に相談しているらしい。婚儀の事は山城守と次郎左衛門尉が奉行だが伊勢の三人はその相談役のような立場になっている。

「喜平次殿への官位の件、如何であった」

「はっ、是非にもお願いしたいと。これは謙信公から御屋形様への書状にございまする」

次郎左衛門尉が俺に書状箱を差し出した。受け取って中の書状を読んだ。筆跡には震えが無い、代筆だな。内容はこちらの心遣いに対する感謝と是非にも進めて頂きたいというものだった。

「良し、早速にも頼もう」

関白殿下、一条内大臣、飛鳥井の伯父に話をしよう。六月に直接会って話すがその前に文を書いておいた方が良いな。

「次郎左衛門尉殿、官位を望むという事は喜平次様の御立場は余り良くないのかな？」

下野守が問うと次郎左衛門尉が困った様な表情をした。

「良くないというよりも以前と変わりが無いというべきでござろう。謙信公の御養子とは認められており申すが跡継ぎと認められているかというと……、その点については納得しかねている者が居るらしい」

「……」

「尤もはっきりと反対をする者も居らぬとか。徐々に受け入れられるのではないかと某は考えている……」

誰かが押し殺したような息を吐いた。多分伊勢の三人の誰かだろう。

「御屋形様、あまりに急いではその者達の反発を買いませぬか？　それでは却《かえ》って……」

下野守が心配そうな顔をしている。皆も似た様な表情だ。同じ懸念を抱いているのだろう。

「下野守の懸念は尤もだ。俺も無理は余りしたくない。だがな、謙信公の御身体は万全とは言えぬ。次に発作が起きれば御命を失う事も考えざるを得ぬ。そしてその発作はいつ起きるか分からぬのだ。今のままでは混乱が生じよう。多少強引でも急がざるを得ぬ」

俺の言葉に皆が渋い表情で頷いた。

「それに謙信公もこの話には積極的だ。或いは謙信公御自身が御身体に不安を御持ちなのかもしれぬ」

また皆が頷いた。今度は深刻そうな表情だ。

「案ずるな、上杉の家督問題にこれ以上深入りするつもりはない。後は喜平次殿が自らの力で勝ち取るべき物だろう。俺に出来るのは精々竹の婚礼を華やかな物にしてやる事だけだ。行列の事、話したか？」

俺が問うと次郎左衛門尉が〝はっ〟と言った。ちょっと困った様な表情をしている。

「驚いておいででした」

次郎左衛門尉の答えに皆が顔を綻ばせた。

「驚いていたか、異存はないのだな？」

「はっ」

「ならば良い。婚礼なのだ、賑々《にぎにぎ》しく行こうではないか。山城守、次郎左衛門尉、花火師の手配を頼む。直江津で花火を上げさせよう。皆の心を明るくするのだ、乱世を忘れる程にな」

山城守が〝良き御思案〟と言うと皆がそれに同意した。俺に出来る事はそのくらいだな。

「他に何か有るか？」

俺が問うと次郎左衛門尉が〝御屋形様〟と改まった声を出した。あらら、何か有るようだ。皆も次郎左衛門尉に注目している。

「公方様より越後に文が届いたそうにございます」

「……」

「自分の許しを得ずに朽木との縁談を進めるとは如何いう事かと」

うんざりするな、俺だけじゃない、皆がうんざりしている。

「関東管領の任命権は自分に有ると書いて有ったそうにございます」

思わず溜息が出た。

「上杉の内情をまるで分かっておらぬようでございますな。この縁談を取り止めれば喜平次様の御立場は益々不安定なものになりましょう。上杉は混乱致しますぞ」

重蔵の言葉に皆が頷いた。

重蔵の言うとおりだ。何も分かっていないんだな、義昭は。竹と喜平次景勝の縁談は上杉の混乱を抑え朽木、上杉の協力体制を維持しようという事なんだ。そして朽木と上杉が安定していれば織田だって協力体制を取らざるを得ない。つまり朽木、上杉、織田が協力する事で畿内、北陸、東海、上手く行けば関東まで安定する。戦国ではない時代が見えてくる。

俺が義昭ならそこに乗る、そこに幕府の生きる道を探す。朽木、上杉、織田の利害調停者として生きるのだ。そうする事で足利の権威、幕府の権威を保とうとする。竹と喜平次景勝の婚儀も幕府主導で行う。……でも義昭の考える事は朽木を小さくする事だけだ。だから朽木と結ぶ事で安定を図る上杉が混乱するような事しかしない。周囲の信を得られない。

上杉が崩れたら誰が関東管領職を継ぐのだ？　関東管領職は一度消滅しかかった経緯が有る。それを謙信が引き継いで再興した。謙信だから出来た事だろう。その上杉が崩れたら如何なる？　義昭の我儘《わがまま》で潰れたのだ、誰だって関東管領職から距離を置くだろう。つまり関東の纏《まと》め役は居なくなるという事、足利の権威が崩壊するという事だ。そういう事がまるで分かっていない。

「次郎左衛門尉殿、上杉家の方々は何と？」

「気にしてはおられぬ。婚儀を進める事に不安は無い」

「しかし喜平次様の家督継承に不満を持つ者はそれを言い立てましょう。喜平次様の御立場は不安定なままとなり申す」

「その懼《おそ》れが有る事は否定出来ぬ」

「余計な事を」

皆の言う事を聞いて全くだと思った。余計な事だけは達者だな。さて、如何するか……。

謙信と景勝は何処まで肚《はら》を括《くく》ったかな。関東管領職を捨てる覚悟が有るのか、それともいずれは義昭が折れると見たのか……。俺にとっては足利の権威が崩壊するのは願ったり叶ったりだ。だが景勝の事を考えると、上杉家中の事を考えると関東管領職を捨てるのは厳しい。景勝の立場を強化するには関東管領職が有った方が良い。となると……。

「御所巻でもやるか」

俺が提案すると皆が顔を引き攣《つ》らせた。

「お、御屋形様」

「駄目か？　重蔵」

重蔵が激しく頷いた。皆も頷いている。そうだよな、駄目だろうな。俺も気が進まない。

御所巻、まあなんて言うか一種の監禁、脅迫行為だな。謀反ではないが謀反一歩手前の行為だ。家臣が主君の邸《やしき》を取り囲み俺達の要求を呑まないと命の保証はしないと脅す。この御所巻、鎌倉時代には無いし江戸時代にもそれらしいものは無い。室町時代にだけ現れる。これが最初に将軍に対して行われたのが足利尊氏に対して高師直、師泰兄弟が行ったものだから室町幕府の創成と共に発生したと言って良いだろう。この時の高兄弟の要求は尊氏の弟、政敵である直義の身柄の引き渡しだった。渡せば殺されたかもしれない。尊氏は直義を出家引退させる事で高兄弟を抑えている。

もっともこの御所巻、そう簡単には出来ない。将軍に無理矢理自分の要求を呑ませるのだ、呑まされた将軍は当然屈辱を感じ報復に出る。高一族の殆《ほとん》どが直義派の武将に殺されたがそれの許可を出したのは尊氏だったと言われている。重蔵が顔を引き攣らせる筈だよ。重蔵にしてみれば自分達の没落の原因が御所巻だった。史実での義輝殺害も御所巻の可能性が有る。交渉で埒《らち》が明かず殺してしまったというわけだ。やる方もやられる方も命懸けだ。ギリギリの駆け引きを要求される。

「御屋形様、公方様から和歌を頂いては？」

皆が山城守に視線を向けた。

「和歌を頂く事で御許しを得るという事か？」

「はい」

正面から朽木、上杉の婚姻の許しを得ようとするよりこっちの方が当たりは柔らかいか。その分だけ抵抗は少ないだろう。しかしなあ、素直には作らんだろう。重蔵、下野守も簡単には和歌を作らんだろうと言って首を振っている。工夫が要るな。

「戦の準備をさせよう」

皆が俺を見た。

「兵力は四万とする、京で竹を近衛家の養女にする手続きをせねばならぬ。兵は竹の護衛として連れて行く。戦の準備が整い次第兵を率いて京に向け進発する。和歌を頂きたいと願い出るのはその直前だな」

皆が顔を見合わせた。

「脅すのでございますな？」

下野守が確認してきた。

「人聞きの悪い事を。脅すのではない、勝手に向こうが怯えるだけだ。高が和歌一首ではないか、さて如何なるか……」

皆が顔を見合わせている。

「飛鳥井の伯父上からの報せでは三好、松永、内藤は和歌を送って来たそうだ。彼らにも京に集まって貰おう、竹を守るために、兵を率いてな」

義昭の周囲に頼りになる味方は居ない。何処まで意地を張れるか……。ギリギリのところで細川藤孝に和歌を詠むようにと義昭を説得させよう。事前に手紙で打ち合わせておいた方が良いな。

あとは畠山か。三好、松永、内藤は和歌を送って来たが畠山は和歌を送って来なかった。俺を敵に回すという事だな、上等だ。これまでは河内、和泉《いずみ》、大和の壁が有ったから俺を怖れずに済んだのだろう。だがもうその壁は無いという事を理解させてやる。九鬼に海上から紀伊を攻める準備をさせる。真田、長野にも伊勢から紀伊に攻め込む態勢をとらせる。伊勢方面の攻勢は形だけだな、実際に攻め込むのは難しい。だが畠山は無視は出来ない筈だ。そして京には朽木、三好、松永、内藤が集結している。播磨攻めの後だ、効果は有ると思うんだが……。


元亀四年（一五七六年）　五月中旬　　近江国蒲生郡八幡町　　黒野影久

下城して屋敷に戻ると小酒井秀介が出迎えてくれた。

「頭領」

「秀介、その頭領は止せ。俺はもう八門の長ではないぞ」

窘《たしな》めたが秀介は一向に気にする様子が無い。これで何度目だろう？

「頭領を訪ねて珍しい御客人がお見えですぞ」

「客人？」

「はい」

誰かと訊ねてもニヤニヤ笑うだけで答えない。着替えもそこそこに客間に向かうと確かにそこには珍しい人物がいた。

「これは御珍しい」

「真、久しいな。重蔵殿」

客間に居たのは駿河の商人中島金衛門、かつては佐々木越中と名乗った男だった。正面に坐り改めて久闊《きゅうかつ》を叙した。かつて武士であった事が信じられぬ程に商人の姿が似合っている。時の流れを感じた。

「何時こちらへ？」

「今日だ」

「駿河を引き払ったと聞きましたが？」

「織田には伊藤惣十郎を始めとして津島の商人が付いているからな。これまでの様に今川、武田、北条を相手にしていた者はどうしても割を食う。見切りを付けた」

穏やかな表情だ。姿かたちだけではない、表情にも武士の頃の険しさは見えない。

「それにしても大胆な、この近江には昔を知る者も多い。素性を知られては騒ぎになりましょう」

金衛門が声を上げて笑った。

「浅井も無ければ六角も無い。もはや佐々木越中の生死等誰も気にするまい。違うかな？」

「なるほど、そうかもしれませぬな」

「随分と世の中も変わった。この十年、まるで百年にも感じる程だ」

金衛門が嘆息を漏らした。確かにそうかもしれぬ。今の世を十年前に予見出来た者が居るとも思えぬ。

「この後はどちらへ」

「うむ、小兵衛殿とも相談したのだが長門《ながと》に行こうかと」

「毛利ですな？」

金衛門が笑みを浮かべて頷いた。

「あそこなら毛利、大友、三好を相手に面白い商売が出来よう」

「確かに」

八門と陰で協力しつつ商売に励むか。

「毛利には世鬼一族が居ります。御用心が肝要かと」

「分かっている。力の配分は商売に九、そちらへの協力は一だ。世鬼も気付くまい」

「それなら宜《よろ》しいのですが」

まあ大丈夫か。今川、武田、北条を欺いて動いて来た。それも十五年以上……。

「少しは役に立ったかな?」

「少しどころでは有りませぬ。何度も貴重な報せを頂いた事、感謝しております」

金衛門が首を横に振った。

「本来なら父の仇として殺されてもおかしくは無かった、それを思えば何程の事も無い。そうか、多少は役に立てたか……」

「十分過ぎる程にござる」

金衛門が満足そうに頷いた。

「次に会う事が有るかな?」

「さて、分かりませぬな、こればかりは」

「そうよな」

「御屋形様にお会いなさりますか?」

少し考えて首を横に振った。

「……止めておこう。私にとっては不思議な御仁であった。そのままで良い、不思議な御仁のままでな」

不思議な御仁か、確かにその通りだ。俺から見ても不思議な方としか言えぬ。

「重蔵殿、小兵衛殿にも話したのだが毛利も容易な相手ではないが東海道の事、目を離さぬ様にした方が良いぞ」

「と言いますと？」

「妙な話だが武士を捨ててから、商人になってから武士の事が分かるようになった。織田と徳川の間には時折齟齬《そご》が生じるようだ。今は目立たぬがな」

「……」

気が付けば金衛門の表情が引き締まった物に変わっていた。

「西三河の徳川は百姓兵だが織田は銭で雇った兵だ。だが戦場では三河兵の勇猛さは群を抜いている。織田の兵は精強さに於《お》いて到底及ばぬ。織田は戦場に徳川を連れて行きたい、だが無理は出来ぬ、つまり徳川に配慮しなければならぬのだ。それがもどかしい」

「なるほど」

頷くと金衛門も頷いた。

「織田はこれから甲斐、伊豆、相模に攻め込む。本来なら本拠地を遠江あたりに置きたい筈。やろうと思えば出来る。朽木と上杉は味方なのだからな。だがそれをやれば織田の本拠地である尾張、美濃との間に徳川が居る事になる。もし徳川が妙な事を考えれば織田は三河を境に分断される事になろう。忽《たちま》ち武田、北条は息を吹き返す筈」

「徳川にそのような動きが有ると？」

金衛門が首を横に振った。

「今は無い。だが徳川にも苛立ちは有る。周りを織田に囲まれているのだ。自力ではもう大きくなれぬ。大きくなるには織田から恩賞を貰うほかは無い。だが織田から恩賞を貰うと言う事は織田はそれ以上に領地を得ていると言う事だ。徐々に身動きが出来なくなる」

「三河の一向一揆、今川の脅威から身を守るために織田に従属しましたが……」

「一向一揆も今川ももう居ない」

徳川を脅かす敵が居なくなり苛立ちだけが残ったか……。

「織田も徳川も今は我慢している。だがどちらかの我慢が利かなくなれば……」

「利かなくなれば？」

「織田は徳川を潰すだろう。そして徳川は何処かと結ぼうとする筈」

金衛門がこちらをじっと見た。そういう事か……。

「朽木ですな？」

「そうなるな。朽木が近江から美濃、伊勢から尾張に攻め込めば……」

「徳川は生き返る事になる……」

どうやら上杉だけではない、織田にも火種が有る様だ。まだまだ乱世の終結には時間がかかるらしい。


元亀四年（一五七六年）五月中旬　　近江国蒲生郡八幡町　　八幡城　　今井宗久

「随分と物々しゅうございますな。戦の準備をなさっているようでございますが」

私が問い掛けると上段の間に座る若者が軽く笑い声を上げた。

「そうではない。京に娘を連れて行かねばならん。その護衛だ」

ハテ、護衛？　隣に座っている天王寺屋さんも訝しげな表情だ。我らが納得していないと見たのだろう。今度は上段の若者、朽木左近衛権少将基綱様が苦笑いを浮かべられた。

「近衛様の御養女の件でございますか？」

問い掛けると少将様が〝うむ〟と頷かれた。

「間違いが有ってはならぬからな。護衛の兵は四万だ」

「四万！」

期せずして私と天王寺屋さんの声が重なった。竹姫様の護衛に四万？　天王寺屋さんと顔を見合わせた。緊張が有る、ただの護衛とは思っていない。

「三好、松永、内藤にも護衛を手伝ってくれと頼もうと思っている。彼らも京に集まるだろう」

また天王寺屋さんと顔を見合わせた。

「畠山様は？」

天王寺屋さんが問い掛けると少将様が首を横に振られた。

「呼ぶつもりはない。三好、松永、内藤は和歌を作ったが畠山は作らなかったのでな」

つまり畠山は敵か。まさかとは思うが……。

「畠山攻めでございますか？」

少将様が〝まさか〟と言って御笑いになった。

「もう直ぐ上杉との婚儀だ、そんな暇は無い。それに播磨攻めで大分無理をした、暫くは戦はせぬ」

天王寺屋さんが〝左様でございますか〟と呟いた。表情から察すると納得はしていない。

「そう言えば兵糧、弾薬の件では随分と協力して貰っていると兵糧方から報告を受けている。流石は堺の商人だな、頼もしい事よ」

少将様が御笑いになった。少将様は御笑いになっているが我らは素直に笑う事が出来ぬ。一体何を御考えなのか……。

「公方様を脅されるのでございますか？　公方様が此度の婚儀を不快に思っていると聞いております。御所巻を為される御積りで？」

思い切って問うと少将様が〝ほう〟と声を上げた。

「不快に思っている？　そんな話は知らぬな。聞いた事が無い。何かの間違いであろう」

八門と伊賀衆を抱える少将様が知らぬ筈が無い、敢えて知らぬ振りをしてとぼけている。

「上杉と朽木が強く結びつけば織田もそれに協力しよう。そうなれば畿内から北陸、東海が安定する。公方様にも喜んでいただけるだろう。そうは思わぬか？」

私も天王寺屋さんも〝まあ〟、〝それは〟と曖昧にしか答えられない。

「せっかくなのでな、公方様にも和歌を頂きたいとお願いする事にした。京に着くころには和歌も出来上がっているだろう。楽しみな事だ」

天王寺屋さんと顔を見合わせた。少将様の目的は何かと煩《うるさ》く邪魔をする公方様を屈服させる事か。高が和歌では有る。だがその和歌一首に四万の兵を動かすのだ。公方様も胆が冷えるだろう。三好、松永、内藤を京に集めるのも公方様に味方は居ないと分からせるためだ。御所巻を行う覚悟かもしれぬ。

少将様の御顔を見た。穏やかな表情だ。何処にも御所巻を行う様な物騒さは無い。

「越後への輿入れだが行列は三万になる」

天王寺屋さんとまた顔を見合わせた。少将様が〝驚いたかな〟と笑う。

「それはもう」

「三万等と聞いた事がございませぬ」

「そのくらいはせぬとな、頼りにならぬ舅だと思われかねぬ」

なるほど、少将様は少しでも喜平次様の御立場を良くしようと御考えらしい。それだけ上杉内部では御立場が弱いのかもしれない。だからこそ公方様の振る舞いが許せぬのか。

「婚儀の準備では随分と協力して貰っているようだな」

「それはもう、昨今これだけの婚儀は有りませぬ。我らとしても力の見せ所でございます。そうではありませぬか、納屋さん」

「そうですなあ、組屋さん達も力を入れていると聞いております。負けられませぬ」

組屋源四郎、古関利兵衛、田中宗徳。少将様との繋がりは彼らの方が我ら堺の商人よりも強い。こういう機会を逃す事は出来ぬ。大いに協力して繋がりを強めるべきだ。

「年内には永尊皇女の内親王宣下、権典侍の出産も有る。そちらの方でも力を借りるかもしれぬ。宜しく頼む」

「御役に立てれば幸いにございます」

「何なりとお申し付けを」

我らの言葉に少将様が笑みを浮かべながら頷かれた。穏やかな表情だが野分の前の静けさだ。これから暫くは京から眼は離せまい。はて、どうなるのか……。

畿内制圧

元亀四年（一五七六年）　六月上旬　大和国平群《へぐり》郡椿井村　信貴山城　三雲定持

主、松永弾正久秀様が憂鬱そうな表情で文を見ている。文の送り主は近江少将様、余り上手な字を書く方ではない。それが憂鬱そうな表情の原因なら良いのだが……。主が文を傍らに置いて私を見た。

「厄介な事になった」

ぼそっとした呟きだった。

「如何なされました？　文には何と？」

「和歌の礼が書かれてあった。素晴らしい和歌を頂いて大変感謝しているとな」

それだけなら主が悩む必要は無い。

「……他には？」

「……三日の内に兵を率いて京へ来て貰いたいと書いてある。竹姫様の護衛だそうだ。兵は僅かで良い、急いで欲しいとな」

「三日！……踏み込んで参りましたな」

主が頷いた。和歌を差し出した以上、松永家は朽木家に従ったと少将様は判断した筈。次は命に従う事ではっきりと形で示せと言っている。或いは疑っているのか……。だから試しているとも考えられる。

「少将様が戦の準備をしているとはその方から聞いていた。対馬守、狙いは何と見る？」

「先ずは畠山にございましょう。少将様は近江に四万の兵を集めておりますが他にも伊勢の真田、長野が戦の準備をしております。それに九鬼、堀内も戦の準備に余念が有りませぬ」

主が頷いた。伊勢方面から真田、長野が兵を動かす。そして九鬼、堀内は海上から畠山を攻める。雑賀《さいか》は動けまい。そして畠山は兵を分散せざるを得ない。そこを朽木勢四万が北から攻める。畠山は三方を囲まれ十分な兵力もないまま戦う事になる。阿波三好と和睦し本願寺を摂津から追い払った事で海が自由に使えるようになった。その利を十分に活かしてくる。手強い……。

「畠山は慌てておろうの」

「……」

「我らが歌を詠んだのは公方様からそのようにせよとのお許しを得ての事じゃ。当然だが畠山にもそのような指示が出ているものと思っていた。だが……」

主が沈痛な表情をしている。なるほど、そういう事であったか。畠山は和歌を作らなかった。公方様が作る必要は無いと言ったのだろう。当然だが少将様はそれを咎《とが》め兵を差し向ける筈、公方様は紀州に攻め込んだ少将様の後背を左京大夫様、備前守様、主に衝かせる事を考えたらしい。『畠山は慌てておろうの』か。殿は畠山が殿、左京大夫様、備前守様が歌を作るとは思っていなかったとみている。公方様は畠山を少将様への餌として利用した……。相も変わらず自分以外は全て道具か……。

「甘いですな」

「……」

「少将様が紀州に攻め込む時は殿は左京大夫様、備前守様と共に先鋒を命じられましょう」

「そうだな。だが断ればどうなる」

断れば？　主が微かに笑った。

「三好、松永、内藤、畠山の同盟が自然と成立するとは思わぬか」

なるほど、公方様の狙いはそちらかもしれぬ。三家が不同意となれば簡単には攻め込めぬ。和歌を差し出した意味も消える。畿内には少将様に従わぬ者達が居る事になる。

「断るおつもりでしたので？」

主が〝それはせぬ〟と言って首を横に振った。

「それをやれば少将様は真っ先に左京大夫様を攻めよう」

主にとって最も大事なのは左京大夫様を守る事。公方様と少将様の争いなどどうでも良い事なのに違いない。

「偶然か、それとも公方様の目論見を見抜いたか、少将様は我らに京に集まれと命じられた。これでは同盟は成り立たぬ。畠山は見殺しよ」

「左様でございますな。……哀れなもので」

主が顔を顰めた。人を道具としてしか扱わぬ公方様のやり方が不快なのだろう。その気持ちは分かる。しかし公方様には武力が無い、仕方ない部分もある。とは言え自分が道具として扱われるのは御免だな。主が私を見た。鋭い眼だ。

「他には？　その方は先ほど『先ずは』と言ったな。対馬守よ、少将様の狙い、何と見る」

「公方様」

主が頷いた。

「関東管領職か」

「はい、関東管領職の継承を盾に公方様は上杉に対し朽木との婚姻を取り止めるようにと要求したと聞いております」

主が大きく息を吐いて腕組みをした。

「愚かな事よ。そのような事をすれば上杉、朽木を怒らせるだけであろう。何故《なにゆえ》周囲の者も公方様を御止めせぬのか……」

「甘く見ているのでございましょう」

主が片眉を上げた。訝しんでいる。

「朽木も上杉も足利に忠義の家にございます。足利の意向に従うのは当然の事と思っていても不思議ではございませぬ」

主が腕組みを解いた。

「少将様は幕府を無視しておるぞ」

「なればこそにございます。幕府の意向に従うのが道理、何故従わぬのかと殊更に無理を言うのでございましょう。それに少将様は公方様を無視はしても敵対はしておりませぬぞ」

「……」

少将様が公方様の朽木を討てという密書に気付いていないとは思えぬ。だがその事で少将様が公方様を責めた事は無い。公方様、そして幕臣達が少将様は自分達には手出し出来ぬのだと高をくくってもおかしくはない。その事を言うと主が〝有りそうな事よ〟と言って頷いた。

「御所巻か」

「……」

主がじっと見ている。

「何処までやると対馬守は思うか？」

「……」

「公方様を弑《しい》すと思うか？」

「……分かりませぬ」

分からぬとしか言いようがない。公方様を弑せば周囲の大名は反発を示そう。そういう意味では下策だと言える。

しかし少将様にとっては幕府も公方様も邪魔であろう。排除したいという感情も有る筈だ。そして少将様が公方様を殺した事で後悔するとも思えぬ。あのお方は三好左京大夫様とは違う。叡山を焼き一向門徒を根切りにしたのだ。その気になれば簡単に公方様を弑すだろう。となれば周囲の大名の反発を抑えられるか否かという問題になる。それに少将様を後押ししている朝廷も公方様、幕府を否定している……。

「十のうち八までは有りますまい。なれど残りの二は……」

「有り得るかもしれぬの」

主と顔を見合わせて頷いた。播磨攻めでは敵が城を捨てて逃げ出すほどの苛烈さを示したのだ。周囲の大名の反発を抑えきれると考える可能性はある。それに……。

「少将様は三好家、松永家、内藤家に兵を出せと命じられました。御所巻は畿内の大名四家合同にて行われる事になります。となれば世間は少将様ではなく公方様に非が有ると受け取りましょう」

主が〝うむ〟と唸った。

「公方様を弑させてはならぬの。左京大夫様に二度の将軍殺しをさせてはならぬ」

主が強い眼で私を見た。

「対馬守よ、京へ行け、細川兵部大輔《ひょうぶたいふ》に会うのだ。そして少将様を甘く見るなと伝えよ。二度と永禄の変を起こしてはならぬとな」

「はっ」

急がねばならぬ。それに京には朽木の眼が有る筈。人目を避けて会わねば……。

元亀四年（一五七六年）　六月上旬　　山城国葛野《かどの》・愛宕郡《あたご》　　室町第　　細川藤孝

「朽木が四万の兵を率いて京に向かっているだと！　一体何のためだ！」

公方様が声を荒らげた。幕臣達もざわめいている。少将様の上洛を伝えた伊勢伊勢守殿は平然としていた。

「近衛家との養女縁組のために竹姫様を京へお連れせねばなりませぬ。四万の兵は護衛との事にございます」

「……」

「三好左京大夫殿、松永弾正殿、内藤備前守殿も少将様の求めに応じて竹姫様護衛のために兵を率いて此処《ここ》に向かっております。間も無く到着致しましょう」

シンとした。先程までざわめいていた幕臣達も無言で顔を見合わせている。公方様はそんな幕臣達を不安そうに見ていた。三好、松永、内藤も少将様の意向には逆らえぬか……。これで公方様は孤立した。公方様も幕臣達も三好、松永、内藤を頼るのは無理だと理解するだろう。

「そうそう、少将様からの文には公方様からも和歌を頂きたいと有りましたな。今回の婚儀への祝いの言葉も頂きたいと。お忘れなきように願いまする。……では某はこれにて失礼仕りまする」

伊勢守殿が一礼して立ち去った。誰も口を開かない。お互いに顔を見あうだけだ。暫くしておずおずと真木島玄蕃頭《げんばのかみ》殿が口を開いた。

「四万の兵か、いささか護衛にしては多過ぎる様に思えるのだが……」

皆が頷いた。

「何処《どこ》かを攻めるのかな？　某は何も聞いておらぬ。何かご存じの方はおられるか？」

松田豊前守殿が皆に問いかけた。困惑の表情を浮かべている者が多い。中には不安そうな表情をしている者もいた。

「何処かではござらぬ。此処でござろう」

私が指摘すると皆が固まった。公方様も顔を強張らせている。

「馬鹿な事を申されるな！……兵部大輔殿、此処は御所でござるぞ！　此処を攻める！　御所巻をすると申されるか！」

上野中務少輔《なかつかさしょうゆう》殿が顔を朱に染めて反駁《はんばく》した。幾人かが〝そうだ！〟、〝有り得ぬ！〟と同意した。公方様も顔を強張らせながらも頷いている。愚かな話だ、皆分かっているのだ。だがそこから必死に眼をそらそうとしている。

「では他に何処が有ると？」

問い返すと中務少輔殿が〝それは〟と言って口籠《くちご》もった。

「永禄の変をお忘れか？　あの時、三好勢が攻めてくると思われたか？」

「……」

「昨日までは安全でも今日も安全とは限らぬ。乱世とはそういうものでござろう。そして一度起きた以上、二度目は容易《たやす》く起こせるのだという認識を持たなければ……。あの変で何も学ばなかったと嗤《わら》われますぞ」

皆の顔色が悪い。永禄の変を思い出したのだろう。

「兵部大輔殿の申される通りだ。某も少将様の狙いはこの室町第だと思う。攻めるか、それとも御所巻か、それは分からぬ。だが狙いは間違いなく此処だろう」

大舘伊予守殿が私に同意した。諏方《すわ》左近大夫将監《しょうげん》殿も頷いている。この二人は現実から眼をそらしていない。

「しかし朽木は……」

摂津中務大輔殿が何かを言いかけて止めた。

「朽木は何でござろう？　足利の忠義の臣と申されるのかな？」

「……」

「幕府と少将様が円滑な関係にあると言えましょうか？　幕臣達の中には少将様を成り上がり者、増長者と蔑む者が多い。中務大輔殿、お手前は蔑んだ事が無いと申されるのか？　今になって朽木は足利の忠義の臣と申されるのか？」

摂津中務大輔殿が顔を歪めた。自分の身勝手さに気付いたとみえる。他にもバツの悪そうな表情をしている者が居た。公方様は……、公方様は不愉快そうな表情をしている。未だ自分の愚かな振舞いがこの事態を招いたのだとは思わぬらしい。何処まで自分勝手なのか！

「少将様が幕府に対して、公方様に対して不快感を持ったとしてもおかしくはござるまい。それが限界に達すれば此処を攻めるという事も有り得ましょう」

「それは謀反であろう！　謀反は許されぬぞ！」

公方様が激高すると彼方此方《あちこち》から〝そうだ！〟、〝謀反だ！〟と声が上がった。

「謀反ではございませぬ！」

語気を強めて反論するとシンと静まった。皆が私を見ている。視線を痛いほどに感じた。

「少将様は天下静謐《せいひつ》の任を朝廷より与えられているのですぞ。此処を攻めるときは公方様は天下静謐を乱そうとしている、それを正す為に討つと言いましょう。名分は立つ、謀反にはなりませぬ」

誰も何も言わない。顔を強張らせて沈黙している。公方様も顔色が悪い。漸く自分が危険だと認識したのかもしれない。

「某も兵部大輔殿に同意します。少将様に天下静謐の任が委ねられている以上、謀反にはなりませぬ。それどころか、非はこちらに有るとなりましょう」

諏方左近大夫将監殿が私の意見を支持した。落ち着いた表情だ、いつかこの日が来ると思っていたのだろう。伊予守殿も落ち着いている。狼狽《うろた》えているのは公方様に追従していた者達だけだ。

「しかし、天下静謐を乱すとは、一体何を根拠に……」

喘ぐように一色宮内少輔《くないしょうゆう》殿が言葉を出した。

「上杉家の関東管領職継承の事でござろう」

「……」

「上杉家が混乱するような事を何故するのか？　上杉家が混乱すればその混乱は畿内にも影響するとは思わぬのか？　それが根拠になりましょうな」

皆が視線を公方様に向けた。公方様が狼狽したような表情を見せた。責められているとでも思ったのかもしれない。

「和歌と関東管領職継承については一任するとの書状を用意するべきかと思いまする」

「何を申される！　そのような事をすれば公方様の御威光が」

「左様、中務少輔殿の申される通りだ」

「兵部大輔殿、慎まれよ」

上野中務少輔殿、真木島玄蕃頭殿、摂津中務大輔殿が私を責めた。

「少将様を甘く見られるな！」

「……」

「あのお方は叡山を焼く事も躊躇《ためら》わなかったのですぞ！　つい先日は播磨で一向門徒を根切りにした。公方様だからと言って手加減すると期待するのは愚かにござろう！　この室町第を囲まれてから和歌と委任状を出せば公方様の御威光は地に落ちましょう！　それで宜しいのか？　それとも攻め潰されて討ち死にする覚悟が有ると申されるのか！　公方様にも御腹を召して頂くと申されるのか！」

シンとした。皆の顔が強張っている。公方様は顔面が蒼白だ。スッキリした、馬鹿共が、現実を見ろ！

「左京大夫は頼れぬか」

声が掠《かす》れている。

「そうじゃ、左京大夫様は公方様の義弟、このような時こそ公方様のお役に立つべきでござろう！」

公方様の言葉に上野中務少輔殿が飛び付いた。そして〝そうではござらぬか〟と周囲に同意を求めた。

「無駄でござろう」

「しかし」

未だ分からぬのか！　三好、松永、内藤の三家が公方様のために動く事は無い！　霜台殿は密かに使者を送って来たのだ。

「兵を使って公方様をお守りするなら京では少将様と戦えませぬ。大和の信貴山城、多聞山城へお移り頂きたいと使者が参った筈にございます。それが来ぬ以上、三好、松永、内藤の三家は当てには出来ませぬ」

上野中務少輔殿が項垂《うなだ》れた。皆も面を伏せている。顔を上げているのは大舘伊予守殿と諏方左近大夫将監殿だけだ。

「今一度申し上げる、少将様がこの室町第を囲む前に和歌と委任状を渡すべきかと思いまする」

「兵部大輔殿に同意致しまする」

「某も同意致しまする」

大舘伊予守殿と諏方左近大夫将監殿が私に加勢した。反論は無い、公方様が諦めたように息を吐いた。漸く終わった、これで何とか少将様の期待に応える事が出来た。朽木長門守殿が羨ましいわ、私も仕え甲斐の有る主君を持ちたいものよ……。


元亀四年（一五七六年）　六月中旬　　山城国葛野郡　　近衛前久邸《さきひさ》　　朽木基綱

「ほほほ、では公方も和歌を詠んだか」

「はっ」

「ほほほほほほ、武家の棟梁ともあろう者が意気地が無いのう。断れば面白いものを」

関白殿下は上機嫌だ。従弟が涙目になっているのが嬉しいらしい。でもねえ、断られても困るんだよ。冗談抜きで御所巻になる。将軍殺しなんて俺はやりたくない。

「已むを得ぬ事でございます。公方様には兵力が無い。それに兄君、義輝公が亡くなられた事を思えば意地は張れませぬ」

「そうよのう」

笑いを収めて関白殿下が頷いた。義輝を助けようとして助けられなかった。その事を思い出したのかもしれない。その所為で義昭には三好に通じたと疑われ朽木に亡命した。

義昭から和歌を貰った。ついでに関東管領職を如何するかは謙信に一任するとの書状も貰った。完全勝利だな。戦争準備を整え義昭に対して和歌を要求してから京へ向かった。兵数は四万、名目は竹の護衛と養女の手続きだ。そして三好、松永、内藤も兵を率いて入京した。当然誰も竹の護衛なんて言葉は信じない。でもそれで良いんだ。兵を向けられるかもしれない、三好、松永、内藤も同調している。その恐怖が相手に譲歩を強いらせる。

義昭には兵力が無い。室町第を包囲されれば逃れる術は無いのだ。だが京から逃げるだけの覚悟もつかない。朽木軍が京に入った時点でもう為す術は無かった。義昭の近臣達も命は惜しい。普段は勇ましい事を言ってはいても死にたいとは思っていない。連中は将軍の権威の下で影響力を振る

いたいだけだ。俺に対して不満を漏らすのは俺が居ては勢威を振るえぬからだ。

細川藤孝が和歌と関東管領職継承についての一任の書状を渡そうと言った時、真木島玄蕃頭、摂津中務大輔、上野中務少輔等が反対したらしいが公方様の身が危険になっても良いのかと言われて口を噤《つぐ》んだそうだ。義昭の身が危険になるという事は自分達の命も危ういと言う事だ。結局俺は和歌を求めただけで後は向こうが勝手にあたふたして事が済んだ。周囲はそういう風に見ている。そして義昭の事を腰抜けと蔑む人間が増えた。悪くないな。

「来月には従五位下、弾正少弼に補任《ぶにん》される。これで上杉も落ち着こう。麿《まろ》としても養女《むすめ》を嫁がせる以上、混乱されるのは困るからの」

関白殿下は竹が気に入った様だ。昔、朽木に亡命していた時に面識は有った。だが幼かったから竹は自分の事を覚えていないと殿下は思っていたらしい。だが竹は殿下を覚えていた。

但し関白殿下として覚えていたわけでは無い。兄である竹若丸の御友達の明丸の父親、そういう覚え方だった。会って第一声が〝明丸様の御父上様!〟だからな。だが殿下はむしろその覚え方に好意を持ったらしい。いかにも子供らしいと思ったようだ。養子縁組は無事に済んだ。

「後は喜平次殿次第でございましょう。己の器量才覚を周囲に認めさせ上杉の当主に相応《ふさわ》しい人間である事を皆に証明しなければなりませぬ」

「武家は厳しいのう」

殿下が嘆息を漏らした。

「已むを得ませぬ。乱世なれば頼りにならぬ主君を持つ事は出来ぬのです。皆が強い主君を求めております。上に立つ者は常に試されているのです」

それが乱世の掟だ。

上杉だけじゃない、足利も同様だ。常に試されている。だが結局のところ武力を持つ者には敵《かな》わない。その言う事に従わざるを得ない。逆らえば京から追い払われる、命を失う事も有る。義昭だけじゃない、ここ数代足利将軍はそういう存在だった。だから足利の力は低下し続けている。力が無い所は朝廷に似ていると言えるが違いが有るとすれば朝廷は権力を求めようとしないが足利将軍は権力を求めるというところだ。

懲りていないのだな。権力を求める事の怖さを知ろうとしない。そして足利の名が持つブランド力を過信、いや妄信している。朝廷は建武の新政から南北朝の動乱で嫌というほど権力を求める事の怖さを知った。公家は勿論だが後醍醐天皇の息子も何人も殺されたのだ。だから権力は求めない、だから権力者に自分の持つ権威を利用させる事で存在価値を認めさせせようとする道を選んだ。根無しと蔑めるだろうか？　そうは思えない、武力が無い以上強《したた》かで正しい選択だろう。

義昭は如何かな？　同じ生き方が出来るか？　ま、無理だろうな。毛利を頼んで動くに違いない。そろそろ追い払う時期だな。

「畠山は如何出るかのう」

「三好、松永、内藤は以後は朽木の配下に入り朽木の陣触れにより軍を動かす事を誓いました。畠山が和歌を寄越さぬと言うなら彼らを先鋒にして攻め潰します」

「ほほほほほ、怖いのう」

関白殿下が扇で口元を隠した。その流し目は止めて欲しいな。俺に色仕掛けは無意味だぞ。

「これまでが甘かったと思っておりますが」

「娘を嫁に出す事でその甘さが消えたか」

殿下が覗き込むように俺を見た。

「……」

無言でいると関白殿下がまた〝ほほほほほ〟と笑い声を上げた。そうかもしれないな。そうする事で何処かで竹に詫びているのかもしれない。いや詫びているんじゃない、自分を正当化しているのか……。

和歌を寄越さない畠山を攻めると言うと当然だが三好、松永、内藤が止めた。自分達が畠山を説得するから時間が欲しいと。その方がこちらも有難い、紀伊攻めなんて本心を言えばやりたくないんだ。だが降伏したと形にする必要が有る。だから条件を付けた。六月一杯、畠山修理亮自ら和歌を持参する事、随行する兵は百人まで。命の保証はしない、和歌が気に入らなければ首を刎《は》ねる。酷い条件だ、傲慢そのものだな。さてどうなるか……。

その後、関白殿下と勅撰和歌集の事で相談した。事前に文を送っていたから話は早かった。大変乗り気だ、帝も乗り気らしい。和歌だけでなく公家達が家業として受け継いでいる技能を支援したいと言うと嬉しそうに笑い声を上げた。話を聞くと正月の節会《せちえ》でも和歌を詠んだり漢詩を詠んだりする人間が居た様だ。そういう場を作って貰えば嬉しいと言っていた。漢詩か、和歌の次は漢詩だな。その後は雅楽が良いかもしれないな。

畠山修理亮高政が和歌を持って訪ねて来たのはその翌日の事だった。随行者は百人、こちらの条件を守っている。以後は朽木に従う事も誓った。本心から朽木に従うつもりなのかは分からない。だが条件は満たした以上受け入れよう。和歌もそれなりのものだったようだ。修理亮高政は室町第に行き義昭に管領職の辞任を申し出た。俺は何も言っていない。言ったのは蒲生下野守だ。

元々畠山は六角と親しい関係に有った。その縁で忠告という形を取って管領職を辞任させた。これ以上足利に対する忠誠は無用にせよと言わせてな。畠山は直ぐに反応した。躊躇うようなら要注意だが合格だな。まるで徳川と豊臣恩顧の大名だ。ま、やる事はどの時代でも同じという事なのだろう。

元亀四年（一五七六年）　六月中旬　山城国葛野・愛宕郡　東洞院大路《ひがしのとういん》　飛鳥井邸
飛鳥井雅敦

「公方も和歌を詠みましたそうで」

「そのようでおじゃりますな」

父と勧修寺権大納言晴右様が顔を見合わせて小さく笑った。

「上杉と朽木の婚儀には大分渋ったようでおじゃりましたが……」

「関東管領職の任命権は将軍に有る、朽木と縁を結ぶなら任じられぬと大層な剣幕だったと聞いておじゃります」

また二人が顔を見合わせて小さく笑った。明らかにこの二人は公方を蔑んでいる。まあ、そうだろうな。自分も公方を軽蔑しているし皆も軽蔑している。

近江少将が四万の兵を率いて上洛した時、それに呼応して三好、松永、内藤も兵を率いて京に集まった。公方も幕臣達も慌てるだけだったと聞く。今更だが朽木を怒らせれば危険だという事に漸く気付いたらしい。近江少将は和歌を要求しただけだったが公方は和歌の他に関東管領職継承についても一任するとの書状を出した。威《おど》されて引き下がるくらいなら最初から認めた方が良かった。その方が体裁が良かっただろう。公方のしたことは徒《いたずら》に自らの権威を貶《おとし》めただけだ。

勧修寺権大納言様が茶を一口飲んでホウッと息を吐かれた。

「今回の公方のやりよう、上杉は怒っておりましょうな」

「そうでおじゃりましょうな。弱みに付け込んで脅したのですから。上杉が公方のために働く等という事はもうおじゃりますまい」

その通りだ。公方のした事は上杉に公方を忌諱《きい》させ朽木に近付けただけだった。むしろ素直に認めた方が上杉は公方に感謝しただろう。その分だけ上杉家に影響力を残せた。

「畠山も和歌を詠み管領を辞任致しました」

「……一人、また一人と幕府から離れてゆきます」

父の言葉に勧修寺権大納言様が頷かれた。

「幕府の権威も落ちる一方でおじゃりますな。この先、どうなるのか……」

「さて……」

二人とも視線を合わせない。皆が思っている。幕府は終わりだ。だが如何いう形で終わるのか？

少将は如何考えているのか？

「上杉喜平次への叙爵でおじゃりますが麿が越後へ参りましょう」

「宜しいので？」

父が問うと勧修寺権大納言様が頷かれた。

「ここは麿が表に出た方が宜しかろう」

「御手数をお掛け致します」

父が謝意を述べると権大納言様がまた頷かれた。まあ飛鳥井が表に出れば朽木の色が強くなり過ぎる。勧修寺の方が朝廷が後押ししているという色が濃くなるだろう。

「朽木と上杉の婚儀が終われば次は権典侍の出産、内親王宣下でおじゃりますな。真に目出度い事で」

「有難うございます」

「では麿はこの辺で……」

辞去しようとする権大納言様を見送って部屋に戻ると父上が苦笑《にがわら》いを浮かべられた。

「大分気を遣っておじゃるの」

「左様でおじゃりますな」

権典侍が誠仁親王の子を産む。阿茶局の実父である権大納言様にとっては必ずしも面白い事では有るまい。だが永尊皇女は内親王宣下を受けた後は西園寺家に降嫁する。西園寺家と万里小路《までのこうじ》家は縁戚関係に有り万里小路家の現当主は勧修寺家からの養子だ。権大納言様は勧修寺と飛鳥井の間で波風を立てたくないと考えているのだろう。こちらとしてもそれは同じ気持ちだ。

「ところで、そなたは幕府の事、どうなると思う？」

父が私を見ている。時折父はこうやって私を試す。

「徐々に形骸化しましょう。公方がそれに耐えられるか……」

「耐えられなければ兵を起こすの。頼るのは毛利か……」

「それに三好、松永、内藤、畠山がおじゃります。此度は従いましたがこれからも従うかは分かりませぬ」

父が満足そうに頷いた。わざと三好達の名前を出さずに私を試したのだと分かった。

「少将にとっては公方に兵を起こして貰った方が良かろう。敵として戦う事が出来る。今のままでは中途半端じゃ」

「はい」

「問題は兵を起こさなかった時でおじゃるの。幕府をどう扱うか……」

父が私を見ている。

「私には公方が耐えられるとは思えませぬが」

「まあ、そうでおじゃるの」

父が軽く笑った。

耐えられた場合か。先ず有り得ぬが公方が死ぬのを待つという手が有る。次の将軍宣下を許さねば幕府は自然と消滅するだろう。欠点は無理は少ないが時間が掛かるという事だ。だがその時間を使って周囲を切り獲れば少将の勢威は上昇する。幕府消滅後に自らが幕府を開いても不自然ではない。もっとも公方もその辺りは理解していよう。だから兵を起こす。さて、如何なるか……。

元亀四年（一五七六年）六月下旬　　近江国蒲生郡八幡町　　八幡城　　黒野影昌

夜、御屋形様の寝所に入ると〝小兵衛か〟と声が掛かった。そうである事を告げると御屋形様が身体を起こした。

「傍に寄れ、万に一つも知られたくない」

「はっ」

どうやら余程の大事らしい。御屋形様の声にも厳しさが有る。

「足利が邪魔だ」

「……公方様で」

「うむ」

「殺《け》しますか？」

「いや、そうではなく京から追い払いたいのだ。こちらから攻撃は出来ぬ、向こうから兵を起こさせたい」

「なるほど」

御屋形様は謀反という形を取る事無く足利との敵対を御望みという事か。悪いのは公方様、御屋形様は受けて立っただけ……。

「京に公方様が居るのと居ないのでは周囲に与える影響はまるで違う」

「確かに」

「俺は足利の幕府を無くしたいと考えている。公方様を京から追い払い京を治めているのは俺だとはっきりと天下に示したい。三好、松永、内藤、畠山を押さえるためにもな」

御屋形様が天下を獲るためには幕府は邪魔だ。何時かは潰さねばならないのは事実。その時が来たと御屋形様は考えておいでのようだ。なるほど、上杉は後継問題で揺れている。多少の不満は有っても御屋形様を敵に回す事は出来ぬ。今がその時か。

「しかし三好、松永、内藤、畠山ですが彼らは御屋形様に服属致しました。公方様は心細く思っておられましょう」

「兵を起こさせるのは難しいか」

「味方も無しに兵を起こすかどうかという疑問がございます」

「そうだな」

御屋形様が息を吐いた。

「順番を間違えたかな？　先に公方様に兵を挙げさせた方が良かったか。しかし越後が不安定な今、あまり無理は出来ぬ。毛利の件も有る。……小兵衛、備中の状況は？」

「毛利の小早川左衛門佐が三村の残党を制圧しております。間もなく備中を制しましょう」

三村は当主を失った。効果的な抵抗は出来ずにいる。小早川の敵ではない。

「……毛利の勢力は強まったか……」

「そう見る事も出来ましょう」

御屋形様が〝ふむ〟と鼻を鳴らした。御機嫌は良くない。

「竹の輿入れには三万人が動く。小兵衛、利用出来ぬかな？」

「公方様に兵を挙げさせろと？」

「そうだ、朽木の兵が減った。今こそ兵を挙げるべきだと」

「焚き付けるのですな」

「うむ」

上手く行くだろうか？

「このまま毛利を待つよりも自ら動いて天下の形勢を変えるべきだと言うのだ。公方様が起てば三好、松永、内藤、畠山も起つと」

「……」

「このままでは身動きが出来なくなる。かつて足利尊氏公は九州に落ち、そこで兵を集めて京を制した。今こそ京を失う事を懼れずに兵を挙げるべきであると」

「なるほど」

上手く行くかもしれぬ。男よりも女の方が上手く焚き付けられよう。

「女を使いまする。それと三好、松永、内藤、畠山は内心では御屋形様に不満を持っていると噂を流しましょう」

御屋形様がクスクスと笑い声を上げた。

「小兵衛、それは噂ではないな。事実であろう。少なくとも畠山はな」

「畏《おそ》れ入りまする」

確かにその通りだ。だが不満を持つのと兵を起こすのは別、公方様はその辺りの見分けが出来るとも思えぬ。となれば……。


元亀四年（一五七六年）　七月上旬　　近江国蒲生郡八幡町　　八幡城　　朽木綾

「いや、疲れたわ」

兄、権大納言飛鳥井雅教が部屋に入って来て私の前に腰を下ろした。

「今日はもう終わりでございますか？」

「そうよな、今日は終わりにいたそう」

「御疲れでございましょう、今お茶を淹れさせましょう」

「頼む」

兄は竹の嫁入り道具である屏風に和歌を書いている。公卿の方々から頂いた和歌は全部で約八十首、中には帝、東宮様の御歌も詠み人知らずという形で頂いている。兄は頂いた和歌を屏風にそれぞれ書き記して行くが配置を決めながら、一首ずつ乾かしながら書いているため一日に十首程書くのが精一杯の様だ。既に半分が書き終わっているとはいえ容易ではない。侍女が茶を置くと兄がそれを美味しそうに飲んだ。ホウッと息を吐く。傍に控える者達に席を外す様に命じた。

「生き返るようじゃ」

「まあ」

私が笑うと兄も笑い声を上げた。

「御迷惑をおかけします」

「何の、麿は迷惑だとは思っておじゃらぬ。あの屏風は後世にまで残る、ならば和歌を書いた麿の名も後世まで残る、そういう事でおじゃろう」

兄が嬉しそうに笑っている。

「まさかあの子が御堂《みどう》関白様の真似をするとは、宮中では不遜と言う声が上がってはおりませぬか?」

兄が〝案ずるには及ばぬ〟と言ってまた笑った。

「御堂関白様は屏風を宮中での勢力争い、帝への圧力に使った。だが少将はその屏風を越後に持って行くと申す。それゆえ公卿達も負担を感じずにすんでおる。気軽に詠めるのじゃな。むしろ皆面白がっておじゃるの、おかしな事を考えると」

「それなら宜しいのですが」

兄が〝そなたは心配し過ぎじゃ〟と言ってお茶を飲んだ。

「しかし、屏風はそなたの発案ではおじゃらぬのか」

「いいえ」

私が否定すると兄が小首を傾《かし》げ〝妙な事よ〟と呟いた。

「少将はそのような事に関心が有るとは思わなんだが」

「そうでございますね」

確かに息子は和歌等の文事には親しまない。こういう事を想い付いたのが不思議だ。

「京では少将にこの件を薦めたのはそなただという事になっておじゃる。中々の策士、女には惜しいと大層な評判でおじゃるぞ」

「まあ、私がでございますか」

驚いて兄を見ると兄がおかしそうに笑い声を上げた。

「麿も千津も信じてはおじゃらぬ。まあ高く評価されたのじゃ、良かったではないか。千津も笑って、いや喜んでいた」

「少しも嬉しくありませぬ」

兄が更に笑った。

「少将は勅撰の和歌集を編纂《へんさん》しては如何かと関白殿下に提案したようだ。それにかかる費用は朽木家が出すと」

「まあ」

「我らの家に代々伝わる家業を後世にまで残したい。そう言ったそうな。和歌集の編纂はその一つでおじゃろう」

「……」

「これまでは財で援助をしてきたがこれからはそれ以外でも朝廷を援けるという事でおじゃろう。帝だけではなく公家達も守る、より強く朝廷を庇護する姿勢を出すつもりと見た」

もう兄は笑ってはいない。

「反発は有りませぬか？」

私が問うと兄が首を横に振った。

「応仁、文明の乱以降足利は自分を守れぬほどに弱体化しておじゃる、もう頼りにはならぬの。特に今の公方は……」

「……」

「朝廷には新しい庇護者が必要でおじゃろう。一時は三好がその庇護者になるかと思ったが無理でおじゃったの」

兄が茶を飲んだ。茶碗の中は空、女中を呼んで兄にお代わりを持って来るようにと命じた。お互い喋らない。女中が新たなお茶を持って来るまで沈黙は続いた。

「朽木が天下を獲る。少将がその姿勢をはっきりと出した。そなたも分かっておじゃろう」

「はい。竹の輿入れもそのためでございましょう」

兄が頷いた。

「朽木は悪くない、皆がそう言っておじゃる。少将の朝廷への奉仕はもう二十年にもなる。武家が朝廷に近付くのは朝廷を利用するためでおじゃるが少将からは余りその匂いがせぬ」

「そうでございますね」

兄が笑みを浮かべた。

「皆、その事に安心しておじゃる。公家の血の所為でおじゃろうかの」

「……そうでしょうか」

「朽木は武家だが公家の血が二代に亘《わた》って入っておる」

「ですがあの子には公家らしいところは有りませぬ」

「そうでおじゃるの」

兄が頷いて茶を一口飲んだ。尤も武家らしくないところも多い。家臣達にも変わり者と思われている。

変わり者の息子、不思議な息子、武士らしくない息子。一体何処へ行こうとしているのか。私はそれを見届ける事が出来るのだろうか……。


元亀四年（一五七六年）　七月上旬　越前国足羽《あすわ》郡　安波賀《あばか》村　心和寺　証意

客と聞いて寺務所に出向いてみると旅装姿の僧が居た。僧が塗笠を上げた。塗笠の下には見慣れた顔が有った。

「これは珍しい」

「真に久しゅうござる」

相手は笑みを浮かべているがこちらには多少の困惑が有る。何故？　という疑問とやはりという諦念が有った。

小僧に茶を用意するようにと命じ僧を自分の私室へと案内した。茶が来るまで互いに一言も話さなかった。小僧に話の内容を聞かれたくないという思いも有ったが何を話せばよいのかという迷いも有った。小僧が茶を持って来た時には余計な事をすると思った程だった。

「危ない事をなされる。見つかれば只では済みませぬぞ」

漸く言葉が出たのは小僧が去ってから二十を数える程の時間が経ってからだった。顕悟殿が笑みを浮かべた。

「朽木領内は関が無い。道中見咎められる事は無かった」

「……御上人《おしょうにん》様は如何お過ごしです」

「……何かと忙しくしておいでだ」

「左様でしょうな」

今まで住んでいた所を離れて新しい土地に住む。自分だけではない、門徒達も居るのだ。容易な事ではあるまい。その煩雑さは自分も経験している。

「心和寺か、心和《こころやす》らかにという意味なのであろうが意外に大きいので吃驚《びっくり》した」

「愚僧も驚いております」

寺を建ててくれると聞いた時も驚いたが実際に出来上がった寺の大きさにも驚いた。山門、如来堂、御影堂《みえいどう》、御対面所などそれぞれに立派な物だ。朽木家と一向一揆の確執を知らなければ左少将様は熱心な信徒なのかと勘違いするだろう。私に付いて来た門徒達も驚いていたが今は素直に喜んでいる。朽木家でなら自分達は疎外される事は無いと安心しているのだ。

「高田派、佛光寺派に入れと強要されるのかと思ったが……」

「そういう事はありませんでしたな。今では我等は浄土真宗心和派と呼ばれております。気が付けば愚僧が宗主でございますよ」

二人で声を上げて笑った。

朽木家は高田派、佛光寺派と縁が深い。本来なら高田派、佛光寺派がそれを左少将様に働きかけて良い。だがそのような事は無かった。おそらくは左少将様がそのような事で利用される事を嫌うと判断しての事だろう。だがその所為で私が宗主だ。私の行動が心和派の行動になる。嫌でも慎重にならざるを得ない。

「これでは門徒達を動かすのは無理だな」

「……」

「朽木家でも疎まれているならばと思ったが……」

「無理でしょうな。朽木家は税も安く兵に取られる心配も無い。物も豊富で極めて暮らし易いのです。不満を持つ者など居りますまい」

「なるほど」

顕悟殿が頷いた。

「それにこの越前は一度一向一揆の支配する所になりました。あの時以来、この地の百姓は一揆に対して不信感を持っております。我等が動くとなれば一番最初に敵対するのはこの地の百姓でしょう」

顕悟殿が顔を顰められた。

「特にこの足羽郡は朝倉氏が根拠地とした所でした。朝倉氏を滅ぼした一向一揆には同調しますまい」

それに危険だ。動いた時は門徒達は皆殺しになる。そして二度と門徒達の降伏は許されなくなるだろう。その事を言うと顕悟殿も頷かれた。

「英賀だな」

「はい」

英賀では一向門徒の根切りが有った。城に籠った五千人は皆殺しになった。城攻めの最中に門徒達は降伏しようとしたらしいが許される事は無かった。その事は私に付いて来た信徒達も知っている筈だ。だがその事を口にする者は居ない……。

「朽木ははっきりとしているな。従うなら認めるが敵対するなら皆殺しか」

「左少将様は何も信じていないのでしょうな。だから家臣や領民達が何を信じようと興味をもたれない。その事で不快感を表す事も無い。朽木の法に遵《したが》うのであれば朽木の領民として愛《いつく》しむ。ある意味においてもっとも戦国武将らしい人物なのかもしれませぬ」

「なるほど、あの男が関心を持つのは敵か味方かか。敵対すれば皆殺しにする、従うなら厚遇する」

「はい」

私が頷くと顕悟殿も頷かれた。

「毛利は如何でございます？」

「腰が定まらぬわ」

顕悟殿の表情が渋い。かなりの不満が有る。

「しかし備中、備前、美作に手を伸ばしておりますぞ」

「小早川が動いている、だが当主の右馬頭がな……」

「当てになりませぬか?」

顕悟殿が頷いた。

「一人では何も出来ぬ男だ。小早川が動くのも右馬頭が当てにならぬからだろう。朽木と戦うために攻めているのではない、毛利を守るために攻めていると見た。朽木と戦うとなれば畿内にまで踏み込まねばならぬがその覚悟が有るのか……、心許《こころもと》ない」

毛利は天下を望まず、それが亡き陸奥守《むつのかみ》元就殿の遺言であった。顕悟殿の言う通り、朽木と天下を争う意志は無いのかもしれぬ。だとすると……。

「毛利が敗れるという事も考えた方が宜しゅうござろう」

「……」

「あくまで朽木と戦うのか、それとも従うのか、戦うのであれば滅ぶまで戦うのか……」

顕悟殿が苦しそうな表情をしている。だが私の言葉を否定はしない。顕悟殿も生き方を選ばざるを得ない時が来ると覚悟しているのかもしれない。

急転

元亀四年(一五七六年)八月中旬　　播磨国飾東《しきとう》郡姫山　　姫路城　　黒田孝隆

隠居所の父を訪ねると先客がいた。叔父休夢斎が父と壺の話をしている。久し振りに増位山の地蔵院から出て来たらしい。面白そうだったのでちょっと廊下で立ち聞きさせて貰った。

「丹波焼というのは色が柔らかいの」

「そう言えば太兵衛が少将様から頂いた丹波焼の壺は織田焼、珠洲《すず》焼に比べれば柔らかい感じがしましたな」

叔父の声には納得の色が有る。

「うむ、あれは良い壺であった。儂も丹波焼で良い物を求めようとしたのだがどうも納得出来る物が無い。播磨には出回らぬようじゃ」

「やはり京、近江の方に行ってしまうのかもしれませぬな」

「そうよな、向こうで求めた方が良いのかもしれん」

なるほど、播磨よりも京、近江の方が物は売れる。壺も向こうに行くという事は十分に有り得る。

「丹波焼の爽やかな大人しさ、織田焼の赤みを帯びた褐色、珠洲焼の深みのある黒、それぞれに味わいが有る。太兵衛が羨ましいわ」

最近父は話し相手が太兵衛だけでは物足りなくなったらしい。頻《しき》りに叔父、善助、九郎右衛門に壺の良さを説明している。俺にも時々話をする事が有る。そのうち黒田家では壺が流行《はや》るかもしれない。そうなれば播磨にも壺が流れて来るようになるだろう。

「いっそ少将様に御願いしてみては如何でござる」

「休夢、良い事を言うの」

父の声が弾んでいる。いかん、そんな事をしたらこの城は壺だらけになる。

「父上、叔父上、御邪魔しますぞ」

声をかけて部屋に入った。

「官兵衛、客は帰ったのか？」

「御存知で？」

「休夢はそなたを訪ねて来たのだが来客中という事でこちらに来たのよ」

急用かと思ったが叔父の顔には笑みが有った。多分ご機嫌伺いだろう。ここしばらく来ていなかった。

「申し訳ない事をしました」

「いや、久しく来ていなかったのでな、寄らせて貰ったのだ。特に用が有ったわけではない。ま、兄上の壺の話も聞けた。なかなか楽しい」

やはりご機嫌伺いか、それにしても叔父もどうやら壺仲間になりつつあるようだ。

「客人は？」

「志方城の義兄上です」

「左京進殿か」

「はい」

父と叔父が顔を見合わせた。二人とも複雑そうな表情をしている。志方城の櫛橋豊後守伊定《これさだ》は先の戦いで毛利方に付いた。毛利方に付いた国人衆はその殆どが滅ぼされるか逃亡した。許されたのは櫛橋家だけと言って良い。俺の妻の実家である事が理由だった。だが降伏した後は豊後守は隠居し妻の兄、左京進政伊が当主となっている。

「許されはしましたが櫛橋家だけが許されました。やはり気に病んでいるようです」

「そうであろうな」

叔父上が頷いた。

「御着の明智殿は義兄上の事を我らと分け隔てなく扱っております。御屋形様も余り気にする様子は有りませんでしたが……」

「まあ、どこかで武功を上げれば気に病む事も無くなろう」

「休夢の申す通りよ。官兵衛、左京進殿が功を焦らぬ様に気を配れよ」

「はい」

義兄の鬱屈には他にも理由が有る。敵対した事で所領を削られる事は無かった。だが周囲は皆加増を受けている。別所孫右衛門、置塩殿、明石与四郎、そして黒田家。それぞれ一万石前後を加増された。それらの事も義兄の鬱屈の一因ではあろう。削られなかっただけまし、そう思えれば良いのだが疎外感を感じているように見えた。

一風変わった恩賞を受けたのは冷泉《れいぜい》侍従だった。所領を与えては他の公卿達のやっかみを受けかねぬという事で所領の代わりに朽木家で歌道の指南役に任じられた。指南料は年間五百貫。それと従三位参議への昇進。冷泉侍従は領地を貰う事よりも朽木家の歌道指南役に任じられた事が嬉しいらしい。和歌を広められる事、朽木家と繋がりを持つ事が将来的にはより大きな利を生むと思っているようだ。

「ところで竹姫様の御輿入れの行列、三万人との事ですが真の様ですな。近江では見物人が溢れて前代未聞の騒ぎだったとか。それらの者を相手に宿や物売りの者達が大儲けしたと聞いております」

叔父が話を変えてくれた。あまり話したくない話題であったから正直助かった。父もホッとした様な表情をしている。

「三万人か、武田が北条に嫁がせる時の行列が一万人であった。あの時も驚いた覚えが有るが……」

「兄上、武田の場合は甲斐から相模と短こうござるが朽木は近江から越後と長うござる。間には越前、加賀、越中が有りますぞ。一体どれほどの銭を要するのか……、見当も付きませぬな」

叔父の言う通りだ。どれほどの費用が発生するのか見当も付かぬ。そして朽木にはその費用を出す銭が有る。朽木に敵対する者にとっては三万の行列よりもその銭の方が脅威だろう。

「まあ銭もそうだが朽木は遠征には慣れているようだの。昔伊勢から能登、能登から伊勢と軍を往復させた事が有ったと覚えている」

「兵糧方という役が有りますからな」

父と叔父が俺を見た。

「平時から戦の為に兵糧、武器、火薬等を準備しておく役割を負っているようです。朽木家ではかなりの権限を持っておりますな。今播磨で街道を整備しておりますがあれも兵糧方の仕事です。朽木領内は兵糧方が整備した街道で移動が速やかに行えるようになっております」

父と叔父が溜息を吐いた。

「敵が攻めて来るとは考えぬらしい」

「まあ簡単に攻められる相手では有りませぬが……」

「明智殿に伺ったのですが河内、和泉、大和、紀伊の街道も整備されるようです」

〝なんと〟と叔父が声を上げ父と顔を見合わせた。

「受け入れるのか、それを」

「父上、畠山は管領職を返上したのです。今更拒絶は出来ませぬ。御屋形様は少しずつですが畿内での支配力を強めております」

また父と叔父が溜息を吐いた。兵を起こし和歌を求める、輿入れで三万の行列を作る。派手に周囲に見せておきながら目立たぬところでも徐々に抵抗する力を奪っていく。その歩みが止まる事は無い。

「官兵衛、幕府は、公方様は如何なる？」

「……」

父の問いに答える事は出来なかった。朽木の勢威が強くなる、それは足利の勢威が弱くなる事。足利は徐々に緩慢な死を迎えつつある。公方様はその死を受け入れられるのか、それとも……。


元亀四年（一五七六年）　八月下旬　　山城国葛野・愛宕郡　　伊勢貞孝邸　　伊勢貞良

「公方様が兵を挙げました」

「……」

とうとうその日が来たか。無言でいると報せを齎《もたら》した朽木の忍びが苛立たし気な表情を見せた。私が信じていないと疑ったのかもしれない。

「既に細川兵部大輔様は室町第において殺害されましたぞ」

「なんと！」

「公方様は兵を槇島城より呼び寄せております。もう間もなく此処へ押し寄せて参りましょう。早急にお逃げ下さい」

こちらが何か言う前に〝御免〟と言って朽木の忍びが立ち去った。

父の下にと急いだ。父の部屋の外から〝兵庫頭《ひょうごのかみ》にございます〟と声を掛けると〝入れ〟と答えが有った。中には父が端然と座っていた。そして私を見た。

「公方様が兵を挙げたか」

「……何故それを」

父が詰まらなさそうに笑った。

「その方の足音、声で分かった。焦りが有る。まだまだじゃの」

今度は楽しそうに笑った。

「笑い事ではありませぬ。急ぎ此処を離れなければ……。近江少将様の手の者の報せによれば公方様の兵が間も無く此処へ押し寄せるとの事。細川兵部大輔は既に殺されたそうにございます」

「兵部大輔が、……そうか、あの腰抜けにしては良くやったものよ。褒めてやっても良いの」

未だ笑っている。付き合いきれぬと思った。

「父上、急ぎ御仕度を」

言い捨てて立ち上がろうとしたが父が〝無用だ〟と言って首を横に振っている。浮かせかけた腰を今一度下ろした。

「父上？」

「私は逃げぬ。その方は皆を連れて逃げよ」

「何を仰せられます！……戦うのでございますか？　ならば某も」

戦うと言いかけたところで父にじろりと睨まれた。

「タワケ！　この伊勢守は足利の臣にして政所《まんどころの》執事《しつじ》である。公方様に対し逃げる事も御手向いもせぬ！」

「しかし、それでは」

「……已むを得ぬ事よ」

呟くような口調だった。

「この日が来るのは分かっていた。今日を限りに幕府は滅ぼう。もう二度とこの京の都に足利家の将軍が戻る事はあるまい」

「……左様ですな」

分かっていた。近江少将様は幕府を必要としていない。公方様が兵を挙げれば必ずや幕府を滅ぼしにかかるだろう。そして朝廷も幕府を必要としていない……。

「……寂しくなるの」

「……父上」

寂しそうな表情だ。いつも毅然としていた父が悄然《しょうぜん》としている。こんな父は初めて見る。政所執事を解任された時も父は父だったのに……、胸に痛みが走った。

「私は足利の臣として、政所執事として幕府と共に滅ぶ」

「……無駄死ににございますぞ」

父が微かに笑った。

「そうかもしれぬの。だが一人くらい幕府に殉じる者が居なければの、二百年以上続いた幕府じゃ、惨めであろう」

将軍ではなく幕府に殉じる、父らしいと思った。いや父は幕府が無くなるという事に耐えられぬのかもしれない。だから殉じるのか……。

「足利氏より受けた御恩はこれでお返しする。返し足りぬ分は自分があの世で代々の公方様にお詫びするとしよう……」

「責められますぞ」

私の言葉に〝かもしれぬの〟と父が笑った。私も笑った。一瞬だが和やかな空気が流れた。遣る瀬無さを伴った和やかさだ。足利家代々の将軍は身勝手な方ばかりであった。父の寂しさを理解してくれるとも思えぬ。

「以後は近江少将様にお仕えせよ。それとこれを少将様にお渡ししてくれ」

父が懐から書状を取り出した。

「……」

「中には〝御約束御守り頂きたく、伏してお願い申し上げ候〟とだけ記してある。分かるな？」

足利を惨《むご》く扱うなという事か。

「……それで宜しいのでございますな」

「良い」

父から書状を受け取り懐に入れた。己の仇は討つなという事か……。

「さあ、その方は子等を連れて逃げよ」

「はっ」

「伊勢氏の事、頼むぞ」

「必ずや」

父が満足そうに頷く姿を見て席を立った。もう、二度と会う事は有るまい。振り返るな、未練がましい所作をしてはならぬ。それが父への最後の手向けになるのだから……。

元亀四年（一五七六年）　八月下旬　近江国蒲生郡八幡町　八幡城　朽木基綱

「もう直ぐ八月も終わりでございますね」

「そうだな、もう直ぐ終わりだ」

雪乃が万千代をあやしている。初めての男の子で可愛くてならないらしい。過保護にならなければば良いのだが。

「今年の夏は涼しゅうございました」

「そうか、気付かなかったな」

いかんなあ、この時季に涼しいと言うのは冷夏という事だ。今年は米の出来は良くないかもしれん。二年連続か、全く気付かなかった、領主失格だ。

「竹の事が御気になりますか？」

雪乃が悪戯っぽい笑みを浮かべながら問い掛けてきた。

「当然だろう。そなたは気にならんのか？」

「気にしてもどうにもなりませぬ。そう思い定めております」

「まあ、それはそうだが……」

女は割り切りが早い。八月も終わりに近付いた、婚儀が無事に済んだのなら良いのだが……。

「大丈夫ですわ。あの子は御屋形様に似て大らかで物に拘らない性格ですから上杉家でも可愛がって貰えます」

「……」

俺は大らかでもないし物に拘らない性格でもない。当主として出来るだけ仕え易い当主を演じているだけだ。俺に似ている？　気休めにもならん。

「また溜息を、先程から御屋形様は溜息ばかり吐いておいでです」

「そうかな？」

雪乃が鶴に〝そうよねえ〟と同意を求めた。鶴がこくりと頷いて俺を見た。いかんなあ、全然気付かなかった。鶴の頭を撫でてやると鶴が嬉しそうな表情を見せた。竹が居なくなってから寂しいのか良く俺の傍に来るようになった。以前は竹と一緒に居る事が多かったんだが……。

「もう直ぐ重陽《ちょうよう》の節句だな」

「そうでございますね」

「今度の能興行は大森座か」

「演目はどのようになるのでしょう」

雪乃が浮き浮きと訊ねて来た。俺の心を弾ませようとしてかな。それとも本心か。朽木家の女達は能見物が大好きだ。あれの何処《どこ》が良いかねえ、俺にはさっぱり分からん。

「良く分からんが脇能は鵜羽《うのは》と言っていたな」

「まあ、宜しいのでございますか？」

「うん、何がだ？」

雪乃が驚いた様な顔をしている。鵜羽って何か有るのかな？

「あれは悪御所と言われた義教公が赤松様に暗殺された際に上演されていたものでございますよ。余り縁起の良い演目ではございませぬ。忌み嫌う方もおられます」

なるほど、足利義教か。赤松満祐が自邸で義教を歓待している最中に殺した嘉吉の乱だな。あの時鵜羽を演じていたのか。これってどうなんだろう、俺に対する嫌がらせとか有るんだろうか？待てよ、義教って第六天魔王とか言われてなかったかな。比叡山とも抗争してたような気がする。

似ているなあ、俺に対する嫌がらせ、いや呪詛《じゅそ》かな。

雪乃が心配そうな顔をしている。俺と同じ事を考えたのかな。敢えて明るく行こう。

「気にする事は無い」

「そうでございますか？」

「そうだとも」

気にしない事にしよう。面倒だ。変に騒ぐと問題になる。俺は能興行を楽しめば良いのだ。だが終わったら一言言った方が良いな、義教の事は知っているぞと。俺は気にしていないと。

「御屋形様」

押し殺したような声がした。小兵衛だ。部屋の入り口で身を屈めている。近寄って同じように身を屈め〝如何した〟と問い掛けた。

「京で動きが」

「兵を起こしたか？」

小兵衛が頷いた。お互い小声だ、雪乃や鶴には聞こえまい。

待っていた、ようやく動いたか。気配は有ったが中々動かないのでイライラしていた。

「伊勢伊勢守様、細川兵部大輔様が」

「如何した？」

「公方様に殺されました」

「殺された？」

問い返すと小兵衛が頷いた。如何いう事だ？

「馬鹿な、事を起こす前に逃がせと言っていた筈だ。彼らも了承していた筈。式部少輔《しきぶしょうゆう》は如何した、報せは無かったのか？」

如何いう事だ？　京で動きが有るのは分かっていた。だが伊勢守や藤孝を殺すなどという動きは無かった筈だ。そんな動きが有れば式部少輔が報せた筈だ。如何なっている？

小兵衛が俺をじっと見た。

「御屋形様、式部少輔様は毛利への使者に」

「毛利？……何時の事だ？」

「事の起きる前日にございます。それまでの報告に危険を感じさせるものは有りませぬ」

前日？　その時は伊勢、細川の殺害は決まっていなかったのか？　急に決まった？　だが伊勢、細川を殺すとなるとそれなりに準備、手筈を整える必要が有った筈だ。簡単に出来るものか？　おかしい、如何なっている？

いや急に決まったのではない、既に決まっていたとしたら……。式部少輔は裏切ったのか？　そうは思えん、だとすると……。

「いかん、式部少輔は殺される！　してやられたぞ！　小兵衛！」

気が付けば大声になっていた。鶴が怯えた様な表情をし万千代が火が付いた様に泣き始めた。

〝御屋形様〟と強い声で咎める雪乃に〝済まぬ〟と謝って部屋を出た。

「出陣だ！　触れを出せ！」

大声で喚いた。それを受けて控えていた小姓達が口々に出陣だと声を上げながら動き出した。良し、これで皆が動き始める。

「御屋形様、申し訳ありませぬ」

「言うな、小兵衛。抜かったのは俺だ。婚儀に気を取られてあの手紙公方を甘く見た！　してやられた！」

怒鳴りながら自室に戻ると石田佐吉、加藤孫六の二人が鎧を用意して待っていた。騒ぎを聞き付けたのだろう、蒲生下野守、黒野重蔵もやってきた。

「如何なされました」

「手紙公方が兵を起こした。伊勢伊勢守、細川兵部大輔が殺された」

「小兵衛！」

重蔵が叱責すると小兵衛が〝申し訳ありませぬ〟と頭を下げた。

「重蔵、小兵衛を責めるな」

「なれど」

「油断したのは俺だ。うまうまと出し抜かれた！」

孫六と佐吉に手伝って貰いながら鎧を着ける。もどかしい程に手間がかかった。

「一色式部少輔様は？」

「前日に毛利への使者として安芸に向かったそうだ。俺が思うに書状にはこの男朽木の犬なれば処分願いたしとでも書かれているだろう。残念だがもう間に合わん、今頃は船の上だ」

俺が答えると下野守が〝なんと〟と呟いた。史実の黒田官兵衛と一緒だ。何処かで義昭に疑いを抱かれたのだ。そして疑いは確信に変わった。官兵衛は殺されなかった、荒木と面識があったからな。だが式部少輔は難しいだろう。

「婚儀に夢中になる余り注意が散漫になった。そこを突かれた。それにしても鮮やかなものよ。重蔵、小兵衛を責めるな。今回は向こうがこちらの上を行ったわ」

「御屋形様」

重蔵が唇を噛み締めている。自分の失態以上に辛いに違いない。

「こうなると三好、松永、内藤、畠山の服属も怪しいものだ。すぐさま京を押さえ連中の動きを制する必要が有る。その方等も急げ！」

重蔵と下野守が〝はっ〟と頭を下げて出て行った。

「御屋形様」

小兵衛が腹でも切りそうな顔をしていた。困った奴。

「小兵衛、戦だ。謀りに謀っても裏をかかれる事は有る。だが負けたわけではないぞ、勝負はこれからよ。その方も仕度を急げ！　腹を切るなら朽木が滅んでからにしろ、俺の介錯をするのは八門であるその方の役目ぞ！」

「はっ」

小兵衛が一礼して出て行った。腹なんぞ簡単には切らせぬ。無駄死にさせる程俺は優しくないのだ。生き恥晒してでも俺のために働いて貰う。

「御屋形様！」

「弥五郎殿」

小夜と雪乃、綾ママが入って来た。

「火急の用が出来《しゅったい》しました、京に向かいます。小夜、湯漬けを頼む」

「はい」

小夜が答えると直ぐに三人が去った。あの三人、湯漬け作るのに張り合ってるんじゃないだろうな。

義昭め、伊勢、細川を殺し式部少輔の始末を毛利にさせようとは余程の覚悟だな。ずっと機会を狙っていたのだろう。うまうまと騙された。それにしても伊勢、細川はともかく式部少輔までこちらの手の者と見破っている。思ったよりも鋭い。……あの目だな、俺をじっと見ていたあの目。おそらくあの目で自分の周囲を見ていたのだろう。

三好、松永、内藤、畠山、当然声はかけている筈だ。何処まで義昭に同調する？　何処までじゃない、最悪を想定しろ！　紀伊、大和が敵になったとすれば伊勢、伊賀の兵は動かせんな。それと南近江の兵も動かすのは拙《まず》い。となるとこの緊急時に直ぐ動かせるのは北近江、越前、丹波か。急いで国人衆に使者を出そう。京に集結させる。それと舅殿と十兵衛にも使者を出さねばならん。俺が京に入り摂津、播磨が安定していれば河内、和泉、大和も動く事は出来ん。畿内の混乱はそれほどでもない筈だ。急がねばならん……。

武門の棟梁

元亀四年（一五七六年）　八月下旬　　　山城国葛野郡　　朽木基綱

酷いものだった。室町第は跡形も無く焼け落ちていた。義昭は事を起こすと室町第、そして伊勢氏の屋敷、細川氏の屋敷にそれぞれ火をかけたらしい。勝つまで此処に戻る事は無い、そういうつもりなのだろう。

「伊勢兵庫頭様がお見えでございます」

佐吉の言葉と共に伊勢兵庫頭が本陣に入って来た。戦支度をしている。表情が厳しかった。近付いて手を取った。

「御無事であられたか」

「御心配をおかけしました」

「何を言われる。さ、こちらへ」

兵庫頭に床几《しょうぎ》を勧め互いに正対した。

「伊勢守殿の事、残念でござった。心からお悔やみ申し上げる」

「丁重な御言葉、有難うございまする。少将様の御心遣いを無にするような形になりました事、心からお詫び申し上げまする」

あれ？　如何いう事だ？　詫びようと思ったんだが向こうが詫びてきた。重蔵、下野守も訝しげだ。

「折角事前に御報せを頂きながら……」

事前に報せが行った？　八門か？

「父は皆に逃げるように命ずると自分は屋敷に残ったのです。共に逃げるか、一緒に戦うか、そう言ったのですが……」

兵庫頭が首を横に振った。

「拒んだのですな」

俺の言葉に兵庫頭が頷いた。なるほど、報せは行ったが逃げなかったのか。小兵衛への報せは其《そ》処《こ》を省いて行われたらしい。伊勢、細川が殺された事で小兵衛も慌てて確認を怠ったか。

「自分は足利の臣、政所執事である。公方様に対し逃げる事も御手向いもせぬと。そして某に以後は少将様に御仕えせよと」

「某に？」

「はっ」

「足利氏より受けた御恩はこれでお返しする。返し足りぬ分は自分があの世で代々の公方様にお詫びすると……」

何時かはこの日が来ると覚悟の上か……。自分の代までは足利の臣、そういう事だな。御爺も俺には自由に生きろと言った。似た様な気持ちだったのかもしれん。足利は終わりだな、御爺や伊勢守のように自分までは足利の臣と見切りを付ける人間が出てきた……。

「自分が最後の政所執事になるであろうと申しておりました」

「義昭様も愚かな……。伊勢守殿こそ真の足利の臣、それを自らの手で命を奪うとは……、愚かに過ぎる」

伊勢守は足利を守る事よりも幕府を守る事を優先した。義輝、義昭には不忠に見えたのだろう。だが伊勢守は幕府を守る事が足利を守る事になる、そう考えたのだと思う。そこに迷いは無かった……。

「父伊勢守より少将様への文を預かっております」

そう言うと兵庫頭が文を俺に差し出した。受け取って中を確認すると綺麗な字で一行だけ書かれていた。

『御約束御守り頂きたく、伏してお願い申し上げ候』

約束か、足利の血を酷《むご》く扱うなという事だな。殺される時まで足利の行く末を案じたか……。鼻の奥がツンとした。

「何が書かれてあるか、御存知か？」

「はっ、存じておりまする」

「そうか……、では今一度ここで伊勢守殿の御霊に誓い申す。兵庫頭殿には証人になって頂きたい。宜しいな？」

「はっ」

兵庫頭が頭を下げた。

「仇は討てませぬぞ？」

「それが父の最後の願いでござれば不満は持ちませぬ」

有りませぬではなく持ちませぬか。これで伊勢氏は主殺しの汚名から逃れられるのだろうな。伊勢守が望んだのはそちらかな？

「伊勢守殿、決して足利の血を酷く扱う事は致さぬ」

「はっ、御言葉有り難く父に代わりまして御礼申し上げまする」

兵庫頭が深々と頭を下げた。肩が震えている、もしかすると泣いているのかもしれない。

「以後は伊勢守殿の遺言通り朽木に仕えられよ、宜しいな」

「はっ、有り難き幸せ」

「では命を下す。先ずは焼け跡を片付け治安を回復せよ。そして室町第の跡に朽木家の京における政の拠点となる館を建てるのだ。費用はこちらで用意する。館が出来るまでは適当に代わりの場所を用意せよ。良いな？」

「はっ」

「兵庫頭は残った幕臣達を取り纏め俺の代理として京の施政を司れ。朽木に仕える意志の無い者は自由にさせよ、無理強いはならぬ」

「はっ、御指図の通りに」

「うむ、頼むぞ」

兵庫頭が下がるのを見ながら溜息が出そうになるのを堪えた。義昭はやる気満々、それなのに酷く扱うなと言われても……。困った約束をしてしまったよ。死者との約束は破れん、破れば誰に謝れば良いんだ？　あの世まで抱えて行って謝るなんて御免だな。

佐吉が俺の前にするすると出てきた。

「御屋形様、関白殿下がお見えでございます」

「分かった」

関白殿下も流石に沈痛な表情をしていた。

「良いのか？　忙しいのなら出直すが」

「いえ、兵が集まるまであと二日は掛かります。それまでは……」

「暇か」

「はい」

今二万の兵が京に居る。だが三好、松永、内藤、畠山が敵に回れば二万では押さえ切れない。北近江、越前、丹波の兵が必要だ。ざっと二万は集まるだろう。四万なら十分だ。いずれは越後からも兵が戻る。焦る必要は無い、先ずは相手の動きを抑える、潰すのはその後だ。最初に攻撃するのは槇島城だな。義昭の近臣、真木島玄蕃頭昭光の城だ。義昭は此処に密かに千五百の兵を集め伊勢、細川の屋敷を攻撃したようだ。もう殆ど空だろう、義昭は河内の三好義継の所に向かったらしい。女子供は別行動の様だ。今八門が追っている。

床几に座ると殿下が大きく息を吐いた。

「大樹も思い切った事をしたものよ、臆病で震えているだけの男かと思ったが……」

「某も正直驚きました。殿下が御無事で何よりでございます」

「朽木の者が報せてくれたのでな、内大臣、飛鳥井権大納言と共に内裏に逃げ込んだ」

「左様で」

なんだ、ちゃんと仕事をしてるじゃないか。重蔵がホッとした様な顔をしている。

「細川兵部大輔が殺されたのは痛いの」

最初に殺されたのが藤孝だった。藤孝が殺されたのは室町第だ。どうやら呼び出されて殺されたらしい。おそらくは不意打ちだろうな。新当流の使い手とはいっても油断しているところを突けば殺すのは難しくない。その後に義昭は槇島から兵を呼び寄せ細川邸を包囲し預かりとなっていた三淵《みつぶち》大和守を解放した。そして伊勢邸を攻撃した。藤孝の家族は何とか逃げたようだ。藤孝の妻は沼田上野之助の妹だ。逃げ遅れていれば殺されたかもしれない。しかし、痛い？　殿下は親しかったのか？

「三条西大納言も大分力を落としておる。痛々しい程よ」

「……」

「どうやら知らぬようじゃの。兵部大輔は三条西大納言から古今集の伝授を受けている最中での」

「なるほど」

そうか、古今伝授か。そういうのが有ったたな。

「麿の曽祖父の政家公も伝授を受けたと聞いているが今では代々三条西家に伝えられておる。だが大納言の子息は幼くての、必ず三条西家に還すという約束で兵部大輔に伝授する事になっておったのよ」

「左様でしたか」

「新たに伝授する者を探さなくてはならんが……」

殿下が溜息を吐いた。

「どなたか良い御方が居られましょうか？　武家はなりませぬぞ、此度の事でも分かりますが武家は存亡が厳しい。古今の伝授は公家の方から選ばれた方が宜しいかと思います」

「そなたの言う通りだが……、そなた、知っておるのか？」

殿下が俺の顔を覗き込んだ。何だ、一体。

「適任者がいるとすれば飛鳥井権大納言、息子の四位中将、西洞院右兵衛佐、あとは中院宰相中将だが」

「……」

「やはり知らなんだか」

知らんわ、そんなもん。四人の内三人が飛鳥井じゃないか。西洞院右兵衛佐は飛鳥井から西洞院に養子に行った俺の従兄弟だぞ。もっとも従兄弟共は俺を怖がって余り近寄らないが。昔伯父相手にブチ切れたからな、あれが尾を引いているらしい。

「書道に堪能だとは殿下に教えて頂きましたが」

殿下が〝ほほほほ〟と笑い声を上げた。

「飛鳥井の一族は多才での、書の他にも和歌、蹴鞠《けまり》にも堪能じゃ」

書と蹴鞠は飛鳥井流という流派まで出来ているらしい。なんで俺はそっちの才能が無いんだろう。もうちょっと綾ママに甘えて教われば良かったかな。でもそんな暇無かったしなあ。

「まあ宰相中将が三条西大納言の甥にあたる故そちらに伝授するのではないかと思うが中将は未だ若い、どうなるか……」

「……」

「少将が我らの家業を保護、支援したいと言った時はやはり飛鳥井の血を引く者と思った。少将はそちらは嗜《たしな》まぬが関心は有るのだとな」

殿下が〝ほほほほ〟と笑い声を上げた。嬉しいのかな、俺が半分くらいは自分達と同類だと感じているのかもしれない。まあそういう事にしておこう。関心というよりも務めだと思うんだよな、こういうのは。殿下が表情を改めた。

「ところで如何する？　大樹の征夷大将軍職だが解任するか？」

「……」

「そなたがそれを望むなら手続きを取る。帝も此度の事については大層な御立腹じゃ」

「帝が？」

驚いて殿下を見ると殿下が頷いた。

「此度の婚儀、天下から戦を無くすためだと朝廷では理解している。それをあの阿呆が関東管領職の継承を認めぬだの聞いておらぬだのと虚《うつ》けた事をぬかす。ようやく畿内から戦が無くなり朝廷も貧しさに怯えずに済むようになった。それなのにまた畿内で戦を起こそうとする！　あれが征夷大将軍のする事か！　朝廷を守らずして何の武家！　何の幕府か！」

「殿下」

俺が声をかけると激高した事を恥じるかのように顔を背けた。

「応仁、文明の乱以降幕府は力を失った。ただ混乱するばかりで何の役にも立たぬ。三好も威を振るったとはいえ天下を纏めるには程遠かった。麿が関東に下向したのは関東の兵を率いて天下を正さんとしたが故じゃ。輝虎となら出来ると思った。だが簡単な事ではないと知っただけであった……」

「……」

「正直絶望した。このまま世は乱れ朝廷は衰微し続けるのかと思った、滅ぶのではないかと。そんな時に少将、そなたが頭角を現した。そなたの力によって畿内は安定した、朝廷はかつての平穏を取り戻しつつある。そなたこそが朝廷を守護しておる。麿だけではないぞ、皆がそう思っているのじゃ。忘れないでくれよ……」


元亀四年（一五七六年）　八月下旬　河内国讃良《ささら》郡北条村　飯盛山城　三好義継

飯盛山城の大手門の前に千五百程の兵が集っていた。そしてその先頭には義兄、足利義昭公と上野中務少輔、真木島玄蕃頭等の側近達が居た。いずれも甲冑姿だ。

「左京大夫、出迎えご苦労。兵を休ませたい、中へ入れさせてくれ」

「公方様、これは一体如何いう事でございます？」

いや、聞かなくても分かっている。兵を挙げたのであろう。この軍勢を城に入れる事は出来ぬ。それを許せば自分も挙兵に同調した事になってしまう。

義兄が笑い声を上げた。

「如何いう事？　決まっておろう、兵を挙げたのよ」

「何という事を……」

分かっていた事ではあるが声が震えた。自分の背後でざわめきが起きた。家臣達も分かっていた筈だ、だが驚いている。自分と同じだ。そうであって欲しくないと思っていたのだ。

「もう朽木の好きにはさせぬ」

「御止めなされませ、今直ぐ京にお戻りになるのです。ここで兵を挙げる事に意味は有りませぬぞ」

義兄が笑い声を上げた。何処かに嘲《あざけ》りを感じる笑い声……。

「予に従うのだ、左京大夫。畠山修理亮は既に予の味方に付く事を誓った。毛利も予の味方だ。そして朽木は三万の兵が越後に有る。今なら勝てる！」

「朽木は十万の兵を動かすのですぞ、三万など何程の事も有りませぬ。それに三万の兵は失ったわけでは有りませぬ。一月も有れば戻ってまいります」

「その前に朽木を叩くのだ！　さすれば織田も味方に付く！　上杉とて朽木を見限ろう！」

高揚している。幕臣達も勝てると口々に叫んだ。夢だ、夢に酔っている。織田が味方に付く？　武田、北条を敵にしている今、織田に朽木を相手にする余裕は有るまい。片手間に戦える相手ではないのだ。播磨を一月ほどで制した力を侮る事は出来ぬ。

「無理でございます。毛利は備中の混乱を抑えるのに手一杯、まして宇喜多の動向が読めぬ今、当てにはなりませぬ。毛利の狙いは備中を押さえるまで畿内を混乱させ朽木の足止めを図る事にございましょう。騙されてはなりませぬ」

義兄が近寄り私の肩を掴んだ。

「そなたが起てば松永、内藤も起つ。さすれば兵力は畠山も入れれば三万にはなる。持久の態勢を採りつつ毛利を待つのじゃ。毛利が来れば他にも味方に付く者が現れる。勝てるのだ！」

身体を揺す振られたが揺す振られる程に心が醒めた。

「出来ませぬ。某にも家臣がございます。その者達を無駄に死なせる事は出来ませぬ」

霜台、備前守は私が起てば付いて来てくれるだろう。なればこそ軽率な事は出来ぬ。あの者達の忠義に甘える事は出来ぬ。

「予を見捨てるのか？」

義兄がじっと私を見た。

「卑怯であろう、左京大夫！　主殺しの汚名を負い世の非難を一身に浴びていたのは誰だ？　一乗院から予を連れだし予を担ぐ事でその汚名から逃れたのは誰だ？　予を将軍と仰ぐ事で三好豊前守、安宅摂津守と対等の立場に立った事を忘れたとは言わせぬ。己の身が安全になった途端に予を見捨てるのか？　卑怯であろう！」

「……」

思わず一歩下がろうとしたが義兄の手がそれを許さなかった。肩を痛いほどに掴んでくる。義兄の顔が近付いた。

「予を見捨てる等許さぬ。見捨てるくらいなら最初から一乗院に打ち捨てておけば良かったのだ。

予を還俗させ将軍へと誘《いざな》ったのはその方ぞ。忘れたとは言わさぬ。予を将軍として崇めよ！　予の命に従え！　その方が予の命に逆らうなど許さぬ！　朽木を討つのだ！」

「……大樹」

この方を担ぐ事で義輝公殺害の汚名を免れようとしたのは事実。だがやはりあの汚名からは逃れられぬのか……。この方と共に死ぬ事があの汚名を雪ぐ唯一の手段なのか……。済まぬ、霜台、備前守。あの時死ぬべきであった。その勇気が無かったばかりにその方達まで道連れにしてしまう。

「……大樹、某は……」

「なりませぬぞ！　殿」

「詩《うた》……」

振り返ると直ぐ後ろに詩が居た。

「流されてはなりませぬ。お気をしっかりとお持ちくださいませ！」

「邪魔するな！　詩！」

義兄が詩を叱責したが詩は怯《ひる》まなかった。一歩前に出て私の横に並ぶと義兄が私から手を離し詩と向き合った。

「兄上、もう御止めなされませ。このまま京へお戻りになるのです」

「何を言うか！　予は退かぬ！」

「伊勢守を頼られませ。伊勢守なら兄上を守ってくれます」

義兄が頭を仰《の》け反らして笑い声を上げた。

「伊勢守だと？　朽木に尻尾を振るあの裏切り者がか？　予を守る？　そなたは面白い事を言うの。ホホホホホホ」

「嘘ではありませぬ。伊勢守は少将様から足利の血を酷く扱わぬという御約束を頂いております」

思わず詩の顔を見た。皆がざわめいている。

「……そなたが頼んだのか？　詩」

「はい、兄上。私が伊勢守に頼みました」

「……」

「兄上を、足利を守るためでございます」

義兄がまた笑い声を上げた。狂ったように笑う、何度も、何度も詩の顔を指さしながら笑い続けた。何処かおかしい。詩が〝兄上〟と呟くと義兄がようやく笑うのを止めた。だが義兄の顔には未だ笑みが有った。

「伊勢守は死んだ、予が殺した」

詩が〝ひっ〟と小さく悲鳴を上げた。

「何という事を、それは真でございまするか」

「真だ、左京大夫。伊勢守だけではないぞ、細川兵部大輔も殺した。一色式部少輔は毛利が始末してくれよう。あの裏切者共、予に仕えながら朽木の為に働いておった」

また義兄が声を上げて笑った。背後で家臣達のざわめきが聞こえる。もうどうにもならぬ、京に戻る事は出来まい……。

「残念であったな、そなたの試みは無に帰した」

義兄が詩を揶揄《やゆ》した。

「何故、何故そのような事を。……足利にはもう天下を治める力は有りませぬ。何故それを受け入れぬのです。徒に天下を乱して何とするのです」

義兄がまた笑った。真に可笑《おか》しそうに笑っている。

「詩よ、そなたが何を考えたか、予が当ててみせよう」

「……」

「征夷大将軍職を辞し阿波の義助のように程々の官位を得て過ごせというのであろう。違うか？」

「そうでございます。武家の名門として……」

「名門？　そなたは何も分かっておらぬ」

「兄上……」

義兄の顔から笑みが消えた。

「そなたの申す通り、足利は力を失った。今では誰も足利の命に従おうとせぬ。征夷大将軍、足利義昭か。滑稽な存在よな、笑えるわ」

義兄が苦笑を漏らした。

「今のこの状況で将軍職を返上すれば如何なる？　予は、いや足利は侮蔑の対象でしかあるまい。違うか？」

「……」

自分も、詩も答える事が、いや否定する事が出来ない。

「予も仏門に在る頃は兄の事をなんと愚かなと思った。そなたと同じ事も考えた。程々の名門、それで良いではないかと」

「ならば……」

詩が言いかけると義兄が首を横に振った。

「だがこの地位に就いて兄の、いや代々の将軍の気持ちが分かった。足利家は武門の棟梁なのだ。侮蔑の対象になどしてはならぬ。そのために戦う、たとえ相手が誰であろうとだ。予は諦めぬぞ、天下の諸大名を糾合し朽木を倒す。そして足利の権威を今一度天下に輝かせる！」

この方は……。妄執に、足利氏の妄執に囚われておいでだ。

「大樹、そのためになら天下を混乱に落としても構わぬと？」

「そうだ、武門の棟梁が蔑まれてはならぬ！　そのために戦う。それが足利に生まれた者の、将軍になった者の務めなのだ！」

「兄上、御許しを！」

「タワケ！」

詩が懐剣を抜いて斬りかかり義兄が太刀に手をかけた！

「ならぬ！　詩！　大樹！」

父と子

元亀四年（一五七六年）　八月下旬　　河内国讃良郡北条村　　飯盛山城　　朽木基綱

「少将様にこの城まで御運び頂きましたる事、真に恐れ入りまする」

飯盛山城の書院で松永弾正忠久秀、内藤備前守宗勝の兄弟が深々と頭を下げた。

「いや、当然の事をしたまで。左様に頭を下げられてはこちらが恐縮。それより御内室詩様の事、真に残念でござった。左京大夫殿の御容態も宜しくない、なんとも大変な事になった……」

俺の言葉に二人が頷いた。二人とも表情が暗い。

「我らが左京大夫様を追い詰めたのかもしれませぬ。我らが左京大夫様の傍に居なければ公方様も左京大夫様に拘る事は無かった筈……」

弾正忠久秀の口調が弱い。どうみてもこれは悪党の口調じゃないよ。主を心配する老臣の口調だ。かなりまいっている。そうだろうなあ、もう六十歳を越えているんだ。年寄りには堪える出来事が起きた。

三好左京大夫義継が義兄である足利義昭に斬られた。かなりの重体だ、果たして助かるかどうか……。義昭は義継に味方しろと迫ったらしい。毛利、畠山は味方に付いた。お前が味方に付けば松永、内藤も起つ。朽木に勝てると。だが義継は断った。何度か押し問答が有って義継夫人、義昭の妹である詩が義昭に懐剣で斬りかかった。それに応じて義昭が太刀を抜いて詩を斬ろうとした、本当に斬る気だったのかは分からん。だが義継は詩が危ないと判断したのだろう、詩を庇って義昭に斬られた。

義昭も詩も呆然としたようだ。そりゃそうだな、これで三好、松永、内藤が義昭に付く事は無くなった。義昭の挙兵が失敗した事が確実になったんだから。ついでに言えばこんな形で決着が付くとも思っていなかっただろう。或いは義継はわざと斬られたのかもしれない。そうする事で足利との決別を義昭に告げたのかも……。弾正忠と備前守にその事を告げると二人も口々に〝そうかもしれませぬ〟、〝少将様の仰られる通りかもしれませぬ〟と頷いた。

先に気を取り戻したのは詩だった。そして義昭に斬り付けた。しかし得物は懐剣で女の腕だ、顔に斬り付けたようだが致命傷ではなかった。そして顔を斬られた事で逆上した義昭にその場で斬り伏せられた。即死だったようだ。大混乱になった。その混乱の中、義昭率いる千五百の兵は紀伊に向かった。そして変事を聞いた弾正忠と備前守が駆け付け俺に使者を出した。

足利の血を酷く扱ってくれるなという約束は義昭に斬られた詩が伊勢守に頼んだ事らしい。義輝、周暠《しゅうこう》が永禄の変で殺されている。このままでは足利氏の血は権力争いの中で途絶えてしまうとでも思ったのだろう。俺に足利が潰されるという懼れもあったのかもしれない。だが義昭が伊勢伊勢守、細川兵部大輔を殺した、絶望しただろうな。彼女は絶望と怒りから斬りつけたのだと思う。或いは苦しんでいる夫を救おうとしたのか……。哀れな女だ。益々あの約束は破れなくなった……。

「このような話はしたくないが左京大夫殿に万一という事も有る。霜台殿、跡目は？」

「御嫡男千熊丸様を」

「御幾つかな？」

「数えで三歳に」

数えで三歳？　どうにもならんな。分かっている事だがこの二人に後見を頼むしかないだろう。その事を頼むと二人が頷いた。

義継には何とか助かって欲しいものだ。この男、天文十八年生まれだ。つまり俺と同い年なのだ。おまけに息子が三歳って……、俺も家督を継いだのはその頃だった。八千石の小領主でもきつかったんだ、河内一国ともなれば……、想像もしたくない。一つ間違えると下剋上による御家騒動が起きるだろう。頭が痛いよ。

これで義継が死ねば毛利はしてやったりと笑うだろう。いや今でも笑っているか。先ず朽木は畠山を討伐しなければならん。その分だけ中国方面への出兵は遅れる。毛利は備中制圧戦に集中出来るわけだ。大笑いだな。それに義継が死ねば今後は河内が不安定要因になる。益々大笑いだ。

どうやら毛利にしてやられたか。動いたのは世鬼と安国寺恵瓊《えけい》だろう。おそらく毛利が細川兵部大輔、一色式部少輔の事を調べ義昭に報せた。義昭は驚いただろうが自分なりに調べて間違いないと判断して式部少輔を毛利に送ったのだろう。俺に対して不満を持つ畠山を義昭陣営に引き込んだのも毛利に違いない。

味方をすると言って敵の不満分子を煽り暴発させ敵を内部から混乱させる。その間に自分の目的を達成する。毛利御得意の手だ。史実でも荒木がそれに引っ掛かって謀反を起こした。荒木は毛利に助けを求めたが毛利は荒木を助けなかった。織田を混乱させ中国侵攻の時間を稼いだだけだ。荒木の謀反と播磨の騒乱が無ければ毛利は織田に滅ぼされていただろう。

この世界では畠山が引っ掛かった。もう少しで三好、松永、内藤も引っ掛かるところだった。中国者の律儀とか言って毛利を信じられると言う奴も居るが俺に言わせれば毛利など食わせ者以外の何者でもないな。荒木か、如何しているかな？　三好に従って四国に居る筈だが……。不満を持っているだろう。念のため、伊賀衆に探らせるか……。

元亀四年（一五七六年）　八月下旬　　山城国葛野郡　　六条堀川　　本国寺　　朽木基綱

寛いでいると葛西千四郎がやって来た。ピタッと姿勢を正して座る。こっちも姿勢を正した。

「如何した、千四郎」

「御屋形様、伊勢兵庫頭様が拝謁を願っております。大舘伊予守様、諏方左近大夫将監様を同道なされております」

「分かった。通してくれ」

千四郎が〝はっ〟と畏まってから下がった。重蔵が小姓達に〝気を緩めるな〟と注意すると町田小十郎、秋葉九兵衛、千住嘉兵衛、磯野藤二郎が姿勢を改めた。飯盛山城から戻って一息入れたらこれだ。楽は出来ん。

直ぐに兵庫頭が入って来た。その後ろから大舘伊予守、諏方左近大夫将監が現れた。その後ろに千四郎だ。三人が座ると千四郎が更に後ろに控えた。

「大舘伊予守殿、諏方左近大夫将監殿を伴いましてございます。両名は公方様の命で関東へと赴いておりましたが騒動を聞いて慌てて戻って来たとの事にございます」

「そうか」

妙な話だ。大舘伊予守晴忠、諏方左近大夫将監晴長の二人は細川兵部大輔藤孝と並んで幕府内では親朽木派として有名な男だった。特に伊予守晴忠は義昭に対して面を冒して諫言《かんげん》する事も少なくなかったと聞く。義昭にとってはもっとも不愉快な家臣の一人だっただろう。おそらくその不愉快度は藤孝よりもずっと上だったに違いない。だが殺されていない……。

この二人は俺に対して文を送って来た事は無い。あくまで義昭に忠誠を抱く幕臣であったのだ。藤孝は裏切りかけていた、一色式部少輔藤長は裏切っていた。その辺りが生死を分けたのだろうな。義昭は毛利の報告を基に目の前の二人を自分を裏切ってはいないが必要無い鬱陶しい家臣だと判断した。だから関東に追い払った。そして藤孝と藤長は裏切者として処断した。

「騒動を聞いて戻られたとの事だが仔細を御存知かな？」

問い掛けると二人が〝はっ〟と畏まった。

「三好左京大夫様が負傷され御内室様が亡くなられたと聞いております。他に伊勢伊勢守殿、細川兵部大輔殿が亡くなられたと……」

伊予守が答えた。二人とも顔色が悪いな。まあ自分達の居ない間にこれだけの騒動が起きたのだ。

当然か。公家の日記には戦乱有りとでも書かれるのだろう。

「このような事を聞くのは何だが公方様の挙兵の事、そのような話が幕臣達の間で有ったのかな？」

「いえ、そのような事は全く無く」

「我ら騒動を聞いて何かの間違いではと思った程にございます」

この二人、義昭の側近達の間では孤立していたのだろう。おそらく兵部大輔も同様だったのだろうな。俺がこの二人の立場なら義昭と縁が切れて大喜びだ。裏切り者と言われる事も無い。……この二人には無理か。辛い立場だ。

「三好左京大夫殿、御内室様を斬られたのは公方様御自身である事も御存知かな？」

二人が〝はっ〟と言って頭を下げた。

「兵庫頭殿より伺いました」

伊予守が答えた。

「左京大夫殿の具合は良くない。いや、厳しいと言うべきでござろう」

二人の顔が強張った。義昭が左京大夫を斬った。左京大夫が死ねば松永、内藤の二人は義昭を絶対に許さない。義昭が殺される、その可能性を思ったのかもしれない。

「お分かりだとは思うが言っておく。この基綱、朝廷より天下静謐の任を委ねられた。洛中にてこれだけの騒動を起こした以上、たとえ公方様であろうと許す事は出来ぬ」

「……」

「御両所は如何なされるかな？　公方様は紀伊に行かれたようだ。後を追うなら止めは致さぬ」

二人が顔を見合わせた。

「我ら両名、公方様に忠義を尽くして参りましたが捨てられた者にございます。これ以降は少将様に拾って頂きたく」

「何卒」

伊予守と左近大夫将監が頭を下げた。兵庫頭に視線を向けると兵庫頭が頷いた。

「良いだろう、両名を召し抱える。禄はこれまで通りとする。兵庫頭、二人はその方に預ける。京の施政に二人の力を役立ててくれ、頼むぞ」

「はっ」

暫くは兵庫頭に預けて様子を見よう。この二人が義昭が用意した埋伏の毒という可能性も有る。見極めが必要だ。八門にも密かに監視させよう。

三人が下がると今度は勧修寺権中納言がやってきた。どうやら帝の内意を伝えに来たらしい。慌てて下座に控えた。

「此度の騒動、帝は酷く憂えておいでおじゃります。少将の力で畿内に平穏が齎されましたがまた戦乱が起きるのではないかと……」

権中納言がホウッと息を吐いた。なかなかの役者だな。だが朝廷が漸く畿内で戦が無くなった、平和になったと喜んでいたのは事実だ。今回の騒動はその喜びに冷や水を浴びせた様なものだろう。

「御安心を。此度の様な事、二度と起こさせませぬ。足利義昭公は天下の静謐を乱した者、たとえ征夷大将軍の地位に有ろうと責めを負わせまする。そのように帝にお伝え願いまする」

俺の言葉に権中納言が満足そうに頷いた。そうだよな、勧修寺は義昭が嫌いだ。いや、帝もだ。そうか、この男が此処に来たのは義昭を許すなと念押しに来たのかもしれない。

「頼もしい事、帝も御喜びになりましょう」

「畏れ入りまする」

「ところで、阿波の大御所をお迎えなさりますのか？」

「いえ、そのような事は考えておりませぬ」

また勧修寺権中納言が〝左様でおじゃりますか〟と言って満足そうに頷いた。

「そうそう、帝が少将の位階を進め従三位左近衛中将にと申されておりました」

「非才の身には畏れ多い事にございます」

従三位？　左近衛中将？　武家でその地位に就けるのは足利か一条、北畠、姉小路《あねがこうじ》の戦国三国司ぐらいだぞ。

「辞退はなされますな。これ以後は公家の家領については少将が安堵状を出して欲しいとの事におじゃります」

「なるほど」

家督、家業の安堵は天皇が、家領の安堵は足利将軍が行ってきた。それを俺にという事はもう足利は認めない、許さないという事だな。平島公方家の大御所を呼ぶ気が無いと言った時に満足そうに頷いたのはそれが理由か。俺を中将にというのも朝廷も腹を括るからお前も腹を括れ、足利にとって代われとハッパをかけているのかもしれん。もう足利はこりごりだという事だろう。

「身に余る光栄、身命を賭《と》して事に当たりますとお伝え願いまする」

勧修寺権中納言が満足そうに頷いた。その後は雑談になった。主に公家社会の話題だ。殆どの公家が義昭が居なくなった事を喜んでいるらしい。嫌な奴が居なくなったという喜びも有るのだろうが義昭を如何扱って良いか分からないという戸惑いからの解放も有るようだ。まあ征夷大将軍ではあるが実権は何もない。おまけに義昭は朝廷に出仕しない。公家達から見れば扱いに困る存在だったのだろう。

他にも公家達が勅撰和歌集の事を楽しみにしていると教えてくれた。上杉家に行きたいと言っている公家も多いらしい。例の屏風がどんな評価を得ているのか知りたいようだ。だが上杉家の内部がどの程度安定しているのか分からない。その事が不安で京に留まっているようだ。行くのはもう少し後、来年の方が良いだろうと言った。その頃には景勝の立場もかなり良くなっている筈だ。

勧修寺権中納言が帰って一息入れていると今度は関白近衛前久がやってきた。

「詩が死んだと聞いた」

「はっ、残念な事にございます」

「哀れな……」

殿下が息を吐いた。悄然としている。

「左京大夫も斬られたそうでおじゃるの」

「はっ、容態は予断を許しませぬ」

「あのタワケが……、詩は足利と三好の宿怨を解くために嫁いだというのに、あのタワケは最後まで三好左京大夫を利用する事しか考えなかった。詩も辛かった事でおじゃろう」

殿下が苦い表情をしている。その通りだ、だが義昭には武力が無かった。力有る者を利用するしか手段が無かったのだ。義弟である三好左京大夫は好都合な駒だっただろう。

「幸の薄い娘でおじゃったの」

「……」

殿下が俺を見た。

「昔の事でおじゃるがの。義輝が詩をそなたにと考えていた事がおじゃった」

「……真でございますか？」

「真じゃ。そなたが六角家から正室を迎える直前でおじゃったかの、そのような事を周囲の者に諮ったと聞いておる」

「そのような話、初めて伺います」

初めてだ。叔父達からも聞いた事は無い。

「麿もその頃は越後におじゃったから詳しくは知らぬ。だが幕臣達が朽木は地位も低ければ領地も少ない。釣り合わぬと言って反対したと聞いておる」

なるほど、叔父達も報告はし辛かったか。まあ元は八千石だし御供衆だからな。それにあの頃から幕臣達の間では強い反朽木感情を持つ者も多かったと聞く。身分が釣り合わないという反対意見が出るのは当然か。と言うより義輝がそんな事を考えていたとは思わなかったな。

そう言えば小夜の事を側室にしろと言って来たな。あれはそういう意味だったのか……。もしそうなれば若狭の武田義統《よしむね》とは義兄弟という事になる。そして義統は六角義賢の甥でもあった。義輝は若狭から近江を反三好で纏められると思ったのかもしれない。

「その方が良かったかの」

「……」

「そなたに嫁いでおれば幸せになれたかもしれぬ」

「それは……」

分からない。俺の妻になればそれはそれで苦しんだだろう。俺は足利を信用していなかったし足利の為に動くつもりも無かった。義輝、義昭が俺を利用しようとすれば必ず板挟みになって苦しんだだろう。

〝御屋形様〟と声が掛かった。葛西千四郎が控えている。

「御用談中に御無礼を致しまする。松永弾正忠様より火急の使者が、三好左京大夫様の容態が急変したとの事にございまする」

殿下と顔を見合わせた。

「行くか？」

「はい」

殿下が息を吐いた。

「磨も行こう」

「御足労をお掛けしまする」

二人で立ち上がった。

三好左京大夫が死ぬ。俺にとっては悪い事じゃない。これで松永、内藤は俺に付くだろう。畿内は紀伊の畠山を除けば朽木の勢力で固まる事になる。だがなあ、少しも喜べん。何とも遣りきれない事だ……。

元亀四年（一五七六年）　八月下旬　　山城国葛野郡　　六条堀川　　大舘晴忠

少将様の御前を下がり本国寺を出ると兵庫頭殿に声をかけられた。

「室町第の跡地に新たに奉行所を作っており申す。京の施政はその奉行所にて司る事になる。今は焼け残った建物を仮の奉行所として利用しておる」

「……」

「御両所とも今日は邸に戻られては如何かな？　御家族の事、心配でござろう。御家族も不安に思っている筈」

左近大夫将監殿の顔を見た。左近大夫将監殿もこちらを見ている。

「御好意、忝のうござる」

「お言葉に甘えさせて頂きまする」

答えると兵庫頭殿が〝では、明日から〟と言って我らから離れた。我らも動き出す。言葉を交わす事無く歩いた。義昭様が挙兵した、これからどうなるのか……。本国寺で騒ぎが起こった。騎馬武者が駆け出した。南蛮鎧が眩《まばゆ》く光る、少将様だ。左近大夫将監殿と顔を見合わせた。

「左京大夫様は、……駄目なようですな」

「そのようですな」

左近大夫将監殿が歩き出す、それに合わせて私も歩いた。暫くして左近大夫将監殿の邸が見えた。

「寄っていきませぬか？」

「いや」

遠慮しようとすると左近大夫将監殿が〃伊予守殿〃と遮った。

「御邸にはこちらから人をやりましょう。お咎めもなく朽木家に仕える事になったと報せれば安心する筈」

「……左様ですな、では茶など頂ければ」

「承知」

左近大夫将監殿の邸に入ると直ぐに妻女が出てきた。不安そうな表情をしている。左近大夫将監殿が私と共に朽木家に仕える事になったと話すとホッとしたような表情を見せた。

「伊予守殿と話がある。茶を用意してくれ」

「はい」

「それと伊予守殿の邸に人をやって今の事を報せてくれ。心配していようからな」

「分かりました」

妻女に〃お手数をおかけする〃と謝意を述べると穏やかな笑みを浮かべて〃どうぞ、ごゆっくり〟と返された。感じの良い妻女だ。

邸内に入り部屋に案内された。左近大夫将監殿と共に座る。暫くの間無言だった。互いに相手の顔を見ていた。

「……言葉が有りませぬな」

「左様」

また無言だ。暫くすると妻女が茶を持ってきた。我らの前に茶を置くと一礼して部屋を出て行った。

「何時かはこういう日が来ると思っておりました。公方様が兵を挙げ近江少将様と戦う事を望む日が来ると。どれほど御諫《おいさ》めしようとその日が来る。その時、自分はどうするのか、どうすれば良いのか……。あくまで御諫めすれば公方様に斬られる事も有り得ましょう。迎合して挙兵に賛成すれば少将様と戦う事になる。……どちらにしても待っているのは死。いっそ公方様の下を離れるべきかとも考え申した。眠れぬ日々が続きましたな」

「某も同様でござる」

私が答えると左近大夫将監殿が頷かれた。茶を一口飲む、左近大夫将監殿も一口飲んだ。

「まさか捨てられるとは……。こういう結末が待っているとは思いませんでしたな。何のために悩んだのやら……」

ぼやく左近大夫将監殿と顔を見合わせて笑った。ホッとしたという感情が有る。そして僅かだが寂しさも有った。自分の忠節は報われる事は無かった……。

「左近大夫将監殿は公方様に斬られた方が良かったとお考えかな?」

左近大夫将監殿が首を横に振った。

「妻が安堵する様を見てこれで良かったのだと思い申した。つくづく自分は凡夫なのだと思いましたな」

「……そのような事は」

また左近大夫将監殿が首を横に振った。

「公方様、少将様、殺された伊勢守殿、兵部大輔殿、左京大夫殿、御内室様の名は後世に迄伝わりましょう。しかし某の名は伝わりますまい」

「ならば某も同様でござろう」

そうなのだ、自分達は凡夫なのだと思った。幕府を守る、公方様を守るためには公方様を抑えるべきであった。だが出来なかった。そして幕府に、公方様に殉じる事も出来なかった。今では朽木の家臣だ。凡夫以外の何者でもない……。茶を一口飲んだ、苦い。左近大夫将監殿も茶の苦みを感じているだろう。

「幕府は滅びましょう」

さり気ない、呟くような声だった。自分の声だった。こんな声で幕府が滅ぶと言えるのか？　その事が驚きだった。

「室町第の跡に奉行所を作る。公方様の居場所はもう京には無いのだと思いましたな」

左近大夫将監殿が頷いた。そして私を見た。

「三好、松永、内藤も少将様に付きましょう。畿内で少将様に敵対するのは畠山のみ、少将様の勢威は一段と強く成り申した」

その通りだ。少将様はこれまで以上に西に進み易くなった。公方様の挙兵は少将様のために起こしたようなものになった。

「伊予守殿、我らは何処で間違いましたかな？　上洛直後、少将様を幕府に迎え入れていれば違いましたかな？」

「……難しゅうござろう。いずれは決裂したのではござるまいか」

左近大夫将監殿が〝左様ですな〟と頷いた。

故三好修理大夫《しゅりだゆう》長慶様は将軍を傀儡《かいらい》にはしても幕府を潰そうとはしなかった。あれから約十五年、少将様は幕府そのものを潰そうとしている。朝廷もそれを認めている。つまり、この十五年で幕府、そして将軍の権威、存在価値は更に低下したという事なのだろう……。

「朽木に仕えているとなれば公方様より文が届くやもしれませぬな」

左近大夫将監殿が憂鬱そうな表情をしている。来るかもしれない。いや、来るだろう。幕府のために、足利に忠義を尽くせと執拗に言ってくるに違いない。内容は朽木を討て、兵を挙げろ、そんなところだろう。或いは暗殺を命じてくる可能性もある。

「如何なされる」

問い掛けると左近大夫将監殿が首を横に振った。

「我らを捨てていった者達にござる。信用出来ましょうか？」

「出来ませぬな」

「某は朽木の家臣として生きていきまする」

「某も同様でござる」

左近大夫将監殿が頷き私も頷いた。そう、我らは朽木の家臣だ。もう幕臣ではない……。


元亀四年（一五七六年）　九月上旬　阿波国板野郡川崎村　川崎城　三好長逸

阿呆な話よ……。

「父上、如何なされました？」

「うん？」

倅《せがれ》の久介が訝し気な表情で儂を見ている。

「阿呆な話と申されましたが」

「そうか」

どうやら声に出していたらしい。手に持っていた文を久介に差し出した。久介が受け取った。

「天王寺屋からの文だ。読むが良い」

あの和睦以降、時折天王寺屋から文が来る。儂を通して三好家の動向を知ろうとしているようだ。久介が文を読み始めた。直ぐに表情が変わった。文を持つ手が強張っている。儂を見た、そしてまた文を読み始めた。読み終わると大きく息を吐いた。

「阿呆な話であろう」

「冗談を言っている場合ではありますまい」

「冗談ではないわ、真であろう」

久介がまた息を吐いた。眉間にしわが寄っている。

「本家には？」

「同じ物が届いていよう」

「……権中納言様には？」

「報せねばなるまい。だが動く事はなかろう」

もうあのお方には野心はない。それに近江少将様がそれを許す事は無い。久介が〝そうですな〟と言って頷いた。眉間のしわが消えている。平島公方家の動きが心配だったと見える。

「とんでもない事になりましたな」

「阿呆の極みよな」

久介が〝父上〟と儂を窘めた。

「伊勢伊勢守、細川兵部大輔、それに三好左京大夫とその御内室が殺されました。あのお方は公方様の妹君ですぞ」

「哀れな話よ」

あの義昭《あほう》にこれだけの事が出来るとは……。手紙を書くだけが能の男では無かったか。少々見誤ったかな。近江少将も驚いているやもしれぬ。

伊勢守は近江少将に与《くみ》していた。殺された細川兵部大輔もそうなのだろう。三好左京大夫夫妻は公方に与しなかった。多分御内室が止めたのだ。だから左京大夫だけではなく御内室も殺された……。陰惨な事だな……。三好左京大夫の優柔不断さがこの事態を招いたわ。さっさと足利と縁を切って朽木に付くべきだった。そうであればこの騒動は起きずに済んだのだ。あの男は肝心な所で甘い。だから義昭に付け込まれた。あの男に三好家の当主の座は務まらぬ。その判断は正しかったの、だがこのような形でそれが証明されようとは……。

今回の一件で義昭も後戻りは出来なくなった。本人は起ち上がったと思っているだろうが追い込まれて暴発した様にも見える。問題はこれからよ。おそらく頼るのは毛利であろうが何処まで頼りになるか。そして三好左京大夫の息子は幼い。松永弾正、内藤備前守は老齢、となればあの二人は近江少将様を頼るだろう。あの馬鹿が暴発した事で一気に畿内の情勢が動いたわ。

「得をしたな」

久介が〝は？〟と声を出した。

「近江少将様の事よ。これで松永、内藤は足利と決別する。畿内で敵対するのは畠山だけになった。直《じき》に潰されるだろうよ」

「そうですな」

久介が頷いた。斯波《しば》、細川が滅んだ。そして畠山も後を追う。義昭は幕府再興を目指しているのだろうが幕府を支える者達が次々と滅んでいるのだ。幕府の命運は尽きかけている……。

こちらも得をしたな。若狭三好、松永、内藤も我らを敵視する様な余裕は有るまい。毛利も山陽、山陰が忙しくなる筈。こちらは瀬戸内、伊予方面に出る事が出来よう。

元亀四年（一五七六年）　九月中旬　　近江国蒲生郡八幡町　　八幡城　　朽木藤綱

久々に兄弟四人が儂の邸に集まった。次弟朽木左兵衛尉《さひょうえのじょう》成綱、三弟朽木右兵衛尉直綱、四弟朽木左衛門尉輝孝、長兄である儂、朽木長門守藤綱。本当なら儂の上には兄朽木宮内少輔晴綱が居た。二十年以上前に討ち死にし跡は兄の嫡男が継いでいる。従三位左近衛中将朽木基綱、我ら四人の主君でもある。

車座になって酒を飲んでいる。肴は茄子と胡瓜の漬物。天下に富強で知られる朽木の重臣とは思えぬ質素さよ。だが四人で飲む時はいつもこれだ、これが良い。会話は弾まない。久々に四人で集まったのに無言で俯きながら酒を飲んで肴を口に運んだ。ボリボリと漬物を噛み砕く音だけが部屋に響いた。

「とうとう……」

「……」

皆が左衛門尉輝孝に視線を向けた。左衛門尉は俯いたまま気付かずに漬物を食べている。自分が喋った事さえ気付いていないのではないかと思った。

「とうとう、こうなりましたな」

左衛門尉輝孝が顔を上げて我らを見た。皆、無言だ。

公方様が朽木打倒の兵を挙げた。そして毛利を頼って京を捨てた。こうなる事は分かっていた。

誰よりも御屋形様が分かっていただろう。御屋形様は少しずつ公方様を追い詰めたのだ。室町幕府を潰すために……。

「幕府に出仕し将軍家の傍近くに侍《はべ》りその事を誇りに思う事も有りました。今思えばあれは何だったのか……」

そんな事も有った。だが直ぐに現実を知った。幕府にも将軍にも力など無いという現実を。

「夢だ、悪い夢だな」

儂が答えると左衛門尉輝孝が〝夢ですか〟と言った。そして酒を飲んだ。

「確かに悪い夢ですな。皆振り回されました」

左兵衛尉成綱の言葉に皆が頷いた。そう、皆が振り回された。現実を知っても現実が間違っていると思わせる夢だった。悪夢以外の何物でも無かった。

「我らは運が良かった。早い時点で夢から逃げる事が出来た。運が悪ければ今でも夢に囚われているか、夢に囚われたまま死んでいただろう」

また皆が頷いた。

大勢の人間が幕府を再興し将軍の権威を輝かせるという夢に囚われて死んだ。だがその夢も神通力を失いつつある。御屋形様は幕府の存続を認めていない。今回の騒動で幕府という組織は京から無くなったのだ。幕臣達の多くは幕府を見限り朽木に仕える事を選択した。

「細川殿も夢に囚われていたのでしょうか？」

左衛門尉輝孝が問い掛けてきた。皆が儂を見ている。三人は儂と兵部大輔が会っていた事を知っている。

「囚われていたのだろうな。そして逃れようと必死になっていたのだと思う」

幕府と御屋形様が共存する可能性を探していた。だがそれが見えずに絶望していた。

儂のところに来たのも自分では見えぬ可能性を儂なら見えるのではないかと思っての事だろう。

儂にも見えぬ、その事を伝えた。多分、あの会談で裏切りを決めたのだろう。共存の可能性が無いと分かって足利を捨てた。そして殺された……。夢から逃げられなかったな、兵部大輔殿。逃げるのなら幕臣の身分を捨てるべきだった。

「御屋形様はこれから如何なさるのでしょう？　自ら幕府を開くのでしょうか？」

右兵衛尉直綱が困惑したような声を出した。

「それは有るまい」

「有りませぬか？」

「少なくとも今は無い。朽木は大きいが天下を制しているとは言えぬ。それに上杉、織田との関係もある。彼らは御屋形様が幕府を開くと言えば面白くあるまい。毛利との戦いを控えているのだ。上杉、織田を敵にする事は出来ぬ。そのあたりの事を御屋形様が理解していないとは思えぬ」

儂が答えると皆が頷いた。

「しかしいずれは……」

左兵衛尉成綱が言いかけて口を閉じた。そう、いずれは幕府を開くのかもしれぬ。

「夢のようですな」

左兵衛尉成綱の言葉に右兵衛尉直綱、左衛門尉輝孝が〝真に〟、〝信じられませぬ〟と続けた。

確かに信じられぬ。夢ではないのかと思う事も有る。儂と左兵衛尉成綱が朽木家に仕えるようになったのは永禄二年の事であった。あの時、朽木谷で八千石の国人領主であった朽木家は高島郡で五万石を有するまでになっていた。大きくなったものだと感心した。それが今では天下最大の存在になっている。あれから未だ二十年も経っていない……。

「これからだ。これから厳しい戦いが続く」

三人が頷いた。西国《さいごく》の雄である毛利と戦う。勝つのは簡単ではあるまい。その先には九州、そして上杉、織田との関係をどうするのか……。

「そろそろ、倅を元服させようと思っている」

儂の言葉に三人が嘆声を上げた。我ら四人、いずれも子は幼い。儂の長男が十三歳、左兵衛尉成綱の息子は十二歳、右兵衛尉直綱、左衛門尉輝孝の所は十歳だ。どういうわけか皆、朽木に戻ってから子が出来た。

「御屋形様に名付け親になって頂くつもりだ」

三人が儂を見た。左兵衛尉成綱が笑みを浮かべた。

「それが宜しいかと思いますぞ、兄上。某も倅の元服の時は御屋形様に名付け親になって頂きましょう」

左兵衛尉成綱の言葉に弟達が頷いた。我らは朽木の親族であり御屋形様の家臣なのだ。足利と敵対する事になった今、その事をより強く打ち出さなければならぬ。

元亀四年（一五七六年）　九月下旬　　近江国蒲生郡八幡町　　八幡城　　朽木小夜

「おめでとうございまする」

大方様の声に合わせて〝おめでとうございまする〟と祝いの言葉を述べると御屋形様が微かに笑みを浮かべるのが見えた。

「母上、有難うございます。皆も有難う」

「さあ皆、頂きましょう。竹若丸、松千代、亀千代、鶴、お腹が空いたでしょう。遠慮せずに頂きなさい。辰、篠、遠慮は要りませんよ、今日は御目出度い席なのですから」

御屋形様が従三位左近衛中将に昇進された。公卿と呼ばれる御立場になられたのでそれを内々で祝おうという大方様の御発案でこうして宴を開いている。席は車座、御屋形様の両脇には私と雪乃殿、大方様は御屋形様の正面に座られ両隣には辰、篠が座っている。

「御屋形様、折角の御目出度い席でございます。一献如何ですか？」

「そうだな、貰おうか」

御屋形様が盃を私に差し出した。御屋形様は御酒を嗜まない、祝いの席で一口、二口飲むだけ。少し注ぐと御屋形様がゆっくりと飲んだ。そして雪乃殿に杯を差し出す。

「雪乃、注いでくれるか」

「はい」

雪乃殿が注ぐとやはりゆっくりと飲んだ。いつも通り、私と雪乃殿から注いでもらって一口だけ

飲む。

「後は自分でやる、俺に気遣いは無用だ。そなた達も料理と酒を存分に楽しむが良い」

「はい」

料理を頂き御酒を頂きながら話が弾んだ。山鳥の肉の入った御吸い物、鯉の塩焼き、とても美味しい。他愛無い、何気無い話に皆が笑う。でも一人少ない、竹姫が居ない寂しさを皆が感じている。誰よりも御屋形様がそれを御感じだろう。

「それにしても従三位左近衛中将を頂くとは本当に信じられませぬ」

大方様の嘆息に御屋形様が苦笑を浮かべた。でも私も信じられない、六角家でも従三位の位階を頂いた方は居ない筈と兄が言っていた。此度の昇進は格別の御沙汰だと。公方様が京を捨てた今、足利に代わる存在として朝廷が認めたのだと。

「慌ただしい程に御目出度い事が続きますね」

「そうですね、永尊皇女様の内親王宣下が終わりましたが来月か再来月には権典侍に御子が生まれる筈、楽しみな事です。伯父上も御喜びでしょう」

「ええ、此処に居る時に慶事が続くと喜んでおいででした」

大方様の言葉に御屋形様が〃そうですか〃と言いました。顔には笑みがあるけど心からの笑みでは無い。少し御疲れなのかもしれない。

「雪乃、越後から文が届いたぞ」

「まあ」

「竹は可愛がられている様だ。謙信公と良く話をしているらしい」

「どのようなお話を？」

大方様が問うと御屋形様がクスクスと笑い出した。

「それが妖怪《あやかし》の話だそうです、母上。竹生島《ちくぶじま》の大鯰《おおなまず》の話などで謙信公を笑わせているとか。困ったものです」

彼方此方で笑い声が上がった。

「竹は化け火の話もしたのかな？」

「鉄鼠《てっそ》を話したのかもしれませんよ、兄上」

竹若丸と松千代の会話に御屋形様が笑い出した。

「右近大夫は我が家の子供達を妖怪の虜にしてしまったらしい。竹若丸、松千代、勉学に励んでいるのか？」

二人が励んでいると答えると御屋形様が頷いて〝励めよ〟と言った。

「父上」

竹若丸が困った様な顔をしている。

「どうかしたか、竹若丸」

「その、如何して私の傅役《もりやく》は二人なのでしょう」

「……」

「松千代には三人、主殿の大叔父上が居ます。私には朽木の者は居りませぬ」

言い終わった竹若丸が俯いている。座がシンとした。

「竹若丸！　御目出度い席で不満を言うとは何事です！　場を弁《わきま》えなさい！　無礼でしょう！」

「……」

「御屋形様、申し訳ありませぬ。竹若丸には後程私から良く言い聞かせます。如何か、お許しください」

御屋形様が首を横に振った。

「小夜、傅役を決めたのは俺だ。竹若丸の心に疑念が生じた以上、それを晴らすのは俺の役目だ。そなたがどれほど説明しようと竹若丸は納得せぬ。人とはそういうものだ」

御屋形様が〝竹若丸〟と声をかけた。いつもと変わらぬ穏やかな声、でもシンとした部屋には大きく響いた。

「先ず最初に言っておく。斯様《かよう》な目出度い席では不満事を言ってはならぬ。それは皆を不愉快にさせる。小夜の言う通りだ、以後気を付けよ」

「……はい」

「納得のいかぬ事が有れば何時でも父に尋ねよ。父に遠慮はいらぬ。良いな？」

竹若丸が頷いた。

「自分が軽《かろ》んじられている、父に疎んじられている、そう思うのか？　父がその方よりも松千代を大事に扱っていると？」

「……そうは思いませぬ」

竹若丸が小さな声で答えた。

「その方は嫡男だ。嫡男を大事にせぬ親は居らぬぞ。それに俺は竹若丸も松千代も同じ様に可愛い。いや、小夜と雪乃が産んでくれた子供達は皆大事な宝物だ」

竹若丸が御屋形様に視線を向けた。でも戸惑っている。

「その方は嫡男、いずれは俺の跡を継いで朽木家の当主になる。松千代は二男だ、その方を助け盛り立てるのが役目。当然だが育て方は違う」

竹若丸だけではなく松千代も御屋形様に視線を向けている。

「主殿は朽木の一族だが俺のために目立たぬが大事な仕事をしてくれている。その事に何の不満も言わぬ。俺は松千代に主殿のそういう姿を見て貰いたいと思ったから傅役に付けた。いずれは主殿のような男になってその方の最も信頼する男になって欲しいと思ったのだ」

御屋形様が竹若丸に視線を向けた。

「分かったか？　決してその方を疎んじての事ではない」

「はい！」

竹若丸が大きな声で答えた。話の内容が理解出来たとも思えない。でも御屋形様が自分を疎んじているのではないと感じる事は出来たのだろう。

「竹若丸は弟達、妹達を守るのだ。そして弟達、妹達は竹若丸を助けよ。良いな」

「はい！」

子供達皆が声を揃えて答えた。御屋形様が満足そうに頷く。大方様が〝さあ、頂きましょう〟と声をかけ賑やかな宴がまた始まった。

元亀四年（一五七六年）　九月下旬　近江国蒲生郡八幡町　八幡城　朽木基綱

竹若丸が焼き味噌を松千代が煮貝を食べている。二人とも楽しそうだ。どうやら竹若丸は納得したらしい。親子喧嘩、兄弟喧嘩は御免だ。足利の様に御家騒動は家業です、なんて事にしてはならない。家を繁栄させる事も大事だが引き継いで安定させる事も大事だ。それには竹若丸をちゃんと育てなければならん。でもなあ、子育ては初めてなんだよ。どうやって良いのかさっぱり分からん。困ったものだ。後で傅役達と話さなければいかん。うん、山鳥の吸い物、結構いけるな。

竹の婚儀も終わって三万の行列も戻って来た。婚儀は成功だったようだ。関東からも大勢の国人衆が参列した。まあ朽木の娘で気比《けひ》大宮司の孫、そして関白殿下の養女だからな。関東管領上杉家の名はさらに高まったようだ。有り難い事に竹は上杉家で受け入れられつつある。でもなあ、上杉家で妖怪の話で盛り上がるってどうなんだろう。文には謙信だけじゃなくて上杉の重臣達も一緒になって笑っていると書かれていたが……。上杉家でも妖怪ブームが起きるかもしれん。後世の歴史に残りそうだ。戦国時代、上杉家と朽木家は妖怪で盛り上がったと。

喜平次景勝の立場もかなり改善されたようだ。従五位下、弾正少弼も効いたがあの屏風、そして三万の行列、直江津の湊《みなと》に集まった南蛮船。それに婚儀の夜には花火をドンドン打ち上げさせたからな。反対派も度胆を抜かれた様だ。おまけに娘は妖怪オタクだ。なんかトンデモナイ家と縁を結んじゃったんじゃないの？　そんな空気が漂っているらしい。ま、取り敢えず越後は一安心だな。焼き味噌も中々いける。

問題は畿内だ。三好左京大夫義継は結局助からなかった。いくら冷夏とはいえ夏は暑い。運の悪い事に傷口が膿んでしまい熱で苦しんだ挙句に死んだ。俺は京で義昭の仕出かした事の後始末の最中だったが危篤と聞いて関白殿下と共に急いで飯盛山城に駆け付けた。だがその時にはもう義継は死んでいた。枕元には未だ小さな息子が居て父親の遺体に泣いて縋《すが》っていた。松永弾正、内藤備前守、二人とも肩を落として泣いていた。あんまり哀れでこっちまで泣いてしまった。

直ぐに葬式となったが喪主は息子の千熊丸だった。準備は全て弾正と備前守がやったがそれでも哀れだとしか思えんしこれからどうなるのかという不安で一杯だ。今回の昇進の祝いを内々でやっているのも京で起きた騒乱の所為だ。何人も死んでいる、三好左京大夫夫妻、伊勢伊勢守、細川兵部大輔、一色式部少輔。あまり大っぴらには祝えない。

一色式部少輔藤長はやはり毛利で殺された。藤長には子供が居ない、弟の秀勝が跡を継いで俺に仕える事になった。大事にしてやらないといかん。義継の事を想う度に同い年だった所為かもしれないが自分が死んだらどうなるかと考えてしまう。竹若丸は数えでようやく十一歳だ。松千代は九歳、亀千代は六歳。最低でもあと十年、いや十五年は生きなければならん。煮貝、旨いな。やはり鮑は美味しい。

健康第一、塩分控えめ、適当な運動をして甘い物も控えよう。詰まらない人生になりそうだが後々後悔したくない。十五年後なら三人とも二十歳を越えてそれなりの働きが出来る年になる筈だ。

後は三人の能力、心次第だ。さっきの教えが多少なりとも役に立ってくれれば……、そう願うばかりだ。

今回の騒動、朽木家の当主として考えれば必ずしも悪い事じゃない。多少河内はごたつくだろうが三好、松永、内藤の三家が足利に付く事は無い。後は畠山を潰せば畿内は朽木の物だ。だがなあ、何とも遣る瀬無かった。千熊丸は父も母も失った。天涯孤独だ。三好本家は非業の死を遂げる人間が多い。天寿を全うしたのは長慶だけだが義継も例に漏れず非業の死を遂げた。洛中では三好本家は呪われた家と言われているらしい。

その三好本家に百合《ゆり》を嫁にくれと松永弾正に言われた。上杉と同じだ、朽木の後ろ盾が欲しいらしい。ついでに言えば呪われた家というレッテルも拭い去りたいのだろう。洛中では朽木は強運の家と言われているらしいからな。弾正は朽木の娘という言い方ではなく百合をと指名してきた。

百合は舅、平井加賀守の孫娘だ。そして舅殿は今摂津で五万石の領地を得ている。摂津の旗頭でも有るし摂津に置いてある一万五千の兵の指揮官でも有る事を考慮したのだろう。河内の三好にとっては北陸に地縁を持つ雪乃の娘よりも畿内に地縁を持つ小夜の娘の方が万事に於いて都合が良いのだ。

拒否は出来ない。拒否すれば弾正、備前守兄弟は朽木を何処まで頼れるのかと不安を感じるだろう。畿内を纏めるには百合を嫁に出さなくてはならん。後で小夜、舅殿を説得しなければ……。まあ公表は義継の一周忌の後だな。三好本家に嫁を出すとなれば阿波三好家にも了解を取る必要が有るな。

出来ればこれを機に和解させたい。義継が生きていては難しいが今なら不可能ではない筈だ。弾正、備前守も老齢だ。三好本家の将来を考えれば何時までも阿波三好家と対立するのは得策ではないと分かるだろう。弾正には百合を出す条件として検討させよう。だがその前にやらねばならん事が有る。先ずは紀伊攻略だ。

義昭は一旦は紀伊の畠山の所に行ったがその後は船で中国の毛利へと向かった。三好、松永、内藤が味方になる可能性は無くなった。これ以上紀伊に居ても仕方が無いというわけだ。畠山は見捨てられた。阿呆な奴。今八門を使って畠山に味方すれば根切りにされると紀伊に噂を流している。効果は上々の様だ。畠山は味方を得られずに困っている。頻りにこちらに詫びを入れようとしているが受け入れるつもりは無い。一度降伏したにもかかわらず裏切ったのだ、許す事は出来ない。


義昭の家族は山名領の但馬《たじま》から因幡を経由して毛利に向かったらしい。事前に取り決めが出来ていたのか、それとも押し掛けられて已むを得ず毛利へ届けたのかは知らん。だがこれで但馬、因幡攻略に取り掛かれる。山名は義昭の檄に応え毛利、畠山に与して朽木に敵対したのだからな。

朝廷の庇護者

元亀四年（一五七六年）九月下旬　　近江国蒲生郡八幡町　　八幡城　　朽木小夜

私の寝所に見えられた御屋形様は幾分お疲れの様だった。

「御屋形様、今日は申し訳ありませんでした。折角の御祝いを」

竹若丸の非礼を詫びると御屋形様は笑い出した。

「そなたが謝る事ではない。竹若丸には宴の席で守らねばならぬ礼儀を教えたと思えば良い。それに何故松千代に主殿を付けたのか、竹若丸が疑問を持つのは道理だ。きちんと説明したからその理由も分かったであろう。竹若丸を責めるには及ばぬ」

「ですが御疲れだったのでは有りませぬか？　さぞかし御不快だったのではないかと」

御屋形様が困った様な御顔をされた。

「小夜は気の回し過ぎだ。確かに疲れてはいたが不快ではない。むしろ竹若丸ときちんと話せた事は良かったと思っている。俺はどうしても外に出ざるを得ぬ。その分だけ子供らの事が疎《おろそ》かになる。こういう事は拗《こじ》らせると大変な事になるのだ。そなたも観音寺崩れの事は覚えていよう。朽木であのような事を引き起こしてはならぬからな」

「それはそうでございますが……」

私が納得していないと見たのかもしれない。御屋形様が言葉を続けた。

「実はな、小夜。悩んでいる事は別にある。或る家から百合を嫁に欲しいと言われている」

「百合を？　ですが百合は……」

御屋形様が頷かれた。

「生まれたばかりだ。だが相手も左程に歳は変わらぬ。纏まれば似合いの夫婦であろう、十五年後、二十年後にはな」

「十五年後？　二十年後？」

「二親《ふたおや》を失ったばかりでな、朽木の庇護を必要としている」

二親？　では……。

「三好様の？」

私が念のために確認すると御屋形様が一つ息を吐いた。

「そうだ。霜台殿から内々に申し込まれた」

「……断る事が出来ましょうか？」

御屋形様が首を横に振った。

「出来ぬ。それをやれば三好、松永、内藤がぐらつく。畿内がぐらついては毛利との戦いに於いて常に後ろを気にする事になる。彼らを朽木の下にしっかりと繋ぐには百合を出さざるを得ぬ」

竹姫の次は百合を……。御屋形様が鬱屈されるのも無理は無い……。

「そんな顔をするな、小夜。上杉と三好は違う、河内は畿内に有る、朽木の勢力範囲に有るのだ。婚約を調えておけば百合を直ぐに嫁がせる必要は有るまい。或いは式を挙げてこちらで預かるという形を取っても良い。実際に百合を河内に送るのは年頃になってからという事になるだろう」

「……」

「舅殿を始め重臣達にも諮らねばならんが反対は有るまい。まあ向こうは今喪中だからな、噂は流れるだろうが正式に公表するのは一周忌を過ぎてからになるだろう」

「……」

「如何した、溜息など吐いて。やはり反対か？」

「いいえ、そうでは有りませぬ。自分の事を考えておりました」

「そなたの事？」

御屋形様が私の顔をじっと見ていた。

「私は御屋形様の下に何の迷いも無く嫁ぎました。六角家では浅井の事が有りましたから如何しても引け目を感じてしまいそこから逃げ出したかったのだと思います。それに御屋形様が私を娶る時に六角家に条件を付けなかったと父に聞きました。嬉しゅうございました、私は納得して御屋形様の下に嫁ぎましたが……」

今度は御屋形様が息を吐かれた。

「そうだな、竹と百合は幼い。これから自らを納得させねばならん」

「ええ」

「だがそなたとて決して順風満帆の人生というわけでは無かったであろう。朽木が大きくなるにつれ六角家と軋轢《あつれき》が生じた。平井の実家《さと》の事では随分と心配したのではないか？」

御屋形様が気遣う様に問い掛けて来た。

「それは心配致しました。ですが御屋形様が気遣ってくれましたから……」

本当にそう思う。御屋形様は私と平井の実家の事を本当に心配してくれた。あの頃の朽木家は周囲に敵を抱えていた。朽木家の事を守るだけでも大変だった筈。如何してあんなにも気遣ってくれたのか……。今にして思えばその十分の一も私は御屋形様を気遣えただろうかと不安になる。

「何故あのように気遣って下さったのです？」

「妙な事を訊く、女房殿の実家を気遣うのは当然であろう」

「左様でしょうか？」

戦国乱世、妻の実家を乗っ取る夫、潰す夫、利用する夫など幾らでも居る、珍しくも無い。だが御屋形様は不思議そうな表情で私を見ている。

「ではそなたを大切に思っているから、愛しく思っているから、そう答えれば納得するか？」

「まあ」

御屋形様が声を上げて笑った。本当のような気もするし父を利用出来ると考えたからとも思える。本当の事を教えて貰おうか？　いいえ、今のままで十分、無理に聞く必要は無い……。

「小夜、余り心配するな。どんな決断をしても不安が無くなると言う事は無い。我らに出来る事は何か有った時に必ず力になってやる事、それで良いのではないかな」

「……そうでございますね」

何か有った時に必ず力になってやる事。親に出来る事はそれだけなのかもしれない……。考えていると御屋形様に〝小夜〟と呼ばれた。

「実はな、鬱屈しているのは他にも理由が有るからだ。今回の叙任は余り嬉しくない」

「まあ」

「朝廷が何を考えているか分かるからな。天下を獲ろうとするなら避けては通れぬが正直に言えば気が重い」

御屋形様が疲れた様に息を吐いている。

「朝廷は足利に代わって朽木に朝廷の庇護者になって欲しいと考えている。その意味が分かるか？」

「はい、御屋形様に武家の棟梁になって欲しいという事でございましょう」

御屋形様が首を横に振った。

「少し違う。朝廷の庇護者というのは朝廷を守り支える者、つまり禁裏御料を守り宮家、公家の所領を守り彼らの日々の生活、生業《なりわい》を支える者を指す。必ずしも武家の棟梁とは限らん」

「……」

「鎌倉幕府が滅びてから天下は混乱した。戦乱が続き禁裏御料や宮家、公家の所領は押領される事が多くなった。そんな中で足利氏が京に幕府を開いた。本来京は極めて守り辛い場所だ。幕府を開くのに適しているとは言い難い。だがそれでも京に幕府を開いたのは朝廷をしっかりと手中に収める必要が有ったからだ」

「……」

「南朝の事も有っただろうが有力な守護達を抑えるために朝廷の権威を利用しようとしたのだと思う。朝廷にとっても悪い話では無かった。武家の棟梁を利用する事で武家の横暴を抑えようとした。分かるな？」

「はい」

答えると御屋形様が頷いた。

「そういう流れの中で将軍が公家の所領の安堵を行うようになった」

「まあ、公家もですか？　武家だけではなく？」

御屋形様が〝そうだ〟と言って頷かれた。

「それによって武家による押領を避けようとしたのだが応仁、文明の乱以降将軍の権威、力は衰え武家による押領が横行した。そなたも宇津の事を憶えていよう。宇津は朝廷の目の前で禁裏御料である小野庄、山国庄を押領したのだ。公家の所領や遠国《おんごく》の所領など一溜りも無く押領されたであろうな」

「そうでございますね」

「朝廷が足利を見限ったのはそれが大きな理由だ。そんな時に俺が現れた。所領も有れば財力も有る、戦も強い。十分に期待出来ると見たのだ。だから朝廷は義昭様ではなく俺を選んだ。そして今回、義昭様は洛中で騒動を起こした。朝廷や公家が一番嫌がる事だ。朝廷は義昭様を征夷大将軍から解任したがっている」

「なんと！　解任なさるのですか？」

御屋形様が首を横に振られた。

「それはせぬようにと俺から頼んだ。解任しても本人が納得するとは思えぬ。不当な処分だと騒ぎ立てるだろうからな。それに義昭様を解任すれば次の征夷大将軍を如何するかという問題が発生する。そうなれば阿波の平島公方家が動きかねぬ。それは避けたい」

「御屋形様が就かれるのではないのですか？」

また御屋形様が首を横に振った。

「朽木は大きくなったが畿内、北陸を制しているだけだ。天下を統一してもいないのに征夷大将軍でもあるまい。却って反発を受けるだけだ」

「……」

「今の世の中は征夷大将軍という名前だけが武家の棟梁を表すものとして独り歩きしている。実が無ければ意味が無いのだ。それを教えるためにもこのままで良い。義昭様が無様な姿を晒せば晒すほど皆も醒めるだろう」

多分、御屋形様が一番醒めている。足利将軍家の事で御屋形様は何度となく不本意な想いをされている。

「話を戻すが朝廷が従三位左近衛中将の官位を寄越したのは足利に代わって禁裏御料を守り公家達の所領を安堵せよ、つまりは暮らしが成り立つようにしてくれという事だ」

思わず溜息が出た。

「天下を獲るなら避けては通れぬが決して有り難い仕事ではない。今伊勢兵庫頭に禁裏御料、宮家領、公家領、門跡領の実態を調べさせている。多分新たに領地を与えねばなるまい。まあ山城を得た事で足利家の直轄地が手に入った。そこから与えようとは考えているが……」

今度は御屋形様が溜息を吐いた。

「天下を獲るというのは大変なのですね」

「そうだ、外から見ているには楽しそうに見えるのかもしれんが実際にやるとなれば気苦労ばかりだ。いずれはこの国を如何治めるかという事も考えねばならん。もう少し楽をしてこの世を過ごそうと思っていたのだが……、上手く行かぬものよ……」

元亀四年（一五七六年）　九月下旬　　　備中国上房郡松山村　　備中松山城　　小早川隆景

「備中平定もようやく目処《めど》がついたな」

私の言葉に弟の四郎元清が頷いた。

「後一月程でございましょう」

「うむ」

四郎の言う通りだ。後一月程で備中は平定出来るだろう。杠城《ゆずりはじょう》の三村宮内少輔元範、常山城の上野肥前守隆徳、荒平山城の川西三郎左右衛門之秀が未だに抵抗を続けているが落城は間近だ。脅威にはならぬ。

「哀れなものよ」

「と申されますと？」

四郎が訝しげな表情をしている。

「三村の者達の事だ。自分達は毛利と宇喜多に嵌められたと思っている。実際に三村修理進《しゅりのしん》は朽木に通じていたのにな。殆どの者が知らなかったようだ。知れば我らよりも修理進を恨んだであろう」

四郎が〝左様ですな〟と言って頷いた。

「しかしその所為で毛利は悪者です。我らも相当に哀れでしょう。濡れ衣を着せられたのですから」

「三村は滅びつつある。そして毛利は勢力を伸ばした。それでもか？」

「それは……」

四郎が口を噤んだ。乱世だ、哀れまれるという事は弱者なのだ。毛利は弱者では無い。確かに備中では毛利の評判は悪い。だが綺麗事で国一つは獲れぬ。悪評も已むを得ぬ事と割り切らなければ……。

三村修理進元親の下に播磨の小寺、いや今では黒田官兵衛か、あれが来ていたらしい。あそこは播磨の殆どの者が反朽木の姿勢を示しても朽木に味方した。主筋の小寺を見限って朽木に付いたのだ。筋金入りの親朽木派と言って良い。余人を交えずに話し合っていたというが……。

「三村修理進は宇喜多と結ぼうとした毛利を許せなかったのでしょうな」

「……」

そうなる事は分かっていた。それでも毛利の勢力を東に伸ばす事が必要だった。三村を潰す事も想定していた。そしてその通りになった。想定外であったのは三村修理進を殺したのが宇喜多和泉守直家であった事だ。それも悪くない、毛利は手を汚さずに済んだのだ。悪評ぐらいは背負うべきであろう。

「思ったよりも朽木の動きは速い。それに機を見るに敏だ。朽木が黒田を使って三村に接触したのは本願寺攻めよりも前の事だ。こちらが宇喜多に接触した頃に朽木も三村に接触した事になる」

「毛利が宇喜多に接触すると見たのですな」

「多分そうだろう。或いは接触していると知ったか。三村を取り込めると読んだのだ」

私の言葉に四郎が頷いた。

「抜け目が有りませんな」

確かに抜け目が無い。三村修理進は毛利に対して不満は示したが敵対はしなかった。これまでの友誼を重んじると言ってきた。そう言わせたのであろう。こちらも後ろめたさがあったせいだろう、それを信じた。或いは信じたかったのかもしれぬ。うまうまと騙された……。

「今考えると英賀の救援に毛利軍を動かさなかったのは正解であった。あそこで軍を動かしていれば寝返った三村に不意を突かれ大敗を喫していたかもしれぬ。そうなれば朽木は備前に攻め込み宇喜多を滅ぼしていただろう。朽木の勢力は一気に備中、美作まで伸びていた筈だ」

皮肉な事だ、右馬頭の優柔不断さが毛利を救ったという事になる。いつもは頭痛の種でしかないのだが……。

「間一髪凌《しの》いだと言えましょう」

「そうだな」

凌いだと言えるのだろうか？　備中は三村を滅ぼしたとはいえ不安定で宇喜多は信用出来ない。それに引き換え朽木は畿内を固めつつある。公方様の暴発は上手く朽木に唆《そそのか》されたのではないかと世鬼は報告してきた。三万の行列を越後に送ったのは公方様を暴発させるためだと……。

だとすると朽木の狙いは畿内を安定させる事で備中の一件は毛利の足止めが目的だった可能性がある。上手くいけば備中まで勢力が伸びる。失敗しても毛利の足止めが可能。大事なのは畿内を固める事……。凌いだのではない、してやられたのかもしれぬ。

「四郎、吉田郡山に戻ってくれるか。こちらの状況を報告してもらいたい」

「承知致しました」

四郎が頭を下げた。宇喜多の事も不安だが尼子の事も注意しなければならぬ。山陽だけではない、山陰もキナ臭くなってきたようだ。

元亀四年（一五七六年）　十月上旬　安芸国高田郡吉田村　吉田郡山城　毛利元清

「四郎、戻ったか」

声のした方を見ると兄、吉川駿河守元春の姿が見えた。ズンズンと力強く廊下を踏みしめながら近付いて来る。

「次郎兄上、御久しゅうございます」

「ああ、久しいな」

兄に肩をバンと音がするほどに叩かれた。兄の幼名は少輔次郎、自分は少輔四郎。生まれた順番をそれぞれ表している。この兄と名を呼び合う時は〝次郎〟、〝四郎〟だ。そしてすぐ上の兄は〝佐《すけ》の兄上〟。

「息災の様だな、何よりだ。備中では大層な働きだったと聞いている」

「有難うございます」

「右馬頭様の下に行くのであろう、その前に話せぬか？」

「構いませぬ」

兄が頷くと先に歩き出した。どうやら兄の部屋に行くらしい。

「四郎が備中から戻って来ると聞いたのでな、二日前からこちらに来ている」

「なんと、左様でしたか」

部屋に入り腰を落ち着けると早速兄が話しかけてきた。相変わらずせっかちな。

「備中はどのような状況かな？」

「月が変わるまでには平定出来ましょう」

「そうか、一安心だな」

「とは申せませぬ」

緩みかけた兄の顔が引き締まりじっとこちらを見ている。

「……毛利への反発が強いのだな」

「はい。備中では此度の一件、三村は毛利と宇喜多に嵌められたとの噂が流れております。今は毛利の支配に服しておりますが……」

兄が顔を顰めた。

「やはり八門か？」

「おそらくは」

先ず間違いなく朽木の忍びが動いている。だが忍びの働きが無くても噂は流れただろう。元々火種が有る所を煽ったに過ぎないのだ。噂は簡単には消えまい、そして不満も。備中は毛利にとって厄介な国になりつつある。

「宇喜多は？　動きは有るか？」

「一度備中平定を手伝いたいと申し出が有りましたが断ってからは何も」

「手伝うなど何を考えているか！　宇喜多が備中に兵を出してみろ、備中は蜂の巣を突《つつ》いた様な騒ぎになるぞ」

兄が膝を叩いた。

「宇喜多とて我らが助力を受け入れるとは思っておりますまい。しかし味方であるという事を伝えなければ、そう思っているのでしょう」

「味方か、フン」

兄が鼻を鳴らした。笑い出しそうになったが慌てて堪えた。

「佐の兄上が申されておりました。三村が朽木に通じていたのは事実のようだが宇喜多が三村を討ったのは毛利の為ではなく朽木への寝返りの為であろうと」

兄が〝そうであろうな〟と頷いた。

「……おそらく、三村は宇喜多憎しで朽木に付いたのであろう。三村とは同じ陣営に属せぬ、宇喜多はそう思った筈だ。それで殺した。備中が混乱すれば備前を押さえる宇喜多の重要性は増す。朽木に自分を高く売ろうとしたのであろう」

「そうですな、しかし朽木は兵を退きました。宇喜多は当てが外れた」

「あれはわざとだな。日頃の行いが悪いから嫌われたのだ。良い気味だ」

兄がまた〝フン〟と鼻を鳴らした。思わず吹き出してしまうと兄も笑い出した。

「兄上は御口が悪い」

「宇喜多を褒める奴が居るとも思えぬな」

「まあそうですが」

「で、如何なのだ。後が無い宇喜多は信用出来るか？　左衛門佐は何と？」

兄が身を乗り出してきた。

「無条件に信用は出来ぬ、佐の兄上はそう御考えのようです。某もそう思います」

「その方等は優しいな。儂なら無条件に信用せぬというところだ」

「またそのような事を」

「フン」

駄目だ、笑いが止まらぬ。

「他には？」

「気になる事が一つ、三好の下に居た尼子の残党が朽木に仕えました」

「真か！」

兄が目を剥いている。

「近江中将は彼らに二万石の禄を与えたようです」

「うーむ」

兄が腕を組んで唸った。

「では儂の方に来るか？」

「かもしれませぬ。山名は女達を毛利へと渡しましたからな。朽木は山名と毛利が通じていると判断したやもしれませぬ。山名との連絡を密にする必要が有るだろうと。佐の兄上から次郎兄上にお伝えせよと命じられています」

「分かった。……とうとう山陰にも来るか……」

普段なら〝叩き潰してやる〟等と威勢の良い言葉が出るのだが兄は宙を見据えている。容易ならん相手、そう思い定めているのであろう。

「ところで、公方様は？」

問い掛けると兄が顔を顰めた。

「意気軒昂だな。自分を押し立てて京へ上洛すれば向かうところ敵無し、そんな事を言っておる」

「……」

「三好左京大夫を殺してしまっては利用価値など半分も有るまい。畿内には畠山が居るが先は見えている。朽木のために畿内で騒乱を起こしたようなものだ。坊主が呆れ果てておるわ」

坊主？　恵瓊か。兄の口調は苦みを帯びている。全く同感だ、何もせずに畿内で不満分子として存在していてくれた方がまだ利用価値が有った。朽木の兵力を多少は引き付けられた筈。そしていざという時に起つ！　そうであれば朽木を慌てさせられた。その事を恵瓊が頼んだ筈なのに……。

兄の口調が苦みを帯びるのも無理は無い。

「やはり畠山はいけませぬか？」

兄が頷いた。

「味方が集まらぬようだ」

「雑賀も？　顕如上人が声をかけた筈ですが」

兄が力無く首を横に振った。

「一度朽木の水軍に手酷く痛めつけられたからな。おまけに今は四国の三好も朽木に付いている。そして堺は朽木領だ。この状況で顕如上人の声に応えて畠山に味方すれば兵糧攻めから根切りだろう」

思わず溜息が出た。朽木は本願寺に味方する者は決して許さない。播磨の英賀は女子供まで皆殺しにされた。

「公方様も頼りにならぬが顕如上人も当てにには出来ぬ。朽木は本願寺と対立しているが浄土の教えを否定しているわけでは無い。かつて敵対した長島の者達でさえ朽木の法を守ると誓えば受け入れられている。英賀の様に根切りに遭うか、長島の様に朽木の下で浄土の教えを信じるか。雑賀は朽木の下で浄土の教えを信じる道を選んだようだ」

また溜息が出た。兄が低く笑い声を上げた。

「兄上？」

「済まぬな、笑う時ではないのだがつい可笑しくてな。味方は頼りにならず役に立たぬ者ばかり毛利には集まると思ったのよ」

「それは……」

確かに役に立たぬ者ばかり集まる。二人で顔を見合わせ笑った。一頻《ひとしき》り笑うと部屋には寒々とした空気が漂った。

「公方様は備後の鞆《とも》に移る事を御考えの様だ」

「鞆？」

兄が頷いた。

「鞆はかつて足利尊氏公が新田義貞追討の院宣を受けた場所らしい。足利義稙《よしたね》公も大内氏の支援を受けて京都復帰を果たした時に鞆に滞在した事が有るとか。要するに鞆は足利家にとっては吉兆の地らしいな。公方様もそれに倣いたいという事の様だ」

「縁起担ぎですか、それならもっと良い場所が有りましょう」

「ほう、何処だ？」

「朽木」

「朽木？」

「何人もの公方様が朽木に逃げ込み朽木から京に戻られた筈。朽木こそ足利家にとっては吉兆の地でありましょう」

兄が笑い出した。〝酷い奴だ〟と言って笑う。自分も一緒になって笑った。


元亀四年（一五七六年）　十月上旬　　近江国蒲生郡八幡町　　八幡城　　朽木基綱

秋か、と思った。いつの間にか葉が色付き始めている。庭のあちこちには警護の男達が居る。八門でも選りすぐりの男達だ。村雲党の襲撃以来、俺の警護は素人の俺から見ても厳しくなった。安全な庭を散策しているのだが紅葉を楽しむ気にはとてもなれん。竹の事も心配だが領内の事も心配だ。今年は冷夏で米の収穫は期待出来そうにない。去年も良くなかったな。去年程ではないが畿内、東海、北陸から越後は不作だろうと農方奉行の長沼新三郎から報告が上がっている。八門からは関東も良くないと報せが有った。

畿内で米価が高騰しない様にしなければならん。特に今は義昭が京から逃げ出した後だからな、朽木になってから暮らし辛くなったと京の人間に言われないようにしないと……。越後にも手当が必要だ。不作が景勝の立場を悪くするような事になってはならん。中国や九州から米を買わせて畿内から北陸に回そう。平九郎、いやこいつは八門に任せた方が良いだろう。米の売買には慣れているし朽木が動いているとは思わせない方が良い。

東海にも回そう。こいつは信長に朽木が関与したと分かるようにやった方が良いな。義昭は必ず織田と毛利を連動させようとする筈だ。それを防ぐ必要が有る。俺を敵に回すのは避けた方が良いと信長に思わせなければならん。その事が織田、上杉、朽木の関係を安定させる筈だ。米なら好都合だ。食の確保と安全保障の確立は統治者の二大責務だ。

幕府を廃止した。いや鞆に幕府が有るから廃止ではないな。だが京には幕府は無い。義昭が室町第を焼き払った事も有るが俺が幕府の存在を認めなかったからだ。室町第の跡には奉行所が出来つつある。京の施政を担当する朽木の出先機関だ。京の人間達も俺が幕府の存続、義昭の存在を認めていないと理解するだろう。

朽木は三好とは違うのだ。三好は将軍と敵対はしたが幕府を潰そうとはしなかった。だから将軍は三好と和睦して京に戻る事が出来た。だが今度は違う。義昭に戻る場所は無い。義昭は俺との戦いに勝たなければ京には戻れないのだ。毛利を頼ったようだが毛利が何処まで頼りになるか……。

織田、上杉に文を送った。義昭の暴挙、そして畿内の状況を書いた文だ。文を読めば畿内で混乱は生じたが結果として俺の力が強まったという事が理解出来た筈だ。その所為だろうが両家からの返事には俺への非難は無い。だが義昭への非難も無い。畿内で大規模な戦が起きなかった事は幸いだと書いて有るだけだ。些《いささ》か微妙では有る。両家とも俺が足利を如何扱うのか窺っているような感じだ。

もう一度同盟関係を確認し直した方が良いのかもしれない。景勝は俺の助力を必要としているから朽木、上杉は問題無い。朽木、織田と織田、上杉の関係を確認し直す。一番良いのは直接会う事だが……。

「御屋形様」

声のした方を見ると辰が居た。頭痛が……。

「そちらに行っても宜しゅうございますか？」

「構わぬぞ」

嫌とは言えない。辰が嬉しそうに顔を綻ばせて近付いて来た。めっきり大人びて来たな、胸も膨らんでいるし腰も丸みを帯びている。スタイルがかなり良いのだと思った。年が明ければ十六歳だ。いつまでも先送りには出来ない。決断しなくてはならん。

「篠は一緒ではないのか」

「はい」

いかん、会話が続かない。いや、それが自然かな？　現代ならサラリーマンと女子中学生だ。

「去年も今年もあまり天候は良くないな。困ったものだ」

「はい」

辰が頷いた。ええと、次は何を話そう。悩んでいると辰が〝御屋形様〟と話しかけてきた。

「御屋形様は辰が御嫌いですか？」

思わずまじまじと辰を見た。辰は恥ずかしそうに頬を染めている。色白の辰が頬を染めていると可憐だった。

「いや、そんな事は無い」

「辰は御屋形様の御側に居とうございます」

小さい声だ、顔を真っ赤にして俯いている。いや、あの、困るんだよな、こういうの。これって側室にしてくれって事だよな？　中学生がサラリーマンの愛人になりたい？　念のために確認しておこう。

「俺は辰には婿を取らせて温井《ぬくい》の家を再興させようと考えていたのだが辰は婿を取るのは不安か？」

如何いうわけか俺も小声で訊いていた。辰が〝はい〟とはっきりと答えた。こらこら、そんな縋るような眼で男を見てはいかん。その気になったらどうする。……皆の言う通りだな、辰は婿取りについてかなりの不安を持っている。

「そうか、済まぬな。温井の家が健在ならそのような想いはせずに済んだのに……。あの手紙公方の要請など受け入れるべきではなかった……」

「……」

辰が悲しそうな表情をしている。哀れだと思った。あの時、畠山を能登に戻すのが政略として正しかったとは思っている。だが正しいからと言って犠牲が無いわけでは無いのだ。

「以前、二年程も前の事になるか、母上からそなたを側室にして後見してくれという話が有った。知っているか？」

辰が〝はい〟と言って頷いた。

「大方様よりそのように伺っております」

だろうな。だから辰は此処に来たのだ。判断を下せない俺の尻を叩きに来たのだろう。頼りない男だと思っているに違いない。

「周りにも聞いてみたが皆がそなたを側室に迎えた方が良いと言った。小夜も雪乃もだ」

「……」

「だがなあ、俺には分からぬ」

辰がじっと俺を見ている。

「俺は辰には幸せになって欲しいと思っているのだ。俺の側室になる事が辰にとって幸せなのか如何か……」

戦国の論理で言えば俺の側室になるのがベストの選択なのだ。没落した温井の家を再興するのも難しくはない。だがそれが彼女の幸せなのだろうか？　自分の事を家を興す道具と割り切れるのか……。

「辰は嬉しゅうございます」

嬉しい？　思わず彼女の顔を見た。辰がニコッと笑った。

「御屋形様は辰の事を思って下さいます。それだけで辰は嬉しゅうございます」

如何受け取れば良いのか分からなかった。自分を道具と割り切っているから嬉しいのか、それとも単純に俺が自分の事を案じているのと嬉しいのか……。

「今少し時をくれ。そなたにとって何が一番良いのか考える。考えが決まったら母上とそなたに話す」

「はい」

辰がこくりと頷いた。そして〝御邪魔を致しました〟と言って帰って行った。

どうしたものか……。いかんな、頭を切り替えよう。織田と上杉に使者を送る。そして三者会談を打診しよう。西へ進むには東の安定が必要だ。織田と上杉と朽木の関係を固めなければならない。


元亀四年（一五七六年）　十月下旬　　山城国葛野・愛宕郡　　平安京内裏　　近衛前久

「お召しにより臣前久、御前に参上仕りました」

御前で畏まると帝が上段の間で満足そうに頷かれた。

「飛騨で朽木、上杉、織田の会談が有ると聞いた」

「はっ、そのように聞いておじゃりまする」

「その方、中将に同行せよ」

驚いて帝の御顔を見ていると帝がお笑いになられた。余程に驚いた顔をしていたのであろう。

「中将を後押しせよとの御意におじゃりましょうや？」

問い返すと帝が〝うむ〟と頷かれた。

「あの三者が仲違《なかたが》いするような事が有ってはならぬ」

「はっ」

「そのような事になれば公方の思う壺よ。あれは織田、上杉を唆し毛利の力を借りて京に戻ろうとするであろうな。天下は大いに乱れるに違いない」

「御意の通りにおじゃります」

同意すると帝が沈痛な表情で頷かれた。

「天下が乱れ畿内で戦乱が起きれば朝廷は衰微するばかりじゃ。それが分からぬ者に武家の棟梁の資格など無いわ！」

帝が吐き捨てられた。義昭も随分と嫌われたものよ。まああれに好意を持つ者など居るまいな。京で騒乱を起こした事も有るが義昭の政は酷かった。朝廷を庇護するどころか圧迫して力を示そうとするばかりではのう……。

「今日《こんにち》の朝廷の衰微は足利の我儘によって生じたのだ。もう朕は足利の我儘を認める事は出来ぬ」

「……」

「中将は朝廷に色々と配慮してくれる。中将なら朝廷にかつての輝きを取り戻してくれよう。近衛はそうは思わぬか？」

「はっ、朽木は武力も有れば財力もおじゃりまする。帝が中将に期待するのは当然の事かと思いまする」

帝が満足そうに頷いている。

あの者、他の武家に比べると朝廷への態度は明らかに違う。先日は我らの家業を守りたいと言っていた。これまでの武家には無い事よ。あれならば公武の協力は上手くいくかもしれぬ。

「近衛」

「はっ」

帝が傍に寄れというように手招きをしている。遠慮は無用だろう、上段の間の傍まで進むと帝が〝皆、下がれ。近衛と話が有る〟と仰られた。廷臣達が下がると帝がスッと身を寄せてこられた。

はて、一体何を……。

「内密の話じゃ」

「はっ」

「譲位は難しいか？」

驚いて帝の御顔をまじまじと見た。帝が重ねて〝難しいか〟と仰られた。縋るような御顔だ。慌てて顔を伏せた。譲位か……。

「朕も即位して二十年になる。いささか疲れた。そろそろ誠仁に譲りたいのじゃ」

「お気持ちは良く分かりまする」

帝は御自身の代で朝廷を正しい形にしたいと御考えなのであろう。譲位か……。なるほど、公武の体制を新しく整え朝廷もあるべき姿に戻そうとの御考えか。私に飛驒に行けというのもそれを考えての事やもしれぬ。

「臣が中将に諮《はか》ってみましょう」

「うむ」

「但し、先ずは三者の会盟を成功させなければなりませぬ。譲位の件はその後の事におじゃります。それに中将が同意致しましても直ぐに譲位という運びにはならぬかと思いまする。暫く時が要りましょう」

朽木は此度の婚儀で大分散財した。いかに富強とは言え簡単には請け合えまい。準備等にも時は要る。帝が〝分かっておる〟と頷かれた。

「頼むぞ、近衛」

「はっ」

帝が満足そうに頷かれた。何としても三国の同盟を纏めねばならぬ。これはあの義昭《バカ》を抑えるためではない。帝の御為、そして朝廷をあるべき姿に戻すためなのだから……。


元亀四年（一五七六年）十月下旬　飛騨国大野郡　宮村　水無神社　朽木基綱

「ほう、これが水無神社か」

「そのようでございますな」

「空気が清々しいの」

「はい」

神社の背後には木々が神社を守るかのように生い茂っている。神霊豊かな感じのする神社だ。この神社で朽木、織田、上杉の三者会談が行われる。歴史に名の残る神社になるだろう。それにしても鳥居の横に有る杉の木はデカイな。こんなの有ったかな？　いや、これから五百年近く経っているのだ。大きくなっても可笑しくは無い。

この水無神社だが飛騨国一宮として認定されている。つまり飛騨ではもっとも格式の高い神社なのだ。俺も元の世界では子供の頃に飛騨高山に家族旅行で来た事が有ったがこの神社にも来た。覚えているのは稲喰《いなはみ》神馬の事だ。神社に安置されている木像の神馬が夜な夜な神社を抜け出し稲穂を食べてしまった。困った村人が神馬の眼を抜き取ると神馬は神社を抜け出す事が無くなり稲穂が荒らされる事も無くなったという。

この神馬、作成者は日光東照宮の眠り猫で有名な左甚五郎だと言われている。だとするとこの世界では未だ無い筈だ。あるいはこの先も無いかもしれない。ちょっと寂しい。もっと大人になってから行けば良かったな。そうすれば色々と知る事が出来たかもしれない。残念だ。

俺の隣で神社を珍しそうに見回しているのは関白近衛前久だ。なんで殿下が此処に居るのかというとだ、其処には帝の御意志が絡んでいる。俺が朽木、上杉、織田の三国同盟を危ぶんだように帝も危ぶんだわけだ。鞆に落ちた義昭が三国同盟を崩そうとするのは眼に見えている。三国同盟が崩れれば朽木は東、北、西と三方向に目を向けねばならず厳しい状況に追い込まれる。毛利が徐々に東へと勢力を伸ばすだろうと。

それを避けるために朝廷の重鎮である関白殿下が直々に三者会談に立ち会うわけだ。要するに朝廷も三国同盟に期待しているんだぞと織田、上杉に表明する事になる。俺の後押しをしようというのだ。義昭も随分と嫌われたな。だが義昭の復権等朝廷では誰も望んでいないのが事実だ。俺よりも朝廷の方が義昭嫌悪の感情は強いだろう。洛中で騒動を起こした義昭は朝廷にとって許せぬ存在でしかない。

「この神社、朝廷とは強い繋がりが有っての、知っておじゃるかな?」

「と仰られますと?」

「この神社の御神体は位山と言っての、ほれ、あの山が位山の筈じゃ」

殿下が指をさす方向を見ると確かに山が有る。あの山が御神体? という事は元々はこの神社もあの山に有ったのかもしれない。

「御即位、改元等の都度、あの位山の一位材を以て御用の笏《しゃく》を献上しておる」

「なるほど」

「ま、そういう事も有っての。会談が此処で行われると聞いた時は楽しみにしておったのよ。前から一度来てみたいと思っていたのでの」

殿下が嬉しそうに笑った。

良い笑顔だ。策謀家の顔も有り油断出来ない男では有る。だが色々と助けて貰っているし陰湿な所はない。この時期の飛騨は寒いんだがそれに文句をいう事も無い。以前送ったマントを羽織って嬉しそうにしている。京都から飛騨まで馬で来た、公家らしくないよ。それに面白いんだ。竹を養女にして貰った御礼に澄み酒、俵物、銭を贈ったらそれは要らないから鷹を寄越せって文が来た。

仕方が無いからわざわざ奥州から角鷹《くまたか》を取り寄せて贈ったよ。大喜びの返書が来たな。澄み酒、俵物、銭の返還は無かった。流石だ。

神社から神官が出て来た。既に織田、上杉は中で俺の到着を待っているらしい。その事は織田、上杉の兵が神社から少し離れた場所で待機している事からも分かる。取り決めでは率いる兵は一千までとなっている。俺も一千の兵を率いて此処に来た。兵を残し関白殿下と共に神社の中に入った。付き従うのは黒野重蔵と蒲生下野守の二人、そして殿下の従者だ。

三者会談は思ったよりもスムーズに決まった。上杉は景勝が輝虎の名代として参加するのだがこの三者会談に参加する事で朽木、織田が景勝を上杉家の次期当主と認めたという形にしたいらしい。上杉家内部で景勝に不信感、不快感を持つ連中に対して景勝の実績としてアピールしようと考えているようだ。まあ外交的成果をもって支持率アップを狙うというのは現代でもある事だ。

信長も嫌とは言わなかった。今天下でもっとも注視されているのは朽木と上杉の動向だ。もしかすると毛利と義昭も有るかな？　朽木と上杉が結び付きを強め景勝が後継者としての立場を固めつつある。そういう状況で織田が取り残されるのは面白くないと考えているらしい。特に今川、武田、北条と戦う以上、上杉との関係は重視せざるを得ない。会談を拒否する考えは無かったようだ。

控室で大紋直垂《ひたたれ》に着替えた。殿下は小直衣《このうし》だ。神官の案内で殿下と共に廊下を歩く。重蔵、下野守が後ろに続く。会談は拝殿で行われる。信長は待たされたとイライラしているかもしれないが関白殿下も一緒だ。二人には殿下の事を伝えていないから驚くだろうし信長もイライラなど吹き飛ぶだろう。

拝殿はそれほど大きくは無かった。上杉、織田の家臣が廊下で控えている。上杉は直江大和守と千坂対馬守だった。織田は織田三郎五郎と顔の厳めしい髭面の大男だ。柴田勝家かもしれない。織田家の二人が俺達を見て頭を下げた。上杉家の二人は驚愕している。関白殿下に気付いたらしい。

「御苦労だな、大和守、対馬守。織田家は三郎五郎か、今一人は初対面だと思うが名は？」

「柴田権六勝家にございまする」

やはり瓶《かめ》割り柴田か。嬉しくなってくるな。

「織田家では武名高い者だな。会えて嬉しいぞ」

「畏れ入りまする」

勝家が身体を縮こまらせた。恐縮しているらしい。もう少し話したかったが信長達を待たせている。下野守と重蔵に廊下で待つように言って中に入った。勿論、俺が戸を開けて殿下が先に入った。中では信長と景勝が距離を置いて座っていた。二人とも大紋直垂姿だ。まあこの二人の事だ、黙りこくっていたのだろうな。二人が関白殿下を見て訝しげな表情をしている。今紹介するからな、少し待ってくれ。殿下と共に座った。

「織田殿、婿殿、久しゅうござる。こちらは関白殿下にてあらせられる」

「ほほほほほ、近衛じゃ」

眼を瞠っていた二人が殿下の笑い声に慌てて頭を下げた。

「織田弾正忠信長にございまする」

「上杉弾正少弼景勝にございまする」

二人とも弾正少弼の官位に有るんだがな。信長は弾正忠の方が言い易いらしい。まあ信長の家は代々弾正忠を称してきたから当然なのかもしれない。また殿下が〝ほほほほほほ〟と笑った。

「驚いたかな？」

信長と景勝が頷いた。そりゃ驚くわ、朝廷の実力者がこんなところに来るとは思わなかっただろう。特に景勝は嫁の実父と養父が揃って現れたのだからな。驚いた筈だ。……信長は少し太ったな。下腹の辺りが膨らんでいる。顔もちょっと丸みを帯びてきた。以前八門から報告を受けたが本当だったか。未だ四十を過ぎたばかりの筈だが……。

「此度、朽木、織田、上杉が集まって改めて盟を確認すると聞いた。帝が案じておられてのう……。三家が協力して天下に安寧を齎して欲しいとの事でおじゃる」

信長が〝帝が〟と言った。景勝は無言だが表情が動いた。

「公方様の事、幕府の事、色々と思われる事も御有りかと存ずる」

俺の言葉に二人が頷いた。

「殿下の御言葉にも有りましたが朝廷は天下の安寧を望んでおられます。それは朝廷だけでは無く天下万民の望む所でござろう。だが公方様にはその認識が無い。公方様に有るのは朽木を倒す事、それのみでござる。そして朽木を倒した後は次に畿内で力を振るう大名を倒せと密書を送りましょう。足利の世では天下は治まりませぬ」

また二人が頷いた。

「幕府を滅ぼし足利の天下を終わらせるしかこの乱世を終わらせる方法は無いと考えております。

御協力頂けようか？」

信長と景勝が顔を見合わせた。信長が俺を見た。

「新たに幕府を開く御積もりかな？」

「今考えているのは天下の隅々にまで武を布《し》く事、それによってこの天下から戦を無くす事にござる」

信長が〝武を布く事〟と呟いた。天下布武だよ、信長君。君なら分かるだろう。

「左様、朽木、織田、上杉の三家で武を布く。この日ノ本から戦を無くす」

「……その後は？」

信長の視線が強くなった。

「……戦うか、協力して天下を治めるか」

嘘を吐いても仕方が無い。信長と戦いたいとは思わない。だが信長が俺の天下を素直に認めるとも思えない。未来は流動的だろう。そして戦うとなれば西を押さえた俺の方が経済的に有利だ。

「今戦うという手も有る」

そう、今戦う方が信長は有利だ。

「有りますな。毛利と組んで東西から朽木を攻める。公方様は喜びましょうな。偏《ひとえ》に頼みいる、そんな文が織田殿の下に来るやもしれませぬ」

俺の言葉に殿下が笑い信長が顔を顰めた。

「それに毛利に天下を争うだけの覇気が有るか如何か……。自領を守ろうとする意志はあるようですが過度な期待は出来ますまい」

「……」

信長がじっと俺を見た。

「上杉家は如何なされる？」

「……」

景勝は無言だ。無口な男って便利だよな。喋らなくても不自然には思われない。でもこの場で無言は通らんぞ。

「上杉の家は幕府にとって、足利にとって特別な家、織田殿と共に公方様のために朽木と戦う道を選んでも少しも構わぬ。竹の事は好きになされるが良い。そちらにさし上げた娘だ」

足利の天下を創った足利尊氏、直義兄弟の母親は上杉家の出だ。上杉家が関東管領として関東で大きく威を張ったのはそれが大きい。

信長、殿下、俺の視線が景勝に集まった。

「某にはそのような意思はございませぬ」

迷惑そうな表情だ。本心だろうな。景勝は輝虎とは違う。足利に対して思い入れは無い。特に自分の足元を弱めるような事をした義昭に対しては不快感を抱いているだろう。何より俺と戦うよりも俺の力を借りて上杉家をしっかり掌握したいと考えて居る筈だ。

「ならば織田家も協力しよう」

「忝い」

頭を下げた。ホッとした。だがその表情を見られたくない。

「朽木の水軍は怖いからのう。簡単には敵に回せぬ」

「……」

あの水軍が役に立ったか……。

「運が良いな」

信長が笑い声を上げた。俺も笑うと殿下も笑い声を上げた。確かに運が良い。輝虎が健在ならどうなるか分からなかった。景勝が輝虎の実子なら景勝の立場はもっと強かった。俺の助力など必要とせず信長と手を組んだかもしれない。だがそのどちらも無かった……。

しかしな、運も実力の内なのだ。運に頼るのは愚かだが運を無視するのも愚かだ。俺には運が有り信長には運が無かった。今回は信長はそれを認めて俺に譲った。だが今回だけだ、永久にという訳じゃない。これ以後は分からない。西進がもたつけば信長が敵に回る可能性は有る。東を注視しつつ西へ進む事になるな。だが西へ進む態勢が整ったのだ。三者会談は成功した。殿下もほっとした表情だ。会談の内容を大々的に発表しよう、毛利や義昭への圧力になる筈だ。

母の悩み

元亀四年(一五七六年)十一月上旬　　越後国頸城郡春日村　　春日山城　　長尾綾

「父上はお元気でしたか？」

「うむ」

「竹も行きたかった」

「そうか」

「飛騨とはどのような国なのでしょう」

「……山国だ」

頭が痛い。竹姫が頻りに話しかけるのに喜平次は……。此処は私が取り持たねば……。

「竹姫様は鼓がお好きですか？　大層大事に扱っておいでですが」

問い掛けると竹姫が嬉しそうに笑みを浮かべた。

「父上に頂いたのです、義母上様」

「中将様に」

「はい」

竹姫がこくりと頷いた。

竹姫が持って来た荷の中に不思議な鼓が有った。新しい物ではない、それなりに使い込まれている。平凡で飾り気のない質素な鼓。嫁入り道具にも若い娘の持ち物にも相応しいとは言えない。何かの間違いで紛れ込んだとしか思えない品。絢爛《けんらん》たる嫁入り道具に飾られた竹姫の部屋でその鼓は質素さゆえに存在を主張している。普通なら捨ててしまうだろう。しかし持ち主の竹姫は大事そうに扱っている。一日に必ず一度はその鼓を打つ。未だ拙《つたな》いがそこに遊び心は無い、真剣に打っている。

あの何処と言って取り柄の無い鼓を近江中将様に頂いた？　益々分からない。息子の喜平次は無表情ではあるが竹姫に視線を向けている。それなりに関心が有るのであろう。

「本当は御歌が欲しかったのです。屏風に載せて頂いて毎日父上の御歌を見たかった。でも父上は自分は歌が下手だと仰られて……。代わりに鼓を打ってくださいました。とっても凄かったのです。竹も父上の様に上手になりたいと思って鼓を頂いたのです」

「まあ、ではあの鼓は中将様の」

驚いて問うと竹姫がこくりと頷いた。

「これは普段に使う品だからもっと良い綺麗な鼓を遣わそうと言って下されたのですが如何してもこれを竹に下さいとお願いしたのです」

なるほど、近江中将様の練習用の鼓らしい。しかし竹姫にとっては父、中将様の愛用の品に見えたのであろう。大切な頂きものに違いない。中将様も娘に強請《ねだ》られてさぞかしお困りであっただろう。近隣に武威を振るう中将様も娘には甘い父親でしかないと思うと可笑しかった。そう言えば我が家の夫も娘には甘い。何処の家でも父親とはそういうものらしい。喜平次は……、少しは楽しそうな顔をしなさい！

「喜平次様、喜平次様は雷獣を御存知ですか？」

「雷獣？」

「はい、雷《いかずち》を落とす妖怪《あやかし》です」

「……聞いた事が有る様な……」

「凄い、越後にも雷獣は居るのですね」

興奮気味の竹姫に問われ息子が無表情に頷いている。竹姫は妖怪の話が好きだ。竹姫の話では朽木家には妖怪を調べる事を仕事にしている者が居るとか。伊勢の北畠の者らしい。伊勢は神事に縁の深い国。その関係かもしれない。

「喜平次様、近江には雷獣を祀《まつ》る神社が有るのですよ」

「ほう」

「その神社が有る村は雷がとても落ちるので困っていたそうなのです。或《あ》る時その村を通った山伏がそれは村に雷獣が住み着いている所為だと言って村人達に罠を仕掛けさせ捕まえて雷獣を退治したのです。雷獣は嘴《くちばし》が有って鋭い爪を持つ山犬のような姿をしていたとか。おお怖い」

竹姫が身を震わせると喜平次が〝うむ〟と頷いた。頭が痛い……。幼い娘が怖いと言っているのに頷いて如何するのです！　〝自分が付いているから怖くは無いぞ〟と何故言えないのですか！

この役立たずの唐変木！

女中が近付いて来て夫と直江大和守が呼んでいる、夫の部屋に来て欲しいと耳元で囁いた。喜平次が此方《こちら》を見ている。表情には明らかにホッとした様な色が有った。逃がしませぬぞ、喜平次殿。

「それからは村に雷は無くなったので村人達は雷獣を捕らえた場所に神社を造ったのです。富士神社と言って八幡城の近くにあるのですよ」

「なるほど」

一生懸命話す竹姫を相手に喜平次は上の空……。

「竹姫様、喜平次殿。私は用が出来ましたので失礼しますよ」

「はい、義母上様」

「母上……」

「喜平次殿、竹姫様を頼みますね」

「……はい」

腰を浮かしかけた喜平次が座りなおした。全く、妻を相手におろおろして如何するのです！　相手は未だ八歳だというのに……。話し相手ぐらい務めなさい！

如何してこうも無口で無愛想で無表情な息子になってしまったのか。ぺらぺら喋るお調子者よりはましでも物事には限度というものが有る。あの様なあしらいを受けては気の弱い娘なら嫌われていると思い実家に帰りたいと騒ぐであろう。幸い竹姫は大らかな娘で直ぐにこの城に慣れてくれたというのに……。特別な事はせずとも普通にしてくれれば……。

竹姫の部屋を出て夫の部屋に向かうと部屋には夫と直江大和守の他に直江津の商人、越後屋蔵田五郎左衛門が居た。五郎左衛門は弟の命を受け上方の様子を探りに行っていた筈、戻って来たとみえる。なるほど、私を此処に呼んだのは共に五郎左衛門から上方の状況を聞こうという事らしい。

「御苦労でしたな、五郎左衛門。何時お戻りか？」

「今日戻りました」

「おやまあ。疲れているでしょうに早速に城に来てくれた事、感謝しますよ」

「畏れ入りまする」

五郎左衛門が深々と一礼した。

「早速だが京の様子は？」

夫が訊ねると五郎左衛門が穏やかな笑みを浮かべた。

「変わりは有りませぬなあ。公卿の皆様方は何事も無かったかの様に過ごしておられます。地下人《じげびと》も同様で」

「ほう、変わりは無いか」

「はい」

五郎左衛門がゆっくりと頷いた。夫が大和守と私に視線を向けた。足利は京での居場所を失ったらしい。

「元々朝廷も公卿の皆様方も公方様よりも中将様に親しんでおいででした。こうなってむしろ喜んでおられるようです。要らぬ気を遣わずに済むと」

「そうか」

「公方様は毛利を頼られたようですが公卿の方はどなた様も同行されなかったようです。二条様も今回ばかりは中将様に御挨拶をされておりましたな」

誰も同行せぬとは公方様が京に戻るとは思っていないという事。前関白二条様は公方様とは昵懇《じっこん》で有られた筈。その二条様も公方様を見限った。

「越後屋、公方様が毛利家の力を借りて京に戻る事は無いか？」

「大和守様、それは少々……」

五郎左衛門が首を横に振った。

「戦では難しかろう。だが交渉ではどうか？　毛利は朝廷に石見《いわみ》の銀山を御料所として献呈してお
る。それなりに影響力は有る筈。朝廷に頼んで中将様を説得する可能性は？」

大和守の問いに五郎左衛門がまた首を横に振った。

「難しゅうございましょう。三好左京大夫様の事がございます。戻れば松永、内藤が公方様の御命
を狙いましょう。そうなれば京で騒乱が起きまする。そのような事、朝廷が望むとは思えませぬ」

「……」

「それに近江中将様は禁裏御料、宮家領、公家領、門跡領の実情を調べておられます」

「それは如何いう事かな」

夫が問うと五郎左衛門がニヤリと笑った。

「越前守様も御存知かと思いますが京の皆様は困窮しておられます。中将様は新たに所領を進呈す
る事で援助しようと御考えのようです」

「……」

夫、大和守と顔を見合わせた。二人の顔にははっきりと驚きが有った。

「新領の給付と所領の安堵、これまでは公方様の権限で行っていた事でございますな。それを中将
様が行う、意味はお分かりになりましょう」

「公方様の代わり、いや公方様はもはや不要という事か……。事実上武家の棟梁は中将様であると
いう事だな」

大和守の言葉に五郎左衛門が頷いた。

「所領は山城国で宛がう様にございます」

「山城？」

「はい、足利氏から押収した領地を基に行うのでございましょう」

「では」

「はい、公方様が戻られる事など誰も望みますまい。領地を返せ等と言われては困りますからな」

夫が〝なるほど〟と言うと大和守が大きく息を吐いた。

「それに亡くなられた三好左京大夫様の御嫡男千熊丸様に中将様の御息女百合姫様をというお話が上がっているそうにございます。そして阿波三好家と河内三好家の和解を中将様が勧めているとか。狙いは毛利であり毛利の下に居る公方様でございましょう」

夫、大和守と三人で顔を見合わせた。畿内は中将様を中心に纏まりつつある、そこに公方様が入る余地は無い。京に戻る事さえ許されまい。

「喜平次から飛騨での会見の模様を聞いております。公方様の居場所は京には無いとの事でしたが其処まで……。では喜平次に関東管領職をと公方様に願い出るのは難しいという事ですね？」

私が問うと五郎左衛門が頷いた。

「御止めになられた方が宜しいかと。朝廷も中将様も公方様の権威を消し去ろうと努めておられます。今関東管領職の継承を公方様に願い出るのは公方様の権威を認めるという事。中将様、朝廷との関係を徒に損ねるだけでございましょう」

思わず溜息が出た。夫、大和守も息を吐いている。上方の動きはこちらが思う以上に速い。

「畏れながら弾正少弼様の御立場は如何なものでございましょう」

五郎左衛門が躊躇いながら訊ねてきた。

「以前に比べれば格段に良い。飛騨行きは成功であった。喜平次は上杉家の次期当主として朽木、上杉、織田の同盟関係を再確認した。その事は高く評価されておる。家中でも露骨な拒否、蔑みは無くなったように見える。しかし盤石とは言えぬ。関東管領職は自由にして良いとの公方様の許しは得ているがあれは脅して取ったものだという事は皆が分かっている。出来れば改めて公方様に願い出て継承を認められた後、家督相続への運びとしたかったのだが……」

大和守が溜息を吐いた。

喜平次の足元を固める。それが上杉家にとっての急務。それゆえに朽木家から無理に頼んで嫁を迎え入れた。それなのにあれは……。ここで竹姫との間が険悪等と噂が立てば喜平次を認めたがらぬ者達が何を言い出すか分からぬでもあるまいに。太刀の手入れよりも竹姫と貝合わせでもしてくれれば……。竹姫が喜平次を慕ってくれればそれが喜平次の力になるのに……。

「如何でございましょう、上洛なされては」

「上洛？」

大和守の問いに五郎左衛門が頷いた。

「従五位下、弾正少弼の官位を頂いたのでございます。上洛して帝に拝謁し御礼を申し上げるのはおかしな事ではございませぬ。その上で帝から御言葉を頂くのでございます」

夫、そして大和守と顔を見合わせた。

「悪くない。そうは思われませぬか、越前守殿」

「うむ、御実城様も最初の上洛の折、帝に拝謁し御剣と天盃《てんぱい》を頂いている」

「そうで有りましたな。確か敵を討伐せよとの勅命も頂いたのでは有りませぬか」

夫と大和守が頷いている。公方様に頼れぬ以上朝廷を頼るしかない。上洛、悪くない。頷いているると五郎左衛門が〝実は〟と切り出した。

「来年は帝の在位が二十年目という節目の年なのだそうで」

「ほう、もうそんなにもなるか」

「今年は永尊皇女の内親王宣下、そして権典侍が男皇子を御産みになられました。どちら様も飛鳥井家を通して朽木家に縁《ゆかり》の方でございます。中将様はこれまでの御厚恩に応えるべく正月の行事は盛大に行うとか」

「……」

五郎左衛門がニヤリと笑った。

「お分かりでございましょう。公方様の居ない京で朽木の力で祝う。朝廷の庇護者は誰か、朝廷が頼りにしているのは誰か。中将様はそれをはっきりと形に示そうとされております」

「京を捨てた公方様に武家の棟梁の資格は無い、そういう事ですね」

私が問うと五郎左衛門が〝はい〟と言って頷いた。

「つまり喜平次が上洛するという事は中将様を武家の棟梁として認めるという事か」

「そういう事になりましょう、越前守様」

夫が異存は無いかという様に私を見た。異存は無い、既に関東管領である弟もそれを認めている。頷き返す事で答えた。大和守も何も言わない。

「となると上洛の時期を何時にするかだが……」

「正月は越後で家臣達の年賀の挨拶を受けて頂かなくてはなりますまい」

大和守の言葉に皆が頷いた。喜平次が上杉家の家督を継ぐ者だと示す機会を逃すわけにはいかない。

「となると雪が融けてから、四月か」

夫の口調が苦い。四月、妥当では有るが京での正月の祝いから随分と日が経ってしまう。些か間延びした感が有る。夫の口調が苦いのもその所為だろう。その事を提起すると五郎左衛門が笑いながら心配は要らないと言った。

「朝廷に帝の在位二十年を祝って何かを贈りましょう。その上で春に上洛して叙位任官の御礼を申し上げたいと伝えるのです。中将様にも上洛の事を伝え正月の行事に使って欲しいと適当な物を送ります。それならばおかしくは有りますまい」

「なるほど、良き思案です。では正月の家臣達の年賀の挨拶の時に上洛の事を発表いたしましょう」

皆が頷いた。後は弟に説明し喜平次に伝えなければ……。

元亀四年（一五七六年）　十一月上旬　　大和国添上郡法蓮村　　多聞山城　　内藤宗勝

「四十九日も過ぎ、ようやく落ち着いたの」

兄がぼそぼそと独り言のように言った。

「真に。バタバタと日が過ぎ申した。しかしもう年の瀬が其処まで迫っております。また慌ただしくなりましょう」

「そうだの」

兄は背を丸めて茶を啜っている。歳を取った、兄だけではない、自分も歳を取ったと思う。兄の手にも私の手にも甲にはシミが有った……。

「兄上、阿波三好家との和解でござるが」

「ま、心配は要るまい。中将様が仲立ちをされるのじゃ。あちらも嫌とは言わぬ筈」

「……兄上の御気持ちは？　それで宜しゅうござるのか？」

ちらっと兄が私を見た。そして直ぐに視線を逸らせた。

「正直に言えばあの者達に憤《いきどお》りは有る。あの者達が左京大夫様の下に一つに纏まってくれていれば、三好が京を追われる事も今回の様な事も無かった筈じゃ……。だがのう、今となっては詮無い事よ、先ずは千熊丸様の事を考えなければの……」

兄がホウッと息を吐いた。

「千熊丸様と百合姫様の婚姻が成れば先ずは三好家も安泰でござろう」

「そうよの、朽木の世になっても三好本家が軽んじられる事は無い。相婿には上杉じゃ、それも悪くない」

「真に」

百合姫様は御正室腹、跡取りの竹若丸様とは同母兄妹。その事も好都合と言える。最悪の凶事では有ったが三好家は凶を乗り越え何とか吉を掴みつつある、凶を払いのけつつあると言えよう。

「阿波との和解も悪くない。何時までも海を隔てて睨み合うわけにもいくまい。千熊丸様に生まれる前の遺恨を引き摺《ず》らせる事が正しいとも思えぬ」

「そうですな」

「千熊丸様の元服まであと十年はかかろう、長いのう」

「なに、過ぎてみればあっという間でござろう」

「そうよな、あっという間よな」

兄が笑い出し自分も笑った。あと十年、あっという間であろう。だがその十年を生きられるだろうか……。考えても詮無い事よ、人の寿命など誰にも分からぬ。

「こうなると三好本家よりも畠山の方が哀れよな」

「そうですな」

中将様は畠山を滅ぼすと宣言されたが兵を動かす気配は無い。今は朝廷との関係、織田、三好との関係を密にする事を優先されておいでだ。畠山は必死に防戦の準備を整えているようだが味方が集まらずどうにもならぬ状況だと聞く。降伏も許されず毛利が播磨に攻め込むのを待つぐらいしか手が無い状況だが……。

「兄上、中将様に敵対する者は皆毛利に行きますが毛利右馬頭、当てになりますかな?」

兄が笑い出した。

「なるまい。その証拠に中将様は毛利など放り出して朝廷、織田、上杉の事を優先しておいでだ。毛利はそれに対して何も出来ずにおる。図体はでかいが頼りない事よ、見切られておるの」

「そうですな」

「中将様は北近江半国の身代でも何を仕出かすか分からぬ怖さが有った。毛利にはそれが無い、当てにならぬの」

全く同感だ。当てにならぬ者を頼る、頼った者も頼られた者も碌《ろく》な事にはならんだろう。

父の背中

元亀四年（一五七六年）十一月中旬　　近江国蒲生郡八幡町　　八幡城　　朽木基綱

如何したものかな。状況は極めて俺に不利だ。包囲網は徐々に狭まりつつある。このまま黙って包囲されるのを待つのは愚策だろう。しかし困った事に反撃する手段が無い。打開策が無いのだ。そして相手は味方が多くそのいずれもが手強い。悩んでいると加藤孫六の姿が見えた。こいつもそろそろ元服させないと。藤孝の息子の事も考えてやらないといかん。年が明けたら一緒に元服という事にするか……。

そう、問題は年が明けたらだ……。年が明けたら決断しなければならん。辰を如何するか……。困った事は本人もその気だという事だ。最近は俺の顔を見ると恥ずかしそうに頬を染めたりする。実家が無いし頼りになる家臣も居ない。やはり他家に嫁に行くのは不安らしい。それなら此処で俺の側室の方が安心というわけだ。世継ぎ争いも起きそうにないし家を再興するなら俺は一番都合が良い。いかんな、ついつい壺を磨く手が止まりがちだ。

年が明けたら京に行かねばならんな。権典侍が男皇子を産んだ。名前は康仁。百日の祝いをしなければならんし内親王宣下を受けた永尊内親王の降嫁の話も進めなければ。それに伊勢兵庫頭から領地の事を聞かないと……。頭の痛い問題が目白押しだな。孫六が近付いて来た。

「御屋形様」

「如何した、孫六」

「尼子孫四郎様、山中鹿介様が御目にかかりたいと」

「うむ、通してくれ」

壺と布を横に置くと直ぐに二人の男が部屋に入って来た。一人は華奢な若い兄ちゃんでもう一人は少し年上のごつい兄ちゃんだ。華奢な兄ちゃんの後ろにごつい兄ちゃんが座った。

「尼子孫四郎にございまする。本日は御屋形様に御願いの儀が有り、御前に罷《まか》り越しました」

透き通るような声だ、元は坊主だからな、声が通るわ。

「うむ、何かな」

大体何を言い出すかの想像は付く。しかしこの男、やはり武士よりも坊主向きだな。この男に経を読んで貰ったらどんな女でも忽ちメロメロだろう。女達の間で坊主争奪戦が起きるに違いない。そう考えると還俗して正解かな。

「なにとぞ、毛利攻めに於いては我らに先鋒を賜りたく、つきましては播磨へ赴く事の御許しを伏してお願い致しまする」

孫四郎が平伏すると鹿介も平伏した。尼子って切なさと悲壮感の混じった変なオーラに包まれているんだよな。でも不幸な感じとか惨めさは無い。なんか日本人好みのオーラに包まれているんだ。頼られたら何とか助けてやりたいと思うわ。

「焦られるな。年が明け紀伊の畠山を滅ぼした後で毛利攻めに入る。その時は大いに働いてもらう。それまではゆるりとされるが良い」

「しかし我ら山陰には地の利がございます。兵をお借り出来れば但馬から因幡、伯耆《ほうき》へと進み御屋形様の御力になりたいと」

うん、その切迫感と悲壮感が良い。日本人好みだよ。でも駄目。

「孫四郎殿、毛利を甘く見てはいかん。それと尼子の名を軽く見てもいかん」

「尼子の名、でございますか？」

孫四郎がちょっと訝しげな表情を見せた。こいつ、幼少時に京の寺に預けられて坊主になったからな。今一つ尼子のネームバリューが分かっていないところが有る。

「そうだ、尼子はかつて山陰、山陽に大きく威を張った。その事を覚えている者は多い。今お主達尼子の一党が朽木の援助を受けて播磨に入ればどうなるか？　忽ち山陰、山陽は揺れるだろう。そして毛利はそれを許すほど甘くは無い。必ずその者達を潰しお主達を危険と見てどのような手段を使おうと潰しにかかる。俺ならそうする」

孫四郎と鹿介が曖昧な表情をしている。或る意味において俺は尼子を高く評価しているからな、反駁しにくいのだろう。

「だからな、今はお主らを播磨には行かせられぬ。先程も言ったが年が明け畠山を潰した後に播磨に向かう。備前を攻めつつ但馬、因幡にも兵を出す事になろう」

「ではその時に」

鹿介が興奮したように問い掛けてきた。敢えて笑い声を上げげた。気を逸らさないと。

「御自重、御自重。そこではまだ浅い、もう少し深く入らないと。伯耆に入ったら大いに働いて貰う。伯耆、そしてその先の出雲、石見は尼子が大いに威を振るったところ。お主達が伯耆に入れば毛利に見切りを付け味方に付く者達も増えよう。特に出雲に迫るにつれて味方に付く者が増える筈だ。違うかな？」

「多くの者が味方になると思いまする」

孫四郎が答えた。そうであって欲しいよ。

「そうであろう。その時になって毛利が慌ててももう遅い。山陰に兵を回せば山陽が手薄になる。毛利は身動きが取れなくなる。だからな、それまではゆるりとされるが良い。宜しいな？」

二人が一礼して下がった。厄介者とは思っていない、戦力として期待されている。それに毛利攻略の一端を教えて貰った。そう思ったのだろう。二人とも表情に暗さは無かった。

尼子って勢威が強大な時はあんまり良いイメージが無い。毛利を苛《いじ》めたりして結構悪辣な感じで滅んでも仕方ないんじゃない、そんな感じがする。でも滅んだあとの復興運動は結構感動物なんだよ。尼子孫四郎勝久も可哀想だけれど山中鹿介が良いんだ。戦国一のマゾ男、山中鹿介！　我に七難八苦を与えたまえとか、もうマゾヒストの極致だな。しかしこのまま尼子家を再興させて良いのかな？　幸せな尼子一党ってちょっと想像が付かん。ほのぼのした雰囲気が似合わない様な気がするんだが……。

史実では尼子の残党はかなり頻繁に復興運動を行っていて今頃は秀吉の中国攻めで活躍している頃なんだがこの世界では殆ど活躍していない。多分信長の上洛が無く三好と朽木の睨み合いが続いた所為だろう。尼子は三好を頼った所為で中国方面、特に山陰方面に兵を出す事が許されなかった。それだけにやきもきしているのだろうが焦りは禁物だ。尼子は戦闘で擂《す》り潰すよりも山陰の調略担当官のような役割で使った方が良い様な気もするな。その方が毛利にとっては嫌な存在だろう。

備前から備中、美作。但馬から因幡。山陽道と山陰道の二正面作戦を採る。山陽道も山陰道も毛利次第だ。山陽道は毛利がどれだけ宇喜多を助けるために力を出すかそれで決まる。いや、正確には何処まで宇喜多を信じて周囲から庇うかだな。史実では毛利は宇喜多を信じきれなかった。もっとも宇喜多は今頃疑心暗鬼の塊だろう。八門が宇喜多直家を追い詰める噂を流している。

〝宇喜多が味方になっては備中、美作の国人衆がそっぽを向く。朽木はそれを嫌がっている。だから宇喜多の降伏を認めようとしない。直家さえいなければ朽木は備前の国人衆に酷い事はするまい〟

〝このまま宇喜多直家に付いていていては家臣達も酷い目に遭うだろう。英賀の様に根切りに遭うかもしれない〟

〝毛利も宇喜多を持て余している。備中、美作の国人衆を抑えるには宇喜多が邪魔だと思っている〟

この状況で宇喜多は何処まで毛利を信じられるか。俺が宇喜多を受け入れない以上毛利を信じきるしかないんだが……、難しいよな。多分、混乱するだろう。

毛利にとっては山陰道も山陽道同様に問題が多い。但馬、因幡は山名氏が治めている。但馬は山名右衛門佐堯熙《たかひろ》が当主として領しているが実権は隠居した山名右衛門督《うえもんのかみ》祐豊、今は出家して宗詮と名乗っている父親が握っている。

そして因幡はと言うとこちらは山名右衛門督祐豊の弟、山名兵庫頭豊弘が治めている。尤も兵庫頭豊弘に実権は無い。家臣の武田三河守高信が実権を握っている。そして但馬の山名右衛門督祐豊、右衛門佐堯熙とは敵対関係に有る。何と言っても武田三河守は兵庫頭豊弘を傀儡にして山名右衛門督から因幡を奪い取ったのだ。仲が良い筈が無い。

この武田三河守、因幡の土着の国人領主では無い。元は若狭の武田氏の庶流らしい。父親の代に因幡に流れて来て山名氏に仕えたそうだ。流れ者が実権を握る、当然だが国人領主達の反発は酷い。単独では抑えられない。武田三河守の後ろ盾は毛利だ。つまり因幡は毛利の支配下とは言わないが影響下に有るのは間違いない。まあ但馬と因幡は睨み合う関係だ。毛利をバックに付けた因幡を攻められない但馬と、足元が固まらないため但馬に攻め込めない因幡、そういう関係になる。両国とも付け込む隙は大有りだ、八門に工作をさせているがさて、如何なるか……。

紀伊の畠山は年内には安芸の毛利に逃げるだろう。味方は誰も居ないからな。八門の報せでは畠山高政は逃げ支度に忙しいらしい。重代の家宝を一生懸命荷造りしているそうだ。奴が逃げた後に紀州に兵を送り接収する。その方が無駄に兵を損なう事も無いし畠山は朽木に恐れを成して逃げたという評判が立つ。事実上畠山氏は滅亡だ。畿内はそれで一段落する。

もう一つ、滅亡を迎えている家が有る。甲斐の武田だ。今年は冷夏だった。九州、中国は平年並みに米が穫《と》れた。畿内、東海、北陸から越後は多少不作だろう。関東、奥州はやや凶作だ。問題は甲斐だ。ここは水害が酷くてとんでもない事になった。信玄が始めた治水工事は途中で打ち切られていたからな、それの影響が出ていたらしい。餓死者も出ているという報告も有る。

当然だが織田がそれを見逃す事は無い。信長は今戦の準備をしている。信長からは米を回してくれて有難うという文が来た。上手くいったようだ、これで織田は朽木を敵に回し辛くなった。月が変われば出兵だろう。武田は北条に応援を求めるのだろうが関東も凶作なのだ。とてもではないが応援する様な余裕は有るまい。むしろ小田原城の防備を固めるので精一杯だろう。甲斐の武田が滅べば次は自分なのだ。早ければ年内、遅くとも来年一月の中旬までには片が付く筈だ。

厄介なのは九州だろう。日向の伊東がそろそろ危ない。島津の攻勢の前にボロボロだ。味方が救援を求めても見殺しにするような状況が発生している。家臣を見殺しにするようになったら御終《おしま》いだ。多分、伊東はここ一、二年で滅ぶだろう。そうなれば大友は島津と国境を接する事になる。毛利、島津、龍造寺の三強に囲まれるわけだ、大ピンチだな。如何なる事か……。

元亀四年(一五七六年) 十二月上旬　甲斐国山梨郡古府中　躑躅ヶ崎館《つつじがさきやかた》　武田松

妹の菊と共に兄の部屋で待つようにと言われた。兄は重臣達と評定《ひょうじょう》を開いている。織田が戦の準備をしている。年が明ければこの甲斐に攻め寄せてくるらしい。それにどう対処するかを話し合っているのだろう。

「姉上」

妹の菊が不安そうな声を出した。

「兄上は忙しいのです。静かに待ちましょう」

「はい」

妹が頷いた。

妹の不安は兄が来ない事ではない。織田の攻勢を防げるのかという事だろう。今川は駿河を捨てて小田原に逃げた。北条も自分を守るので手一杯。武田は独力で織田の攻勢を防がなくてはならない。織田は最低でも三万は動かすだろう。それに対して武田が動かせる兵は一万に満たない。甲斐を囲む山々の天険を頼んで防ぐしかないが……。

「待たせたな」

思考に沈んでいた私を兄の声が引き上げた。慌てて頭を下げた。兄が座るのを待ってから頭を上げた。顔色が良くない、眼も充血していて頬もこけている。元々色白の兄だが今は蒼白く病人のように見えた。

「兄上、お疲れなのではありませぬか？」

「そう見えるか？」

「はい」

答えると兄が困ったような笑みを見せた。

「いかぬなあ、そなた達に心配させてしまう。儂は武田家当主失格だな」

「そのような事はございませぬ」

「菊は兄上を信じております」

私と妹が兄を励ますと兄が嬉しそうな笑みを見せた。

「そう言ってくれるのはそなた達だけだ」

「……」

「家督を継いで十年以上になる。だが儂は武田の家を大きくする事が出来なかった。父上の仇を討つ事が出来なかった。情けない事だ。さぞかし泉下の父上も御嘆きであろう」

兄が寂しそうな表情を見せた。何と言って良いのか分からない。妹も兄を痛ましそうに見ている。

「そなた達、小田原に行ってくれ」

「！」

思わず兄の顔を見て妹と顔を見合わせた。妹も驚いている。そんなにも状況は悪いのだろうか。

「北条の義兄上、姉上には話は付いている。そなた達の事を預かってくれるだろう」

「武田は保《も》たぬのですか？」

問い掛けたが兄は答えない。私達から視線を逸らしている。

「兄上！」

兄が息を吐いた。そして私達を見た。悲しそうな表情だった。何も聞かずに小田原に行くべきだったと思った。

「もう、保たぬ」

妹が〝そんな〟と小さな声で呟いた。

「ここ数年、冷害が続いてまともに米が穫れぬ有様じゃ。米が無くては戦えぬ」

「……」

「百姓達もな、子が出来ても堕胎《おろ》すか、土に埋めてしまうそうじゃ。育てられぬからの」

「そんな……」

兄が嘘ではないというように首を横に振った。

「もう、保たぬ。この有様では百姓を徴しても逃げてしまうだろう。なんのために戦うのか分からぬからの。戦は出来まいな」

「……」

「関東管領が倒れた時、或いはこれで朽木、上杉、織田の同盟も崩れるかと思った。上杉が混乱すれば北条が勢力を伸ばす。そうなれば少しは武田に風が吹くかと思ったのだが……。朽木に上手く抑えられたわ」

「……」

「強いのう、金が有る。羨ましい事よ」

兄が笑い声を上げた。泣いているのかと思うほどに悲しく聞こえた。

「小田原には共に参りませぬか？　今川様も居られます」

「姉上の申される通りです、兄上も共に参りましょう」

私達が誘ったが兄は首を横に振った。

「儂は今川殿とは違う」

「……」

「儂は諏訪家を継ぐ人間として育てられた。諱《いみな》も勝頼であった。武田家の通字である信の字が無い。兄上が川中島で討ち死になさらなければ儂は諏訪四郎勝頼として兄上をお支えしただろう。だが川中島で全てが変わってしまった。儂は武田に迎え入れられ名も信頼と改めた。武田四郎信頼じゃ。そして武田家当主となった」

兄が私達姉妹を悲しそうな視線で見た。

「今儂が小田原に逃げれば如何なる？　皆が儂を誹《そし》るだろう。武田家当主にあるまじき振舞い。武田の人間ではないから逃げたのだ、甲斐を捨てたのだとな。そして父上の事を憐れむに違いない」

「……」

「のう、分かるであろう。儂は逃げられぬのじゃ。名門武田の名を守り父上の名を守るにはこの甲斐で戦って死ぬしかない。儂が武田家当主に相応しい人間である事を証明するにはそれしかないのじゃ。分かってくれ」

「……」

「武田の血はそなた達が守ってくれ」

啜《すす》り泣く声が聞こえた。妹が泣いている。私の眼からも涙が溢れてきた。

「頼むぞ」

「はい」

「はい」


元亀四年（一五七六年）　十二月中旬　近江国蒲生郡八幡町　八幡城　朽木雪乃

そろそろ申《さる》の刻かという頃に御屋形様が私の部屋にお見えになった。珍しい事、普段は暦の間で御仕事か休息を入れるにしても自室に戻られる事が多いのに。

「如何なされました？」

「一息入れようと思ってな。そなたに伝えたい事も有る」

「まあ、何でございましょう」

御屋形様に焙《ほう》じ茶をお出しすると一口飲んでホウッと息を吐かれました。

「万千代は如何かな」

「今は眠っております」

「そうか、初めての男の子故思い入れが有ろうが入れ込み過ぎるなよ。万千代にとってはそなたの思い入れが重荷になる。伸びやかに育てよ」

「はい」

御屋形様が〝うむ〟と頷かれました。御屋形様は余り子育てについて口は出しません。でも無関心というわけでは有りません。さり気無く気を配っておいでです。

「何かございましたか？」

「竹若丸がな、そろそろ初陣をと願ってきた」

「まあ、初陣を」

「うむ、年が明ければ数えで十二歳だ。俺は十一の時に初陣だった。後れは取りたくない、そう思っている様だ。頻りに俺の初陣は十一の時だったと言い募ったからな」

御屋形様がまた一口お茶を口に運ばれました。

「御許しになるのですか？」

御屋形様が首を横に御振りになられます。

「分からん。俺の初陣は敵が攻めて来たから已むを得ずの物だった。俺と張り合う必要は無いのだ。決めていたわけでは無いが初陣は元服後で良いと思っていた」

「元服後でございますか」

問い掛けると〝うむ〟と頷かれました。だとすると竹若丸様の初陣は十五歳前後を考えておられたのでしょう。今直ぐの初陣は少し早いと思っておいでのようです。

「傅役の半兵衛、新太郎も早いと諫めた様だが聞かなかったようだ。どうも俺と比べている様だな。小夜に俺と比べているのかと聞いたのだがそういう事はしていないらしい」

御屋形様が大きく息を吐かれました。

「御屋形様、竹若丸様に限らず男の子というのは父親を意識せざるを得ぬのではございませぬか？」

「そうかもしれぬ。だが俺は俺、竹若丸は竹若丸、別な人間なのだ。俺の真似をする必要は無い。無理に押さえ付けても良いのだがそれでは竹若丸の心が歪みかねん。如何したものか……」

また大きく息を吐かれました。大分悩んでおられます。

「竹若丸様は御寂しいのかもしれませぬ」

「寂しい？」

御屋形様が私を見ました。

「俺は確かに良い父親ではないかもしれぬ。だが子供達を差別はせぬし皆大切に思っている。その事は以前に話した筈だ。竹若丸も納得した筈」

思わず首を振っていました。

「そうではございませぬ。竹若丸様は御屋形様に少しでも追い付きたいと御思いなのでございましょう。ですが御屋形様は先へ先へと行ってしまわれる。ドンドンと大きくなってしまわれる。寂しいとはそういう事でございます」

「……俺は大きいのかな？」

御屋形様が情けなさそうに問い掛けてこられたので笑い声が出てしまいました。

「大きゅうございます。私が初めてお会いした時は近江、越前、加賀、若狭の御殿様でございました。あの時でも大きゅうございましたのに今ではもっと大きゅうございます。それに公方様に代わって京を治めておられる。竹若丸様にとっては御屋形様に置いて行かれてしまうような寂しさが有るのかもしれません」

御屋形様が大きく息を吐きました。

「……楽に生きているのではないのだがな」

「分かっております。でもそれが分かる程には竹若丸様は大人ではないのです」

「困ったものだ。何の心配もせずに生きられるのは今だけだと言うのに。元服すれば嫌でも現実に向かい合わなければならん。逃げる事も出来ん……」

「御見せなさりますか？」

御屋形様が私をじっと見ました。非難されるかと思いましたが御屋形様はホウッと息を吐かれました。

「そうだな、評定に参加させよう。但し、発言する事は認めぬ。分からぬ事は評定の後で俺か傅役の半兵衛、新太郎に聞けば良い。それと初陣もまだ先だ」

「……」

「当主の仕事は戦だけではないという事を教えよう。元服までにまだまだ学んで貰わねばならん」

御屋形様が万千代に入れ込むなと仰られたわけが分かりました。万千代を伸びやかに育てよと言われるわけも。御屋形様の子として産まれるのは決して楽な事では無いという事でしょう。男であれ女であれ。

「雪乃、来年の春だが竹に会えるぞ」

「まあ」

「先程、上杉から使者が来てな。上杉弾正少弼殿が来年上洛する。官位を頂いたからな、その御礼言上に来るそうだ。その時、竹も同行すると言っていた。俺も上洛する、そなたも行こう」

先程までとは違う、御屋形様の顔に笑みが有りました。

「はい、楽しみですわ。竹は元気なのでしょうか?」

「元気そうだ、最近は直江津の湊に頻りに行きたがるらしい。何かを欲しがるわけでは無いが湊の賑わいが楽しいらしいな」

「御屋形様に似ておいでです」

「そうかな、好奇心が旺盛な所はそなたに似ていると思うが」

二人で声を揃えて笑いました。竹は間違いなく私と御屋形様の娘のようです。

元亀五年(一五七七年)　一月中旬　　山城国葛野・愛宕郡　　平安京内裏　　勧修寺晴豊

「今年はまた一段と華やかな正月でおじゃりましたな」

「はい、元日の節会も楽しゅうおじゃりました」

「やはり公方が居ないと気兼ねなく楽しめる、そうではおじゃらぬかな」

「真に」

私が相槌を打つと権中納言甘露寺経元が満足そうに頷いた。公方が京を捨てても誰もそれに付いて行こうとはしない。何事も無かったかのように過ごし正月を祝っている。まるで公方など最初から居なかったかのようだ。

実権は何も無いとはいえ武家の棟梁が朝廷の正月の儀式を面白く思っていないというのは一抹の陰りであった。誰もが気にしていないように見せながら気にしていた筈だ。特に我が家は平島公方家の為に働いたという事実が有る。公方の存在は鬱陶しいだけだった。だが今では三好、松永、内藤は中将に味方し紀伊の畠山は逃げ出した。畿内において中将に敵対する勢力は無い。その事も元日の節会が賑やかだった理由だろう。畿内で戦が起きる可能性は無くなったのだ。

「皆も和歌や漢詩を詠んでおじゃりましたな」

「はあ」

甘露寺権中納言が私を見てクスクスと笑い出した。

「勧修寺権中納言殿は相変わらずそちらは苦手でおじゃるかな」

「はい、困った事でおじゃります」

「なんの、麿も同じでおじゃる」

二人で顔を見合わせて声を合わせて笑った。紫宸殿《ししんでん》の正面階段の左右には左近桜と右近橘が有る。二人で右近橘を見るともなく見ている。橘は常に緑の葉を付けている。私は橘の方が散ってしまう桜よりも好きだ。甘露寺権中納言が醸し出す穏やかな雰囲気も好きだ。この人と橘を眺めるのは楽しい。心が解れて行くような気がする。

「中将は勅撰の和歌集だけでは無く我らの家業も後世に残す様に支援したいと言ったとか。麿の甘露寺家も中納言殿の勧修寺家も共に儒学を家業とする家、一体如何いう形で援助してくれるのか」

「楽しみでもおじゃりますし不安でもおじゃります」

「そうでおじゃりますの」

甘露寺権中納言が頷いた。天下が乱れてから我らの家業に関心を持つ支配者など居なかった。それだけに何処まで期待して良いのかという思いが有る。だがそういう支配者が出て来たという事は天下が少しずつ治まりつつあるという事なのかもしれない。

「そう言えば今回の節会には上杉家からも食材が送られてきたとか」

「弾正少弼に叙位任官した御礼にと送って来たそうにおじゃります。五月には御礼言上のために上洛するとの事でおじゃりました」

甘露寺権中納言が〝ほう〟と嬉しそうに声を上げた。

「そのような事、絶えて無かった事……」

「真に」

上杉の上洛、近江中将にとっても意味は大きい。公方が居ない京に、中将が支配する京に上杉が上洛する。室町幕府の有力大名が中将の支配を認めたという事になる。そして毛利に対しては朽木、上杉の結び付きを見せ付ける事になる。

「殿下が飛騨に行った事が効いたようでおじゃりますな?」

「そのようでおじゃります」

二人でまた笑った。朽木と近衛家の結び付きは日に日に強まりつつある。近衛家はかつては足利家と密接に繋がりを持っていた。武家との付き合いが上手い家らしい。だが関白殿下の同行は帝の指示が有っての事だった。この意味は大きい。中将もこれからは関白殿下だけでは無く帝にも注意を払う事になるだろう。

「今年はどんな年になるのか」

甘露寺権中納言が呟くように言った。今年か、今年は激しい戦が起きるだろう。畿内が安定した、そして上杉、織田との関係も固めた。近江中将は兵を西へ進める事に不安は無くなった。必ず西へと進む。そして毛利はそれを阻止しようとするだろう。山陽、山陰で朽木と毛利が激突する。今年は天下の行末を決める年になるのかもしれない。

元亀五年(一五七七年)一月下旬　山城国久世郡　槇島村　槇島城　朽木基綱

槇島城は宇治川の本流と支流に挟まれた中州を利用して築かれた城で宇治川の渡河点にも当たる軍事上の要衝だ。元々は真木島玄蕃頭昭光の城だったんだが昨年の騒動で義昭に味方して毛利へと去った。その後は朽木が接収した。京における俺の本拠地にしようと考えている。史実では義昭が挙兵した城でなかなか堅固な城だ。或る程度の兵を置いて此処に居れば本能寺の変のような事は無いだろう。

「三節会も無事終わった。公卿の方々も御喜びであった。兵庫頭、色々と大変であったろう、御苦労であったな」

俺が労うと伊勢兵庫頭が深々と頭を下げた。

「畏れ入りまする。御役に立てて幸いにございまする」

「戦乱で朝廷も困窮した。その所為で三節会も細々と行うのが精一杯だったようだ。たかが儀式、政とは縁の無い儀式とも言えるが一度失われてしまえば復活させるのは容易ではない。守らねばならんと思う。これからも色々と頼む事になる。頼むぞ」

「はっ、精一杯努めまする」

「ところで、大舘伊予守、諏訪左近大夫将監は如何か？」

「役に立っておりまする」

「そうか、おかしなところは無いか」

「はっ」

ふむ、兵庫頭の表情に不審な点は無い。あの二人、義昭が残した埋伏の毒というわけでは無いらしい。

「この後は如何したものかな？　このまま兵庫頭の下に置いた方が良いか？」

「それはお止めになった方が宜しいかと」

あれ、はっきりと否定してきた。首まで横に振っている。

「某の下では公家との接触が多くなります。あの両人は捨てられた者、公家はそういう事には煩《うるそ》うございます」

「なるほど」

そうか、蔑まれるという事か。職場環境としては最悪だな。となると俺の下で使うのが良いという事かな？

「あの二人、武将としての力量はどんなものかな？」

兵庫頭が〝さあ〟と言って首を傾げた。そうだよなあ、全く未知数だ。多分、全国の大名の情報なんかは詳しいと思うんだが……。しかし身近で使うのはちょっと不安だ。やはり実戦指揮官として使うのが無難だろう。戦場で信用出来るのかどうかを確認する……。兵は五百程を預けよう。身近で使うのはそれからだ。

「兵庫頭、あの両名に八幡城に出仕するように言ってくれ。それと俺があの両名の働きに満足しているとも伝えてくれ。喜んでいたとな」

「はっ」

栄転という形をとろう。嫌な仕事だったが報われたと思う筈だ。気を遣うわ。

「次は百日の祝い、その後は内親王様の御降嫁だ」

「はっ、百日の祝いの準備は問題ありませぬ。ですが内親王様の御降嫁につきましては……」

兵庫頭が口を濁した。無理もない、降嫁先は西園寺実益。今回の除目《じもく》で権大納言に昇進している。年齢は数えで十八歳、ちょっと有り得ないスピード出世なのだ。母親が帝と深く繋がる万里小路の娘という事が大きく関わっているだろう。

降嫁問題を扱うとなれば飛鳥井、西園寺、万里小路と話をせねばならん。幕府は事実上無くなった。今の伊勢は幕府の後ろ盾が無い。そして朽木との繋がりは何処まで強固なのか、皆が疑問に思っているだろう。この状況で伊勢が降嫁問題を扱うのは少々荷が重いというわけだ。さて、俺はこいつを何とかせねばならん。

武田滅亡

元亀五年（一五七七年）　一月下旬　山城国久世郡　槇島村　槇島城　朽木基綱

「兵庫頭、その方は京における俺の代理人だ。という事でな、今後は評定衆として評定に参列せよ」

「はっ、有り難き幸せにございまする」

兵庫頭が一礼した。

「緊急に行われる物は難しかろうがそれ以外は出席してもらう。評定は月に三度、三の付く日に行われる。良いな」

「はっ」

驚いてはいないな。まあ立場を与えるとしたらそのくらいしかないのだ。朽木の評定衆なら重臣中の重臣だ。軽んじられる事は無い。

「ところで知っているかな？　俺の曽祖父、高祖父は伊勢家、政所執事の伊勢家から妻を娶ったという事を」

「なんと、真でございまするか？」

兵庫頭が驚いている。知らなかったか。まあ俺も大叔父に聞くまで知らなかったのだから無理もない。伊勢守は知っていたのかな？　多分知っていたと思うのだが何も言わなかった。そういう事での繋がりを強調する必要性を認めなかったのだろう。

「実の娘ではない、養女で有った様だがな。おそらくは分家の娘を養女として嫁がせたのであろう」

伊勢家も朽木家も足利家にとっては大事な家であった。おそらく当時の公方が両家を結びつける事でより足利家に忠義を尽くさせようとしたのだろう。曽祖父の子が御爺だ。足利の狙いは当たったと言える。兵庫頭も察したのだろう、複雑な表情をしていた。

「ま、そういう事でな。伊勢家は朽木家にとっては二代に亘って嫁取りした家だ。決して粗略に出来る家では無い。分かるな」

「はっ、御配慮有難うございまする。懸命に務めまする」

兵庫頭が頭を下げた。伊勢家は朽木家と縁の深い家なのだという事を公家達に伝えて行く。特に俺を育てた御爺が伊勢の娘から生まれたのだ。より立場は強まるだろう。

「ところで所領の方は如何か？」

俺が問うと兵庫頭が首を横に振った。

「地方の禁裏御料、公家の所領は殆ど失われております。残っているのは山城とその近辺になりまする」

「それを返せというのは難しかろうな」

「はい、徒に反発を受けましょう」

だよな、俺の記憶じゃ徳川が天下を獲った後に朝廷の所領を山城で一万石にした筈だ。その後に更に家光が上洛した時に二万石程加えたと思う。合計で三万石くらいだ。要するに地方の所領を取り返すなんて事はしなかったのだ。

「それで、実際にはどの程度の所領が有るのだ？」

「禁裏御料は三千石程になりましょう。宮家は千石程。堂上家は六十家を超えます。しかし五摂家こそ千五百石を超えますがそれ以外は良くて五百石前後、多くは二百石から三百石になります。酷い所は百石に届きませぬ」

溜息が出るわ。禁裏御料が三千石？　山国庄、小野庄を取り返して三千石か。朝廷が困窮するのも道理だし公家が地方の大名家に行きたがるのも道理だ。位は高くても貧しいのだからな。公家にしてみれば内乱しか起こさない足利なんて嫌悪の極みだろう。俺に期待する筈だ。

「飛鳥井は？」

「九百石程でございます」

少し多いな？　五摂家程じゃないがかなり裕福だ。

「飛鳥井家は足利家に近かった事が理由かと」

「なるほど」

俺って感情が顔に出るのかな？　兵庫頭が直ぐに教えてくれた。でも飛鳥井が足利に近いのは事実だ。綾ママが朽木に嫁いだのもそれが理由だろう。世渡り上手な家らしい。

「地下家については推して知るべしだな」

「はっ」

この時代の公家は家格が決まっている。昇殿を許される家を堂上家、昇殿を許されない家を地下家と呼んでいる。当然だが一部の例外を除いて地下家は堂上家よりも収入面で恵まれていない。これが大体四百から五百家程有る筈だ。

「禁裏御料として土地を進呈するのは良い。先ずは七千石程進呈しよう。合計一万石だな。問題は宮家、公家の所領だ。地下を如何するかという問題も有る」

「はっ」

公家は既に所領を持っているのだ。新たに所領を与えるよりも禄を支給する方が良い様な気がする。家格によって最低限の禄高を規定し不足分を朽木家が支給する。要するに徳川の足高《たしだか》の制だな。

問題は石高は少なくても家職によって副収入が有るところだ。

例えば土御門《つちみかど》家、陰陽道の元締めだからな。禄高は少なくても裕福な筈だ。となると所領の石高では無くて収入によって不足分を足した方が公平だな。収入に変動が有ればそれによって朽木から支援を受ける事も出来るし支援が無くなる事も有る。つまり毎年確定申告をするわけか。俺に懐具合を全て知られる事になるな。嫌がるかな？　兵庫頭に話すと苦笑を漏らした。そうだよな、嫌がるよな。俺も笑った。

「しかしな、兵庫頭。何らかの事情で費《つい》えが増え借財が嵩《かさ》む場合も有ろう。その事情が已むを得ないもので有るならその分だけ支援する事も出来る。或いはそれが理由で借財をしているなら朽木が肩代わりし朽木に支払わせる事も可能だ。その場合朽木は利子は取らぬし無理な返済もさせぬ。大体借財で潰れる場合は支払いが遅れ利子が増大する事で如何にもならなくなる事が殆どだ。そうではないか？」

「なるほど」

兵庫頭が頷いた。

「一度関白殿下、飛鳥井の伯父上に相談してみようと思う。何と言っても俺は公家ではないからな。殿下や伯父上の意見から何か得る物が有るかもしれん。もっともあの二人、どちらもそれなりに収入は有るからな」

何処まで役に立つか……。兵庫頭が曖昧な表情で頷いた。俺の気持ちが分かったのだろう。

元亀五年（一五七七年）　二月上旬　　甲斐国山梨郡古府中　　酒井忠次

織田の本陣より主が戻って来た。供として付いて行った本多平八郎忠勝、榊原小平太康政も一緒だ。平八郎、小平太が末席に座った。主が満面の笑みを浮かべながら上座の床几に座った。

「殿は上機嫌じゃ、これは良い話が聞けそうじゃの」

大久保治右衛門忠佐が皆を見回しながら言うと皆が上機嫌な声を上げた。

「平八郎、小平太、お主らは一足先に聞いているのであろう。羨ましいのう」

平岩七之助親吉が声を掛けると二人が困った様な表情をした。

「それが、殿は教えてくれんのですわ。のう、平八郎」

「うむ、殿は吝《しわ》いからの」

平八郎がボソッと言うと皆が笑いだした。一際大きく笑ったのは大須賀五郎左衛門尉康高だった。殿も苦笑している。

「平八郎は相変わらず口が悪いのう。その方の主を務めるのは戦で勝つよりも難しいわ」

殿がぼやくと皆がまた笑った。平八郎も笑っている。困った奴よ。戦働きは巧いのだが口が悪い。いや、口が悪いのではないな、憎まれ口を叩く事で殿に甘えたがる。

「殿、それで如何でございました？　織田様は何と？」

石川伯耆守数正が殿に問い掛けたのは皆が一頻り笑った後だった。

「うむ。今回の武田攻め、織田殿は我らの働きを大いに喜ばれての、お褒めの御言葉を賜った」

「それで、恩賞のお話は？」

焦《じ》れったそうに大須賀五郎左衛門尉が問う。皆も期待を込めた視線を殿に向けた。今川は小田原に逃げ甲斐の武田は滅んだ。残るは小田原の北条のみ、織田は東海道を押さえたのだ。これまで苦しい戦が続いた。それだけに皆が恩賞を期待している。

「そうじゃ、それが有ったの。忘れていたわ」

殿の惚《ほう》けた様な発言に彼方此方から〝殿は意地が悪い〟、〝悪い癖じゃ〟、〝吝いだけではないの〟と声が上がると殿が笑い声を上げた。

「そう言うな、ちとその方等をからかっただけじゃ」

「……」

「それに織田殿よりお褒めの言葉を頂いたのは事実だ。その方等に伝えなければなるまい。これまで良く働いてくれたと労いの言葉を頂いたぞ」

皆が満足そうに頷いた。

「それでの、恩賞として甲斐一国と信濃の諏訪郡を頂いた。武田の旧領を丸々頂いたわ」

殿が上機嫌に話を続けたが皆は困惑している。彼方此方から〝甲斐一国〟という声が聞こえた。余り大きな声では無い。

「まあ三河の領地に換えてじゃから徳川家はざっと二十五万石程になる。十万石の加増よ」

「しかし、甲斐は荒れておりますぞ」

不安そうな声を出したのは榊原小平太だった。何人かが頷いている。

「三河ではございませぬので」

平八郎の言葉に多くの者が頷いた。

「三河とて豊かというわけでは有るまい」

「……」

皆が儂を見た。

「それに甲斐なら武蔵、相模に攻め込める。織田様から恩賞を貰わずとも身代を大きく出来よう。三河では将来《さき》の楽しみが無いぞ」

儂の言葉に皆が不承不承と言ったように頷いた。

「左衛門尉殿の申される通りだ。織田様も我らに配慮して下されたという事よ。何より武田の旧領を丸々頂いたのじゃ。我らの働きを大きく評価しているという事、労いの言葉は嘘では無い。文句を言ってはバチが当たるぞ」

〝そうであろう、新十郎殿〟と石川伯耆守が言うと大久保新十郎が〝そうだの〟と頷いた。

「伯耆守殿の申される通りよ。何より徳川家は国持ちになったのじゃ。これほど目出度い事が有ろうか。殿、おめでとうございまする」

新十郎が祝いの言葉を言うと皆が慌てて〝おめでとうございまする〟と祝いの言葉を言った。漸く声が弾んできた。殿が満足そうに頷いている。

「三河に戻ったら直ぐに甲斐へ移らなければならぬ。忙しくなるぞ」

殿の言葉に皆が頷いた。

「平八郎、小平太、その方等は一足先に三河に戻り皆に準備をさせよ。その方等が差配致せ」

平八郎と小平太が〝はっ〟と畏まった。

「伯耆守と新十郎は甲斐に留まれ。受け入れの準備を整えよ」

伯耆守と新十郎が〝はっ〟と畏まった。殿がその様を見て頷いた。

「左衛門尉、伯耆守、新十郎はこの場に残れ。少し話す事が有る。それ以外の者は三河へ戻る準備を致せ」

皆が畏まりそして儂、伯耆守、新十郎を除いて立ち上がった、そして陣幕を上げて出て行く。その様を見届けてから殿が近寄れという様に手招きをした。それぞれ床几を持って近付いて座った。

「思った通りじゃ、甲斐を寄越したわ」

「諏訪郡は予想外でしたな」

伯耆守の言葉に殿が〝フン〟と鼻を鳴らした。面白くなさそうな表情をしておられる。

「皆は三河で領地を貰えると思っていたようじゃの」

「それは故郷でございますから」

新十郎が苦笑いすると殿がまた〝フン〟と鼻を鳴らした。

「何も分かっておらぬわ」

余程に不満が溜まっておられる。

「織田はやはり徳川が邪魔でございますか？」

儂の問いに殿が頷かれた。

「誰が見ても邪魔であろう。織田領のど真ん中に徳川が居るのだ。邪魔でないと思うのは三河者だけよ。それに対北条戦に徳川を使うとなれば三河では不便じゃ。甲斐に置けば甲斐から武蔵、相模を狙わせられる。誰が見ても甲斐に移すであろうよ。……三河者は武勇には優れるが知恵が足りぬな、語るに足るのはその方等だけよ」

殿がぼやく。伯耆守、新十郎と顔を見合わせた。二人とも苦笑している。

「素直に喜べませぬな、左衛門尉殿、新十郎殿」

「儂は喜んでおる。殿に重用して貰えるからの」

儂が答えると更に伯耆守、新十郎の苦笑が深くなった。殿だけが仏頂面だ。〝冗談はその辺りで止めよ〟と我らを窘められた。

「織田殿はな、駿府に城を築くつもりだ」

「既に城がございますが？」

新十郎が訝しげに問うと殿が首を横に振られた。

「取り壊す。新たな城はずっと大きな城になろう」

「北条攻めの為でございましょうか？」

伯耆守が問うとまた殿が首を横に振られた。

「それも有るが真の狙いは朽木ではないかと儂は思う」

不思議な事を言う。朽木？　伯耆守、新十郎も腑に落ちないといった表情をしている。殿が我らを見て軽く笑った。そして〝納得が行かぬか〟と言った。

「織田殿は昔から京への憧れが強かったようじゃ。永禄二年に上洛して義輝公に拝謁しておるし永禄十年にも上洛しようとした。これは一色の裏切りで潰《つい》えたがの。その想いは今も変わっておらぬのではないかと儂は思う」

「……」

なるほど、そうかもしれぬ。

「何かお心当たりがお有りで？」

新十郎が問うと殿が〝有る〟と言って頷かれた。

「今川攻めの時じゃ。朽木の水軍が大きな働きをした事が有ったろう」

「有りましたな」

「あれで敵は崩れた。本来なら喜んで良い。だがあの時、織田殿は必ずしも喜んではいなかった。むしろ不愉快そうであったな」

「……」

殿が我らを見た。

「分かるであろう？　朽木が敵になればと考えたのよ」

「……上洛でございますか？」

伯耆守が問うと殿が頷かれた。

「しかし北条がおります。北条を放り捨てて朽木と戦えましょうか？　小田原城は簡単には落ちませぬぞ。飛騨での会談で朽木と盟を結んだのもそれ故ではございませぬか？」

伯耆守が反論すると殿が〝ふふふ〟と低く笑い声を上げた。

「朽木が西へ進めば毛利と戦う事になる。朽木と雖《いえど》も簡単に勝てる相手では無い。それにの、毛利の水軍が相手となれば朽木の水軍もこちらには出せまい。上洛の機会は有ると考えているのではないかの」

「……」

「そう考えるとな、今回甲斐へ移れというのも駿府に城を築くというのも良く分かるのじゃ。単に邪魔、北条攻めに使いたいというわけではないと見た方が良い」

伯耆守、新十郎と顔を見合わせた。二人とも訝しそうな表情はしていない。

「なるほど、朽木と戦うとなれば朽木は必ず我らに声を掛けて来ましょう。今川、武田、北条では心が動きませぬが朽木となれば……」

「駿府の新たな城も朽木と北条が結んだ時の事、そこに我らが加わった事を考えての事でございますか……」

伯耆守と新十郎が溜息を吐いている。

「となると飛騨での会談で朽木、上杉と同盟を結ぶ事を選択したのも準備が出来ていないからという事ですな？」

儂の問いに殿が頷かれた。

「儂はそう思った。武田攻めを急いだのも武田の家臣を狩り立てたのもそれが理由よ。徳川は邪魔だ、だから甲斐へ移す。徳川は弱くて良い。強くなっては万一の時に困った事になる。そう考えているのよ。駿府の城は北条と徳川を抑えるための城だ。織田殿は北条と向き合いつつも後ろを振り返って朽木の隙を窺っている。今後はその辺りを押さえなければ織田殿の考えを読む事は出来ぬ」

面白くなさそうな表情だ。

「殿、織田様は殿がそのような事を考えていると気付いておられましょうや？」

殿が一瞬驚いた様な表情を見せ小首を傾《かし》げられた。

「どうかの、面には出さぬようにしてはいるが敏《さと》い御方だからの。訝しんでいるやもしれぬな。此度の恩賞も少し不満顔を見せれば良かったかもしれん」

ふむ、となると……。

「殿、武田の忍びを召し抱えましょう」

殿が、そして伯耆守と新十郎が儂を見た。

「武士は狩り立てられましたが忍びは逃げた筈、召し出せば裏で北条と繋ぎを付ける事が出来まする」

殿の視線が強まった。

「左衛門尉、それは織田との戦いを見据えての事か？」

〝はい〟と答えると殿が大きく頷かれた。

「良き思案よ、やれ」

「はっ」


元亀五年（一五七七年）二月上旬　　近江国蒲生郡八幡町　　八幡城　　真田昌幸

伊勢から叔父の矢沢薩摩守頼綱が訪ねて来た。普段は伊勢で兄を助けているのだが急用で出て来たようだ。

「叔父上、どうなさったのです？」

「源五郎、御屋形様は？」

大分慌てている。

「御屋形様はあと十日もすれば京から戻られる筈です」

答えると叔父が〝そうか〟と息を吐いた。

「叔父上、どうなさったのです？」

「話が有る、何処か話せる場所は？」

「某の部屋が有ります、そこで良ければ」

「頼む」

叔父を自分の部屋に連れて行くと不思議そうに部屋を見回した。

「何だ、何も無い部屋だな」

「休息用に頂いた部屋ですから」

「だが壺は有る」

叔父が笑いながら部屋の一角にある丹波焼の壺を指で示した。

「御屋形様から頂きました。和みます」

「兄上と同じだな」

「かもしれませぬ。……それで叔父上、何が有ったのです？」

叔父の顔が引き締まった。

「甲斐の武田が滅んだ」

「はい、十日程前に報せが届きました。御屋形様にも使者を出して報せております」

甲斐源氏武田が滅んだ。滅ぼしたのは織田、徳川の連合軍三万。驚く事では無い、武田が滅ぶだろうという事は誰もが分かっていた。水害による凶作で国は疲弊しきっていた。兵糧が無く戦える状況では無かったらしい。甲斐領内に引き摺りこんで戦おうとしたようだが集めた兵は離散、信頼様は最後は僅か三百程の兵で織田軍に突撃し討死した。武田の女子供達は躑躅ヶ崎館に火を放って自害したと聞く。

一時は甲斐、信濃に勢力を広げた武田の当主が最後は三百ばかりの兵と共に討死とは……。改めて今は乱世なのだと思った。十代の半ば過ぎまで武田家に居た。だが武田の滅亡を聞いても思った程衝撃は無かった。むしろ昨年末に紀伊の畠山が国を捨てて逃げ出したと聞いた時の方が驚きが大きかった。自分は朽木の家臣に十分に染まったのであろう。

「信頼様は相模の北条を頼る事無く甲斐で最期を遂げられたらしい。織田による武田の残党狩りは厳しいようだ。武田の一門だけではない、家臣達も主だった者は探し出されて殺されている。惨い物よ」

「織田は武田を恨んでいる、御屋形様がそう仰られていました」

叔父上が頷いた。

「信玄公の御息女、松姫様、菊姫様の事を覚えているか？」

「御名前だけなら」

「そうだな、儂も名前だけだ。その御二方が伊勢に居られる」

「伊勢に？　死んだと聞いておりますぞ、まさかとは思いますが……」

叔父が頷いた。

「そのまさかだ。朽木家の庇護を受けたいと我らを頼ってきた」

「なんと……」

「事実だ」

叔父がまた頷いた。男では逃げるのは難しい、女の方が武田の血を残し易いと思ったか。

「しかし朽木家は武田家にとって不倶戴天の仇でございましょう。信玄公の御最期は御屋形様を酷く恨んだものだったと聞いております」

「儂もそう聞いている。しかしな、源五郎」

叔父が顔を寄せてきた。

「小田原の北条は頼りにならぬ。かつての勢威を取り戻す事は出来まい。北条を頼っては武田の再興は叶わぬ。そうではないか？」

「かもしれませぬが……」

気が付けば小声で話していた。確かにそうだ。小田原なら身は守れるかもしれぬが武田の再興は難しい。

「それに朽木家は信濃の者達を積極的に迎え入れておる。皆武田に与した者達じゃ。御屋形様には武田に対して隔意は無い」

「……」

「そう考えると松姫様、菊姫様が朽木家を頼るのはごく自然な事であろう。我らが驚くのがむしろおかしい」

そうかもしれぬ。朽木家には武田に縁のある者が多い。それを考えれば朽木を頼るのは当然か。

「兄上は何と？」

「殿は是非受け入れられるべきだと」

「……」

叔父は源太郎兄を俺の前でも殿と呼ぶ。叔父では有るが一家臣という姿勢を崩そうとはしない。そして俺と徳次郎兄は呼び捨てだ。しかし受け入れろと言うが織田との関係も有る。上杉も如何思うか……。簡単ではない。だが朽木が見捨てれば松姫様、菊姫様の将来の見通しは暗い。真田は武田に拾われた事で世に出る事が出来た……。

「源五郎、織田による武田の残党狩りは厳しい。武田の遺臣は甲斐から逃げ出している。御屋形様が松姫様、菊姫様を受け入れればその者達も朽木家を頼って来る筈だ」

「なるほど」

織田、上杉に遠慮するよりも朽木家の力を強化する方が上策か。

「分かりました、某から御重臣方に話しましょう。京の御屋形様にも報せを出します。御屋形様の御許しを得たら叔父上に使者を出します。お二人を此処へ御連れ下さい」

「分かった、頼むぞ」

そう言うと叔父が立ち上がった。そして壺を指差して〝良い壺だな、和む〟と言って笑った。そう、良い壺だ、和む。


元亀五年（一五七七年）　二月中旬　　近江国蒲生郡八幡町　　八幡城　　武田松

「武田大膳大夫晴信が娘、松にございます」

「菊にございます」

私と菊が名を名乗ると上段に座っている方が微かに頷いた。歳は二十代半ばから後半、顔形、姿形に特徴は無い。ごく普通の若い男性。この方が朽木左中将様？　訝しんでいるとその方が口を開いた。

「朽木基綱にござる。此度は兄君信頼殿の事、真に御気の毒でござった。心からお悔やみ申す」

「御丁寧な御言葉、有難うございます」

落ち着いた優しげな声だった。根切りをするような荒々しい方の声には思えない。

「真田より話は聞いております。御苦労されましたな、乱世とはいえ清和源氏の名門武田家があのような事になるとは……。真、乱世とは無情なものにござる」

本当にそう思う。私が物心ついた時にはもう武田家は下り坂であった。武田が信濃を統一する直前まで行ったという事の方が信じられない。

部屋には左中将様の他に初老の重臣が二人、そして真田源太郎、源五郎の兄弟が居るだけだった。他に家臣が居ないのは私達に惨めな思いをさせまいとしての事だろうか？　真田源太郎の話では左中将様はお優しい方、お気遣いをされる方だという事であったが……。

「これからはこの基綱がお二人の後見を務めましょう。心配は要りませぬぞ、遠慮も要らぬ。この城を武田の城と思って御過ごしなされよ。後々の事はゆっくりと相談致しましょう」

「有難うございまする、御世話になりまする」

左中将様の前を下がると真田の兄弟が部屋に案内してくれた。

「こちらの部屋が松姫様の御部屋になります。この隣りの部屋が菊姫様の御部屋です。後程御案内致しますがこの部屋がもう一つ有ると御考えください」

「有難うございます、源五郎殿」

妹が礼を言うと源五郎が恐縮したように頭を下げた。かつての主家の娘に礼を言われるのは複雑なのかもしれない。

「本当にそなた達には感謝しております。何と礼を言ったらよいか……」

「とんでもございませぬ。今は朽木家に仕えておりますが武田家の恩を忘れたわけでは有りませぬ。中の兄が今播磨に居ります。いずれ戻りましたら御挨拶に参上いたしましょう」

かつて武田家に仕え今は朽木家に仕えている者は数多くいる。その中でも真田、芦田の一族は左中将様の信頼が厚いらしい。

「月の変わらぬうちに我ら兄弟の母がお二人にお仕えするために参りまする」

「まあ、ですが」

「本人がお仕えしたいと申しております。御屋形様もその方が心強かろうと御許し下されました。御遠慮はなされますな」

「有難うございます、源太郎殿」

礼を言うと源太郎も恐縮したように頭を下げた。取り敢えずは安全だと思う。でもこれからどうなるのか、武田家の再興は……。中将様におすがりするしかないのだけれどあのお方は如何お考えなのだろう……。

元亀五年（一五七七年）　二月中旬　　近江国蒲生郡八幡町　　八幡城　　朽木基綱

「如何でしたか、武田の姫達は」

「さあ、分かりませぬ。ですが悪い方達では無いように見受けました」

「そうですか」

武田の松姫、菊姫が部屋を下がると直ぐに綾ママがやってきた。ニコニコしているから俺が武田の娘達を受け入れたのが嬉しいらしい。

「そなたの側室にするのですか？」

「そんな事はしません」

「まあ」

「母上、お忘れかもしれませぬがあの二人は武田信玄の娘なのですぞ。某を恨みながら死んだ信玄の娘なのです。側室になどしたら寝首を掻かれかねませぬ」

「そなたが武田家を再興すると約束すればそんな事はしないでしょう」

綾ママは不満そうだ。なんだかなあ、最近やたらと俺に側室を薦めるんだよな。如何いう訳なのかな？　もしかすると名門武田の娘を側室にするとかいうのが嬉しいのかな？　でも姉妹で側室とかちょっと変だろう。それに辰を側室にしたんだ、当分新たな側室の必要は無い。次は二年後に篠だ、それで終わりだな。

武田の娘を側室にしないのは他にも理由が有る。朽木家は武田に関わりの有る家臣が多い。これからも増えるだろう。武田の血を引く子供はちょっと危険だ。それを中心に閥が出来かねん。竹若丸がもう直ぐ元服だから心配ないとも言えるがわざわざ危険を冒す必要は無い。

「大方様、御屋形様の仰られる通りでございます。乱世なれば万に一つの油断も許されませぬ。そして御世継ぎの竹若丸様は幼いのです。某も賛成は出来ませぬ」

良いぞ、下野守。綾ママも不満そうだったが反論はせずに自分の部屋に戻った。そうだよな、万に一つも油断は許されない。それは今だけじゃない、未来もだ。あの二人を側室にするなど論外だ。

「助かったぞ、下野守」

下野守が困ったように笑った。

「左程の事はしておりませぬ。それより御屋形様、此度の事如何思われます」

「国替えの事か？」

俺が問うと下野守と重蔵が頷いた。やはり気になるか、そうだよな、俺も気になる。

武田が滅び甲斐が織田領になった。武田の残党狩りが一段落すると織田は徳川に甲斐への国替えを打診した。徳川の領地は西三河半国、ざっと十五万石ほどだろう。それを甲斐一国に信濃の諏訪郡を付けての交換だ。交換すれば大体二十五万石にはなる。多少水害の被害が有るが十万石の加増だ。それに金山も有る。何より織田家に囲まれていない、つまり自力で大きくなれる可能性が有るのだ、これは大きい。

これまで働いた事への恩賞というわけだ。家康は信長の義弟でも有る。それなりの配慮をしたという事だろう。勿論家康はそれを受け入れている。その事を言うと重蔵と下野守が頷きながらも妙な表情をした。完全には納得していない、多分不審な点が有るのだろう。そうだよな、俺も同感だ。一見優遇しているように見えるがこいつは如何も胡散臭い。多分碌でもない裏が有ると俺は思っている。

後継

元亀五年（一五七七年）二月中旬　　近江国蒲生郡八幡町　　八幡城　　朽木基綱

重蔵と下野守に俺の思う所を話そうとした時に真田源太郎、源五郎の兄弟が戻ってきた。一旦お預けだ。

「御苦労だったな。如何かな、姫様方の御様子は」

「取り敢えずは一安心というところだと思いまする。しかし今後の事に不安はお有りでしょう」

源太郎が答えると隣で源五郎が頷いた。

「予《あらかじ》め言っておくが俺はあの二人を側室にする気は無い、良いな？」

「はっ」

「俺があの二人を側室にしては織田も上杉も不快だろう。そういう事はせぬ。誰か婿を取らせ武田の姓を名乗らせるつもりだ。武田家とは関わりの無い家の人間が良いだろう。五千石を禄で与え徐々に増やして行く。いずれは領地を与える、そうするつもりだ」

源太郎と源五郎が顔を見合わせ、そして頭を下げた。朽木家中における程々の名家、それで良い。その方があの二人にとっても幸せだ。後で信長、謙信、それと景勝にも手紙を書いた方が良いな。

「その方等の母御が此方に来てくれると聞いた。あの二人の世話をしてくれるとな。有り難い事だ、礼を言っておいてくれ」

「世話などと……、ただ話し相手になれればと母は申しておりまする」

「いや、それが大事だぞ、源太郎。こちらからも身の回りの世話をする人間は付ける。だが武田の事を知る人間が傍にいた方が良かろう。心細いだろうからな」

「はっ、御気遣い、有難うございまする」

真田は二度零落した。一度は武田が援けた。もう一度は朽木だ。武田には恩が有ると礼を尽くすのは当然の事だ。

「あの二人にはそれぞれ五千石を与える、意味は分かるな？」

「はっ」

「その方等の母御にも禄を与えよう。化粧料として五百石だ」

「畏れながら御屋形様」

「遠慮は要らぬ、正式に俺の家臣として働いて貰うという事だ。まあ婿が決まるまでの間だ、長い期間ではない」

俺の言葉に源太郎が〝忝のうございまする〟と言って頭を下げると源五郎も頭を下げた。

「ところで両名は徳川の国替えの事、如何思うか?」

二人が顔を見合わせた。

「聊《いささ》か訝しい事かと思いまする」

「兄と同じ思いにございまする」

真田の兄弟が答えると重蔵、下野守が頷いた。

「徳川を優遇しているのか、優遇しておらぬのか、良く分からぬ。そういう事だな?」

四人が頷く。

「領地替えの意味はな、あれは恩賞と思うから分からなくなる」

「と申されますと」

「織田は徳川が邪魔なのだ。重蔵、分かるであろう?」

重蔵が〝なるほど〟と言った。思い当たる節が有るよな、重蔵。他の三人は今一つピンと来ていないようだ。

「織田家は美濃、尾張、三河、遠江、駿河、甲斐を領する事で東海道を制している。三河はその間に有る。邪魔だな、徳川が反織田の動きをすれば織田は三河を境に東西に分かれてしまう。だから三河から出て行って貰う。織田殿がそう考えたとしてもおかしな事ではないな」

四人がまた頷いた。

「となると替地として相応しいのは美濃、駿河、甲斐のいずれかになる。美濃では小田原攻めに徳川を使う事が出来ぬ。駿河では織田の関東進出に邪魔になりかねぬ。となればだ、小田原攻めに使え関東進出に邪魔にならぬ場所は甲斐しかない。恩賞を名目にした甲斐への国替えはおかしな話ではない。織田殿の考えでは至極当然の事だ」

「なるほど、ではこれは優遇ではなく必然……」

下野守が二度、三度と頷いた。

「そうだ、下野守。これは必然と見るべきなのだと思う。そういう目でもう一度織田殿の甲斐での為さり様を見ると色々と見えてくる物が有る。先ず十万石の加増、金を産出する、水害が有る等という事は無視して良いと思う。行き場所は甲斐しかないのだ。甲斐という国がもつ特性に拘る事は意味が無かろう。そうではないか？」

「確かに」

源五郎が呟いた。

「問題は織田殿が武田の家臣達を狩り立てている事だ。武田で名有る武士は隣国に逃げ去っていると聞く。これが何を意味するか？　後から甲斐を領する徳川の立場に立って考えて見よ」

四人が顔を見合わせた。愕然としている。

「十万石を加増されても兵を指揮する物頭《ものがしら》、侍大将が居りませぬ。徳川の今の家臣達から選ばねばならぬという事になりましょう」

「しかし三河にも留まる者が出る筈、人が足るまい。これでは兵の強さが損なわれかねぬ」

「それよりも領内の統治は？　甲斐は水害が酷く治め辛い土地。土地の事を良く知る人間が居なければ……」

「これでは加増など意味が無い……。その内見切りを付けて立ち去る者も出かねぬ」

最後に源五郎が言い終わるとシンとした。皆で俺を窺うように見ている。皆ようやく分かったようだ。違和感の正体が何なのかな。普通、領地の加増が有ればそこの土地の武士を雇う。戦力の増強だけが目的なのではない。野に置いていては敵になりかねない存在を味方に取り込む事で新領地の安定を図るのだ。そうする事で百姓達に自分達の仲間が登用されている、という安心感を与える事も出来る。

「分かったようだな、織田殿は徳川を優遇などしておらぬという事が」

「しかし何故《なぜ》、織田様は……」

源五郎が俺を見た。いや、源五郎だけじゃない、皆が俺を見た。何故織田は徳川を苛めるのか？

「多分、徳川が怖いのだろうな」

「……怖いと申されますと」

下野守が訝しんでいる。

「元々三河兵は精強で知られている。そこに信玄公が鍛え上げた甲州者達が加わる。甲斐一国、諏訪を入れて二十五万石を超えよう。兵力はざっと七千から八千。これを如何見るか？　織田の領地は百五十万石を優に超え二百万石に近い。徳川など取るに足りぬとも言える……。だが織田も朽木も元から大きかったわけではない。周囲を喰う事で大を成した。徳川がこの先大きくならぬという保証は無い」

「……」

「織田殿にとって徳川は強過ぎても大き過ぎても困るのだ。適当に強く適当に大きければ良い。だから武田の残党を狩り立てている」

乱世なのだ。大内、尼子、今川、武田、北条、かつて大を成した彼らは滅ぶか弱小勢力に転落している。乱世というのはそれほどまでに浮き沈みが激しい。史実もそれを示している。信玄、信長が生存中に徳川が大を成す、天下を獲ると予測した人間が居たら化け物だろう。だが徳川は大きくなった、天下を獲った。それ程までに先は読めない。つまりこの世界でも徳川には十分にチャンスが有る。

「徳川はその事を？」

源太郎が俺を窺うような表情を見せた。

「知っているかと問うのか、源太郎。当然知っているだろうな。その上で有り難く受けたのだと思う」

「しかし……」

口籠る源太郎を見て思わず笑い声が出た。暗い笑い声だ、自分の声がこんなにも暗いのだという事に驚いた。

「徳川を甘く見るな。あの男ほど乱世というものを、弱いという事の意味を知っている男は居らん。弱い以上、強い者に従う。たとえ足蹴《あしげ》にされようと従う。妻や子供を殺してでも生き残る。今川の下で、織田の下でそうやって生きてきた。徳川はそれが出来る男なのだ」

皆が押し黙った。分かったか？　生き恥を曝《さら》してでも生きる、それが家康の怖さ、厭《いや》らしさだ。長い人質生活で弱いという事が乱世では悪であるという事を骨身に染みて知っている。そして弱い者にはえげつない程に服従を求め拒めば容赦無く踏み潰す。だから強い、最後に勝ち残った。

信長も既に四十歳を越えた。何時までも徳川を三河に置いておくわけにはいかないと思ったのかもしれない。或いは家康に厭なものを感じたのかもしれん。家康にはしぶといと言うかふてぶてしいと言うか変なものが有るからな。遠くへ追い払おうと言うわけだ。だが今回の一件、俺は家康が文句一つ言わずに甲斐を受けたと思うのだがだとしたら更に厭な感じが増したかもしれん。織田と徳川か、確かに変に粘つく物が有る。これで終わりというわけには行かないだろう。


「御屋形様」

部屋の外から声が掛かった。石田佐吉だった。

「播磨の明智様より至急の使者が」

皆で顔を見合わせた。何かが起きた。通すように言うと直ぐに若い男が現れた。甲冑姿だ。汚れている、かなり急いできたようだ。

「御苦労、至急の使者との事だが何が有った？」

「備前の宇喜多和泉守直家、殺されましてございまする」

また皆で顔を見合わせた。その可能性は有ると思っていた。だが謀聖とまで言われた男が殺されたか……。あっけないものだ。

「殺したのは？」

下野守が問い掛けると〝分かりませぬ〟と男が首を振った。

「何時の事だ？」

「昨日の昼の事にございまする。某は夜、播磨を発ちました」

「十兵衛は何と？」

「備前の混乱は必至、御屋形様の御出馬を願うとの事にございまする」

「分かった、直ちに出陣する。疲れたであろう、その方は下がってゆっくりと休め。佐吉、休ませてやれ」

佐吉が〝はっ〟と言って男を連れて下がった。

「御屋形様、毛利では？」

重蔵が問い掛けてきた。

「かもしれぬし違うかもしれぬ。だが何者が動いたにせよ都合の悪い事は和泉守に押し被せて済ませようという事であろう。或いはこちらにも使者が来るかもしれぬ」

皆が頷いた。その場合首謀者は宇喜多家の内部の人間だな。

「摂津の舅殿に使者を出す、至急兵を集め播磨へと向かえとな。十兵衛にも必ず後詰致す故後れを取るなと伝えよう」

「御屋形様」

「何か、源太郎」

「念のため、但馬の山名を抑えるために丹波の川勝殿、日根野殿に兵を集めさせるべきかと」

「尤もだな、源太郎。良く気付いてくれた」

「はっ」

源太郎が嬉しそうにした。そう、こういう時はきちんと褒める。……秀吉ならもっと大声で騒いだろうな。〝源太郎、よう言うた、見事！〟。俺には出来ん、詰まらない奴だわ。頭を振った、比べてどうする、竹若丸と同じ事をする気か？　俺は俺だ！

「出陣だ！　重蔵、下野守、触れを出せ！　源太郎と源五郎は播磨、摂津、丹波に使者を走らせろ！」

重蔵、下野守、源太郎、源五郎が声を上げながら部屋を出た。宇喜多直家が死んだか。悪名高い男だがあの男が備前を纏めていたのも事実だ、それが死んだとなると備前、いや宇喜多は混乱するだろう。機先を制した者が勝つ！　イケメン十兵衛、頑張れよ！

元亀五年（一五七七年）二月中旬　　近江国蒲生郡八幡町　　八幡城　　朽木小夜

朽木の大軍が八幡城を離れ京に向かっていく。櫓台から見える軍勢はまるで蟻が列を成して行軍するかのようにも見える。こうして軍勢を見送るのは何度目になるのか……。見慣れた光景なのに何度見ても好きになれない。子供達が無邪気に声を上げる中、御屋形様が無事に戻られるようにと神仏に願う。その事にどれだけの意味が有るのかとは思うがそれでも祈らずにはいられない。おそらく雪乃殿も同じ想いをしていよう。

「私も行きたかった……」

軍勢を見詰めながら竹若丸が悔しそうに呟く。困った事、竹若丸はまた戦場に出たいと出陣前の御屋形様に我儘を言った。幸い半兵衛殿、新太郎殿が竹若丸を抑えてくれたから大きな騒ぎにはならなかったものの御屋形様は切なそうに溜息を吐いておられた。

　大方様が部屋に戻りましょうと皆に声をかけて櫓台から降りた。見送りには武田の松姫、菊姫も来ている。どんな気持ちであったのか。素直に御屋形様の無事を祈れる気持ちではなかっただろう。因縁の有る相手を頼らざるを得ない、因縁の有る相手の無事を祈る。乱世とは何と厳しく酷いものか。それでも二人は何も言わずに御屋形様を見送った。

　部屋に戻り竹若丸を呼ぶと渋々と言った様子でやってきた。何を言われるのか、分かったのだろう。

「何故呼ばれたのか、分かりますね」

「はい」

「評定に出て御屋形様から政を学ぶ、初陣は元服後とする。そう決めた筈です。そなたも了承した筈」

「ですが……」

「ですがなんです？」

　竹若丸が唇を噛み締めた。

「評定でも発言は許されませぬ。これでは半人前です」

「半人前なのですから仕方が無いでしょう」

「母上！」

　竹若丸が顔を歪めた。

「そなたの戦や政についての力を言っているのでは有りませぬ。そなたの心を言っています」

「……心？」

竹若丸が訝しげな表情をしている。

「そなたがどれほど御屋形様を悲しませているか、分かっていますか？」

「……」

「御屋形様は幼い頃に御父君、そなたにとっては祖父に当たる方を戦で亡くされました。それ以降は朽木家の当主として務めてこられた。簡単な事では有りませぬよ、大方様は御屋形様からは子供らしさが消えてしまった。大人として扱わざるを得なくなったと言っておられました。それがどれほど痛ましい事であったか……」

「……」

大方様の寂しそうな御顔を思い出す。私はそんな寂しさとは無縁だった。でも今は別な寂しさを感じている。

「御屋形様はそなたにはそのような想いはさせたくないと思っておいでなのです。せめて元服までは伸びやかに過ごさせたいと。元服すれば嫌でもこの乱世と向き合うのですから……。御屋形様の御気持ちが分からぬそなたは半人前でしょう」

「私は、私は早く一人前になりたいのです！　父上の御側で働きたいのです！」

「愚か者！　そなたの様な者が御側に参っても邪魔になるだけです！　弁えなさい！」

「母上！」

竹若丸がこちらににじり寄った。

「何故御屋形様の御無事を祈れませぬ！　御屋形様は戦に行かれるのですよ！　そなたは戦を遊び

とでも思っているのですか！」

竹若丸の目が泳いだ。

「そ、それは、父上が負ける事など有り得ぬからです！」

「……そなた、それは本心ですか？　本心ならそなたはどうしようもない増長者ですよ」

「……」

「私が御屋形様に嫁いだ時、朽木家は未だ小さい大名でした。この近江で一番小さい存在だったのです。御屋形様は朽木家よりも大きい敵を倒してきた。敵は皆そなたの様に思ったのでしょうね、自分が負ける筈が無いと」

竹若丸が項垂れた。手は袴を強く握り締めている。

「心が半人前と言った意味が分かりましたか？」

「……」

「そなたは自分の事しか考えていません。そして自分の都合の良いようにしか考えていない。それがどれほど危険な事か、そなたにも分かったでしょう。そのような事では無駄に首を獲られるだけです」

「……」

「もっと周りを見なさい。皆が何を考えているのかを知ろうとするのです」

「……そうなれば父上に認めて頂けるでしょうか？」

「足りませぬ」

竹若丸が唇を噛み締めた。哀れではある、でも甘やかす事は出来ない。

「まだまだ足らぬのです。だから足らぬ物を少しずつ埋めなさい。焦らずにゆっくりと」

「……」

「御屋形様はそなたが足らぬ物を埋め、御屋形様の跡を継ぐに相応しい大将になるのを待っています。焦らずに務めなさい」

竹若丸に部屋に戻る様にと言うと気落ちしたように下がって行った。

御屋形様の跡を継ぐ、簡単な事では無い。六角家も後継の乱れから勢威を落とした。でもその元になったのは右衛門督様の無謀な戦。御屋形様に対する対抗心から美濃に攻め入った事だった。竹若丸にはあのような事をさせてはいけない。あの子の心を鍛えなければ……。

元亀五年（一五七七年）二月下旬　越後国頸城郡春日村　春日山城　直江景綱邸
長尾政景

部屋に入ろうとすると直江大和守が娘婿の与兵衛尉に支えられながら懸命に病床から身体を起こそうとしていた。

「そのままに、楽になされよ」

「いや、しかし」

「遠慮は無用、疲れてはならぬ」

「……忝い」

大和守が身体を横たえてゆっくりと息を吐いた。与兵衛尉が脇に控える。

「お加減は如何かな」

傍に座り声をかけると大和守が軽く笑った。

「見ての通りにござる。もう長くはござるまい」

「……気の弱い事を申される」

年を越してから大和守は病床にある。顔色も良くない、痩せている。自分が見ても長くないと思った。今この男を失うのは痛い。娘婿の与兵衛尉は悪い男ではないが大和守に比べれば少し頼りない。もう少し経験を積めば頼りになるのであろうが……。

「人間一度生まれて一度死ぬ。某は既に齢《よわい》七十に近い。己《おの》が人生に不足はござらぬ。良く生き申した、夢のようじゃ……」

死を覚悟している。そして死を恐れていない。十分に生きたというのは負け惜しみではないのだろう。

「……大和守殿、某を呼ばれた訳は？　相談したい事が有るとの事でござったが……」

大和守が〝左様〟と言って頷いた。

「某、ただ一つの心残りは上杉家の行末にござる。御実城様が此処までにした上杉家、この上杉家を何とか守り抜きたい」

「……」

大和守が儂を見た。

「越前守殿には御息女が二人おられたな」

「如何《いか》にも」

「喜平次様が上杉家を継がれるとなれば、二人の御息女は上杉家当主の妹という立場になる。その二人、御実城様の養女にしては如何？」

「養女に？」

「左様、その上で朽木家、織田家に嫁がせる」

「！」

「上の姫は織田家の嫡男勘九郎様に。下の姫は朽木家の嫡男竹若丸様に」

声も無く大和守を見つめていると大和守が頷いた。

「御実城様は御身辺に女人を近付けなかった。そのため他家との同盟にも婚姻を利用する事は無かった。いや、出来なかった。だが婚姻が有効な手段である事は武田、今川、北条の結び付きを見れば分かり申す。左様でござろう」

「確かに」

「上杉家は竹姫様を喜平次様の御正室に迎えたとはいえ未だ八歳、世継ぎを得る事は難しい。つまり結び付きも弱いという事、となれば此処で今一歩踏み込む必要がござろう」

「……」

大和守がじっと儂を見ている。

「……娘達を政略結婚の駒として使えと申されるか」

「然《しか》り」

「……何時かは嫁がせなければならぬとは思っており申した。しかし上杉家の娘として他国へ嫁がせる等とは……。心構えも何も教えており申さぬ。上杉家の名を背負って嫁ぐなど娘達に出来る事なのか……」

大和守が〝不安かな〟と問いかけてきた。頷くと大和守も頷いた。

「御胸中、お察し致す。さぞかし某を恨めしく思っておられよう。だが近江中将様は八歳の竹姫様を越後へと送られた。上杉を守り朽木を守るために」

「……躊躇うなと申されるか」

大和守が〝如何にも〟と言って頷いた。

「この大和守の上杉家への最後の御奉公にござる。明日、与兵衛尉より某のたっての頼みとして御実城様に言上させ申す」

与兵衛尉が頷いた。興奮は無い、既に相談済みか。儂に腹を括れ、躊躇うなと言うておる……。溜息が出た。

「御実城様から越前守殿に相談が有る筈、決して断られるな」

「……」

「上杉家を守るためにござる」

……そして喜平次を守るためか……。近江中将様の気遣いを思い出した。綾に贈られた絹織物、櫛、簪、扇子……。一体どんな思いであの品を選ばれたのか……。今度は儂がその思いをする事になりそうだ。

元亀五年（一五七七年）　二月下旬　　越後国頸城郡春日村　　春日山城　　長尾政景邸　　長尾綾

「如何でございましたか？」

直江大和守の下より戻って来た夫は〝うむ〟と言ったまま俯いている。表情は暗い。大和守の具合はかなり悪いらしい。暗澹《あんたん》としていると夫が〝綾〟と声を掛けてきた。だがその先を続けようとしない。無言のまま息を吐いた。

「大和守の具合はかなり悪いのですか？」

「そうだな。……長くはあるまい」

「困った事ですね」

「……」

夫は無言だ。心ここに在らず、そんな感じがした。

「如何なされました？」

また夫が〝うむ〟と言った。〝越前守殿〟と声を掛けようとした時、夫がまた〝綾〟と私を呼んだ。今度は強い視線で私を見ている。思わず姿勢を正した。

「竹姫様は如何御過ごしか？　八幡山城を恋しがるような事は無いか？」

「特にはございませぬ」

答えると夫が〝そうか〟と言って頷いた。そして〝健気なものよ〟と続けた。

「明日、御実城様より呼び出しが有るだろう」

「……」

「華と奈津を御実城様の養女に迎えたいと申される筈だ」

「！」

思わず夫の顔を見た。夫は無表情に私を見ている。

「華は織田家、奈津は朽木家へ嫁ぐ事になろう」

「……」

声が出ない。娘達が織田、朽木家へ嫁ぐ……。夫が竹姫の事を口にしたのはその所為か……。

「大和守の発案にございますか？」

声が掠れていた。夫が〝そうだ〟と頷いた。

「あの者の最後の御奉公になるだろう」

「最後の……。断る事は出来ないのですね」

〝出来ぬ〟と言って夫が強い眼で私を見た。

「竹姫様を喜平次の妻にと望んだ我らには断る事は出来ぬ。そうではないか？」

「……そうでございますね」

朽木家と縁を結んだ。三国の同盟もより緊密なものになった。でもそれだけでは足りないという事だろう。上杉家を守り喜平次の立場を強化するためには華を織田家に、奈津を朽木家に嫁がせる事が必要と大和守は見ている。そして夫もそれに同意している。

「娘達を呼びますか？」

夫が首を横に振った。

「決まってからでよい。……御実城様がそれを認めぬという事も有り得る」

弟の性格なら無いとは言えない。だが……。

「貴方様はそれを御望みですか？」

〝分からぬ〟とまた夫が首を横に振った。

「喜平次の為、上杉家の為には娘達を駒として使うのが最善の策であろう。だが儂はそのために娘達《あれら》を育てて来たのではない」

苦渋に満ちた声だった。夫は娘達を可愛がっていた。夫にとって娘達を道具として使うのは苦痛なのであろう。

「上田長尾家は如何なさいます。娘達を外に出すとなれば養子を取らなければなりませぬが……」

喜平次が上杉家を継げば上田長尾家の家中での立場は今まで以上に高まるだろう。養子を迎えるにしてもそれなりの家から迎えなければならないが……。

「その必要は無い」

「……」

「上田の家は儂とそなたで終わりだ」

「越前守殿……」

呆然としていると夫が〝不服か〟と言った。

「娘達が朽木、織田に嫁げば上田の家は上杉、織田、朽木と繋がりを持つ事になる。上杉家中では特別な家になろう。左様な家は不要だ。後々喜平次の為にならぬ。特に我が家は評判が悪いからの」

夫が〝ふふふ〟と小さく笑った。口惜しいだろうと思う。確かに夫は弟に敵対した。だが降伏してからは誰よりも誠実に仕えてきた。弟が家督を捨てて出家しようとした時、それを説得して連れ戻したのは夫だった。越後には弟が必要だと思ったから、自分には越後を纏める事は出来ないと思ったから説得したのだろう。そこには野心は無かった。それなのに……。

〝それで宜しいのでございますね〟と念を押すと夫が頷いた。

「今更ではあるが近江中将様に言われた事を思い出す。決して上に立とうと為されるな、あくまで一臣下として御子息を支え為されよ、であった。真にその通りよ。上田長尾家は上杉家の家臣、その分を弁えなくてはならぬ」

夫が私を見た。眼が潤んでいる。

「そなたをこの家に迎えた時は、今日のような日が来るとは思わなんだの」

「……」

「のほほんと過ごして来たが我らはこれまで御実城様の大きさに守られてきたようじゃ。これからはそのご恩に報いねばならぬ」

「……左様でございますね」

涙が零れそうになった。堪えなければ……。

備前争乱

元亀五年（一五七七年）　三月上旬　　備前国邑久《おく》郡服部村　　服部丸山城　　朽木基綱

「まあ、何と言いますか、どうにもなりませんな」
「同感、まるで纏まりが無い」
「こうなって見ると宇喜多和泉守という男は大したものでしたな。この備前を一つに纏めていたのですから」

家臣達が口々に呆れた様な声を出す。口を噤んでいるが俺も全く同感だ。多分毛利側の大将、小早川左衛門佐隆景も似た様な事を思っているだろう。それほどまでに備前の状況は良くない。

宇喜多直家が死んだ。まあ殺されたのだがこいつは仕方が無い。何と言っても毛利も朽木も宇喜多直家を信じていなかった。こんな毒蝮《どくまむし》みたいな男は死んだ方が良いと思っていたのだ。俺は積極的に殺そうとはしなかったが死んでも構わない、いや死んでくれれば嬉しいなという扱いをした。朽木だけじゃない、毛利も似た様な事をしたようだ。いや毛利は朽木より切実かな、何と言っても直家の所為で備中を中心に美作まで不安定になっている。呪詛ぐらいはしただろう。

もっとも俺は宇喜多という家そのものを残す気が無かったから毛利より酷いかもしれない。宇喜多を残しては備中、美作で苦労するという現実が有る。だがそれ以上に気味が悪いんだよ、宇喜多は。直家が一代で起こした家の所為なのかもしれないが直家の色に染まり切っている。直家は暗殺大好き、裏切り大好きという男だった。戦国時代でも直家程異様な男は居ない。それに染まったのか妻も家臣達も直家に劣らない異様さを見せている。

史実では直家の妻はかなりの美人で直家の死後、秀吉の現地妻のような立場になっている。直家の死後直ぐの話だ。普通なら何処かから咎める声が出ても良い。だがこの件で宇喜多の重臣達が不満を言ったような形跡は無い。要するに家臣達の考え、いや正確には直家の妻も同意の上での行動なのだろう。戦国時代のハニートラップだな。夫の遺体も冷めないうちに秀吉を籠絡して幼い秀家を守り宇喜多を守った凄腕の女スパイ。暗殺大好き、裏切り大好きの夫と似合いの夫婦だよ。家臣達は……、考えたくも無いな。

「御屋形様」

イケメン十兵衛、顔色が良いな。今回かなり自由にやれたから嬉しいのかもしれない。

「うむ、来たか」

「はっ」

「検分しよう」

囲んでいた服部丸山城が降伏した。城主の虫明市左衛門尉《むしあけいちざえもんのじょう》は宇喜多家に義理立てしようとしたが家臣達が戦えないと降伏を勧めた。そこで城主の虫明市左衛門尉は腹を切って城兵の命乞いをしたと言うわけだ。感動ものだな、それが事実なら。

宇喜多和泉守直家を殺したのは重臣達の一部だった。宇喜多家中では現状を打開するために直家を出家させ寺に押し込める、その後息子の八郎に宇喜多家を継がせ叔父の忠家に後見させると言う意見が出ていたらしい。それによって毛利、朽木との関係改善を図る。そして関係が改善出来た方に付く。そう考えたようだ。

この案の要は直家を出家押し込めと言うところに有るだろう。いざとなれば復帰させると言う事だ。宇喜多家中では直家の能力はこの乱世を生き抜くのに必要不可欠と見ていたのだと思う。そして直家の弟である忠家は野心の無い男で後見役には最適だと思われた。当然だが直家は不満を持った。忠家が後見になれば野心を持たないと言う保証は無い。自分抜きでやっていけるのかという思いも有っただろう。

そして忠家は怯えた。後見になどなれば兄に殺されると震え上がった。俺は元の世界でこいつのエピソードを本で読んだ事が有る。直家の前へ出る時は着衣の下に鎖帷子《くさりかたびら》を着けて出たと告白している。兄の事を戦国武将としては評価しても信用は出来なかったのだ。毎日を怯えながら過ごしていたのだろう。身内にここまで恐れられるのだ、直家には薄ら寒いものしか感じない。

重臣達が両者を安心させようとしたが逆効果だった。かなり揉めたらしい。その後、重臣達の間で直家が邪魔だと言う意見が出た。出家の上、押し込めでは手緩いのではないか？　毛利と朽木が信用しなければ意味が無い。所詮は上辺だけだと思うのではないか？　やはり死んでもらうべきではないのか？　その方が忠家も安心して後見を務められるだろう。この意見、かなり支持者が多かったらしい。宇喜多の重臣達から見ても宇喜多家が此処まで周囲から信用を失ったのは直家に原因が有った。

その後は速かった。直家が動いた。自分を殺すべきだと主張した重臣達、そして忠家を城内で上意討ちにした。忠家は死んだが重臣達には逃れた者も出た。こうなれば主君も家臣も無い、直家を殺さなければ自分が殺される。逃れた重臣達も肚を括った。宇喜多氏の居城である石山城内で直家派と反直家派による凄惨な殺し合いが起きた。長船《おさふね》、岡、戸川、延原《のぶはら》、花房の重臣達、それに直家、息子の八郎も殺された。要するに宇喜多家の指導者層が壊滅状態になったのだ。その所為で宇喜多家は麻痺状態になっている。各地に配備された武将達も動けなくなっているのだ。

酷い話だよな。だが史実でも十分に起こり得る事だった。直家が寿命を全う出来たのは秀吉の存在が大きいと思う。信長は宇喜多に必ずしも良い感情を持っていなかった。だが秀吉は直家を信じた。自らが緩衝剤になる事で宇喜多を、直家を守ったのだ。秀吉の立場ではそうあるべきなのだが信長を相手に宇喜多を守ったのだ。偉いものだ、大したものだと思う。

拠り所が有れば安心するし其処に縋ろうともする。宇喜多は秀吉に縋り忠義を尽くした。勿論直家なりに天下の行く末は織田家の物になるとの判断も有っての事だろう。だが秀吉という信頼出来る男に出会った事も大きい。天下を獲るとは思わなかっただろうが秀吉なら織田家で更に出世する。秀吉の下で繁栄出来ると思ったのだ。いざとなれば秀吉を担いで謀反、そんな事も考えたかもしれない。毛利と手を結んで毛利、宇喜多、羽柴の連合なら信長の天下も揺らいだだろう。

首が運ばれてきた。城主の虫明市左衛門尉の首だと黒田官兵衛が確認した。以前使者に出て会った事が有るらしい。十兵衛に視線を向けると十兵衛が微かに首を横に振った。そうだよなあ、この首はおかしいわ。十兵衛だけじゃない、皆もおかしいと感じている。城兵の命乞いをしての切腹ならある程度首には満足そうな表情が出る。だがこの首には恨み、怯えの色が濃い。多分、無理やり腹を切らせたのだろう。

城内が割れている事は分かっていた。朽木に付くべしと言う者、毛利に付くべしと言う者。宇喜多直家という支柱を失ってどうにもならなくなっていたらしい。意見を一本化する前に俺が押し寄せた。城内で同士討ちは拙い、朽木勢がそれに乗じて攻めてくればとんでもない事になる。と言う事で家臣達が話し合って降伏した上で開城し各自が好きなようにしようとなった。降伏の条件は虫明市左衛門尉の切腹。酷い話だ。

「確かに確認した。城兵には直ちに城を退去させよ」

「はっ」

「服部丸山城の城代は、……そうだな、紀伊守、前へ」

「はっ」

一色紀伊守秀勝が俺の前に出た。義昭に謀られて安芸で殺された一色式部少輔藤長の弟だ。実はこの男、足利義輝が六角左京大夫輝頼に付けた幕臣の一人だった。義輝死後、最初は義昭側に付いたのだが永禄十年の上洛戦の時は六角左京大夫輝頼と共に足利義栄《よしひで》に付いた。義栄側が有利だと見たのだろうが一色宮内少輔昭辰への反発というのも有ったようだ。その後は平島公方家を頼ったのだが和睦後は京に戻った。もっとも義昭はああいう性格だから紀伊守秀勝を許さず逼塞《ひっそく》していたらしい。式部少輔藤長が密かに援助していたようだ。式部少輔藤長の死後、朽木に仕えたいと仕官を願ってきた。

「その方に服部丸山城を預ける、頼むぞ」

「御信頼、有難うございまする」

紀伊守が頭を下げた。いずれはこの地で領地を与えよう。義昭を恨んでいるからな、間違っても毛利に付く事は無い。

「小兵衛、毛利の動きは？」

「はっ、既に小早川左衛門佐は御野《みの》郡、津高郡、児島郡を押さえ東へと向かっております。石山城を押さえるのが目的でございましょう」

まあ当然だな。しかし速い。流石は小早川左衛門佐か。家臣達にも驚きの声が有る。イケメン十兵衛がちょっと面白くなさそうだ。今のままだと如何見ても相手の方が先に石山城に着く。出遅れたと思っているのかもしれない。宇喜多の居城、石山城。多分岡山城の事だと思うんだが……、良く分からんな。

「さて、この後は如何する？」

俺が問い掛けると真田徳次郎、真田三兄弟の真ん中が〝御屋形様〟と声を発した。

「宇喜多和泉守が死んだ以上、備中、美作の者達の憤懣《ふんまん》は大分薄らぎましょう。毛利は後顧の憂い無く戦えるという事にございまする」

「面白くない話だな」

俺の言葉に皆が渋い表情で頷いた。

「こちらは四万、小兵衛殿、毛利の兵力は如何程か？」

「約二万にございます」

小兵衛が十兵衛の問いに答えた。意外に多い、もっと少ないと思ったんだがな。

「平地の戦いなら分があるが城に籠られると厄介な事になりましょう。御屋形様、此度は大筒は？」

「残念だが持って来ておらんぞ、官兵衛。急いだからな」

また皆が渋い表情をした。でもね、あれを持って来ると行軍速度が遅くなるんだよ。

「おそらくは増援も要請しておりましょう。城を直ぐに落とせるのなら宜しゅうござるが手間取るようだと挟撃を食らいましょう」

「今から大筒を呼んで間に合えば良いが……」

官兵衛、源五郎の会話に皆の表情が更に渋くなった。間に合わないだろうと皆が思っている。俺も同感だ。多分毛利の増援の方が速いだろう。

「急がなければなりませぬな。毛利に石山城を獲られるのは面白くありませぬ。こちらが獲らなければ」

下野守の言葉に皆が頷いた。だが官兵衛が〝お待ち下され〟と声を上げた。

「むしろ石山城は毛利にくれてやるべきだと思いまする」

何人かが〝何を言う！〟と目を剥いて反対したから俺が〝落ち着け〟と声をかけた。こういう時に案を出す、それが軍師だよな。

「官兵衛、理由は？」

俺が問うと官兵衛が顔に笑みを浮かべた。悪そうな笑顔だ。楽しくなって来たぞ。

「毛利が石山城を押さえれば今回の一件で最大の利益を得たのは毛利となりましょう」

「そうだな」

「裏で糸を引いたのは毛利」

「……なるほど、最大の利益を得た者が犯人か」

官兵衛が〝御明察〟と言って頷いた。まあ殺人事件の捜査の鉄則だな。TVドラマで見ただけだが。

「当然宇喜多の残党は面白くありますまい。自分達は毛利に嵌められたと思う筈。備前、備中、美作に噂を流しましょう。毛利は宇喜多を超える悪謀の持ち主だと」

「備前、備中、美作の国人衆に毛利への不信を植え付けるか？」

「はっ」

官兵衛の狙いは毛利の足元を弱める事か。なるほど、悪い奴だ。備中、美作の国人衆は三村の件で宇喜多に不信を感じていた。毛利にも感じていただろうが宇喜多への方が強かっただろう。だが今宇喜多が毛利に嵌められたとなれば……、本当は三村も毛利に嵌められたのではと思うだろう。毛利は確実に直轄領を増やしているのだ。石山城は毒饅頭だな。

「良かろう、石山城は毛利に譲ろう。もう少し西へ進み落とせるだけ落として帰還しよう」

皆が頷いた。

「十兵衛、その方をこれまでの播磨に加えて備前の旗頭とする。望みは有るか？」

「はっ、出来ますれば今少し兵を頂きたく」

そんな言い辛そうに言うな。

「分かった。御着に兵を送る。相手が宇喜多から毛利に変わった以上当然の事だ」

「はっ、有り難き幸せ」

十兵衛がホッとした様な表情で頭を下げた。

「俺は一旦山陰道に出て但馬から因幡を目指す。その後は美作を攻める。そうなれば備前の毛利は北と東から攻められることになる」

「……」

「今回の一件で毛利との戦いが本格化した。今後は阿波三好家との連携が不可欠になる。向こうには伊予に兵を出して貰おう」

「良き御思案かと思いまする」

舅殿が膝をポンと叩いた。皆の顔が綻ぶ。雰囲気を変えるのが上手い。こういうのは歳の功なんだろうな。

「それと摂津に九鬼と堀内を呼ぶ。三好の水軍と協力させ海からも毛利に圧力をかけるつもりだ。三好との調整に手間はかかるが効果は有るだろう。但馬、因幡の攻略も含めれば備前攻めに戻るには時間がかかる。それまでは多少受け身になるが、十兵衛、頼むぞ」

「必ずや、御期待に沿いまする」

「うむ」

まあ、こんなものだな。今回の成果は備前の東半分、そんなところか。毛利と仲良く分け取りと

いう事だな。それに大舘伊予守、諏訪左近大夫将監の戦いぶりも見た。必死に敵を攻めたな。信用されようとしている。悪くない、尤ももう少し様子を見る必要は有るだろう。

後で小兵衛に今回の宇喜多の一件の裏には毛利の暗躍が有ると噂を流させよう。官兵衛の言う通り石山城を毛利が押さえたとなれば信憑性は有る。それと俺が毛利の速さを訝しんでいたというのも流させよう。証拠が要るな。

「それにしても今回の毛利の動き、少し早過ぎるな。いささか腑に落ちん、そうではないか」

俺の言葉に同意する声が上がった。勿論、皆笑っている。ま、こんなものだな。後は小兵衛に任せようか。

元亀五年(一五七七年) 三月上旬 越後国頸城郡春日村 春日山城 樋口兼続

喜平次様が御刀の手入れをしておられる。少し離れた場所に座った竹姫様が喜平次様を見ておいでだ。喜平次様が竹姫様に声をかけたのは最初だけ、〝危ないから近付いてはならぬ〟というものだった。それ以来竹姫様は今の場所に座ってじっと喜平次様を見ている。もう小半刻にはなるだろう。如何見てもあと小半刻は刀の手入れに時がかかる。喜平次様は如何するのだろう? 此《こ》の儘《まま》か、それとも……。私が声をかけた方が良いような気もするがちょっと掛け辛い。さて、如何したものか。

すっと戸が開いて華姫様、奈津姫様が部屋に入って来た。一礼して御二方に挨拶をすると喜平次様の眉が微かに動くのが見えた。内心では御二方が此処に来た事を歓迎していない。嫌いではないが苦手なのだ。何と言ってもこの御二方は兄である喜平次様を直ぐにからかって遊ぶ悪い癖を御持ちだ。今も入って来るなり華姫様がわざとらしく溜息を吐いた。

「また御刀の手入れですの、兄上」

「……」

喜平次様が無視すると華姫様が妹君の奈津姫様と顔を見合わせた。

「困った事、母上が嘆かれますわ。刀の手入れなどよりも竹姫様と貝合わせでもすれば良いのにと」

華姫様の言葉に奈津姫様がクスクスと笑い出した。喜平次様の口元に力が入った。耐えておられる。一度竹姫様と貝合わせをなさったが華姫様、奈津姫様が大笑いで周囲に吹聴した。今では春日山城で誰一人として知らぬ者の無い笑い話になっている。あのむっつり屋の喜平次様が八歳の童女と貝合わせ……。誰でも吹き出すだろう。しかしその事で御二人の仲が睦まじいとのうわさも流れている。これは悪くない。

「竹姫様、御免なさいね、変わり者の兄で」

奈津姫様の言葉に竹姫様が首を横に振った。

「そんな事は有りませぬ。御刀の手入れをなさっている喜平次様はとっても凛々《りり》しくて素敵です」

一瞬間が有って華姫様、奈津姫様が声を上げて笑い出した。喜平次様、打粉を付け過ぎです。それでは動揺しているのが分かってしまいますぞ。

「良かったですわね、兄上。竹姫様は兄上を凛々しいと褒めておいでですわ」

「本当ですわ。私なら兄上のような変わり者とはとても……」

またお二人が笑った。喜平次様の顔が朱に染まっている。落ち着いて頂こう。

「畏れながら、竹姫様の御父君、近江中将様は御刀の手入れはなされるのでしょうか？」

声をかけると竹姫様が首を横に振った。

「父上はあまり御刀の手入れはなさりませぬ。でも壺の手入れは良くなさります」

「壺？」

思わず喜平次様と顔を見合わせた。喜平次様も手を止めて訝しげな表情をしている。華姫様、奈津姫様もお困りの表情だ。

「壺とはあの壺の事で？」

手振りで壺を表すと竹姫様が頷かれた。

「壺を磨くのです」

壺を磨く……。近江中将様が？

「か、変わった趣味をお持ちなのですね」

華姫様が声をかけると竹姫様が不思議そうな御顔を為された。

「皆、磨いています」

「皆？」

「下野守、重蔵、又兵衛、平九郎、新三郎、弥兵衛、皆壺が好きです」

皆？　朽木家では壺の蒐集《しゅうしゅう》が流行っているらしい。

「竹も壺が欲しかったのですが父上が未だ無理だ、竹には大き過ぎると……」

「……」

「父上がお持ちの壺は大きくて艶が有って本当に綺麗なのです。竹もあんな壺が欲しい」

なるほど、壺か。上方では流行っているのかもしれぬ。上洛の時は注意して壺を見てみよう。

「兄上、来月の御上洛には私と奈津も同行いたします」

喜平次様が華姫様、奈津姫様に視線を向けた。目が必要無いと言っている。

「竹姫様も上洛されるのですもの。道中私達が御相手しないと。兄上には無理ですものね？」

「母上の御命令ですわ、兄上」

お二人が楽しそうに御笑いになると喜平次様の顎に力が入った。喜平次様、打粉を付け過ぎです、それでは……。

繋ぐ

元亀五年（一五七七年）　三月上旬　　近江国蒲生郡八幡町　　八幡城　　真田恭

「恭、有難う。そなたには本当に感謝しています」

松姫様が頭を下げられると菊姫様も頭を下げられた。お二人とも以前に比べれば御顔の色は良い。

「いいえ、とんでも有りませぬ。武田家から受けた御恩に比べれば何程の事でも……」

笑いながら首を横に振った。このお二人に負担をかけるのは本意ではない。

「ですが武田はそなた達を……」

松姫様、菊姫様が項垂れた。

「乱世なれば仕方が無い事でございます、その事を恨んではおりませぬ」

「……」

「真田の家は一度零落しました。それを拾って下されたのが亡き信玄公。その後、武田家を離れ朽木家に仕えましたが武田家に仕えたという事は何の障りにもなりませんでした。むしろ朽木の御屋形様は高く評価してくだされたのです。亡き御屋形様にも今の御屋形様にも感謝しております。真田は良い主君に恵まれました。主人も亡き御屋形様の御恩を忘れてはならぬと申しておりました」

お二人が静かに頷かれた。

「感謝しますよ、恭。父もあの世で喜んでおりましょう。……一つ聞いても良いですか？」

「はい、松姫様」

「何故朽木家に仕えたのです。甲斐では皆が言っていました、何故北条家を頼らなかったのかと。北条家ならばともに上杉と戦えたのにと」

「……」

お二人がこちらを見ている。

「責めているのではありませぬ。今となって見れば正しかったのだと思います。でも何故なのかと思うのです」

「……武田家を離れる前の事ですが夫が室賀《むろが》甚七郎様、芦田四郎左衛門様と話しているのを聞いた事が有ります。家を興すには勢いが要る。今の北条家にそれだけの勢いが有ろうかと」

「……」

「北条家は上杉を防ぐので精一杯、とてもその勢いは無い。となれば自分達がそこに行っても家を興すのは難しいであろうと」

あの時、三人は酷く寂しそうな表情をしていた。武田も北条も頼りにならない、領地を取り戻すのは無理だろうと。

「それで朽木家へ」

「はい、今川は嘗ての勢威無く織田は美濃攻めに手古摺《てこず》っておりました。六角は観音寺崩れでもう当てにならず……。勢いが有ったのは朽木家、北近江を制し越前に攻め込んでおりました。自分達がそこに加わり越前攻めの中で御取立て頂ければ、そう思ったのでございましょう」

「羨ましい事です」

松姫様がポツンと呟かれた。

「真田家はこの乱世を逞しく生きています。武田にはその逞しさが有りませんでした。兄上は名門武田の当主として逃げる事は出来ぬと。最後は僅かな兵を率いて生きる事よりも死を選びました。兄上は弱かったのです。泥を啜ってでも再起を図る事が出来なかった。死に逃げたのだと思います」

「真田家と武田家では立場が違いましょう。真田には背負う物は有りませぬ。ですが武田家は……」

武田は新羅《しんら》三郎義光以来の源氏の名門。そう簡単に全てを捨てる事は出来まい。それを逃げたと非難するのは……。少しの間誰も口を開かなかった。松姫様、菊姫様は俯いていている。兄君を口では非難はしても本心では悼んでいるのだろう。名門の重みに圧《お》し潰された兄君を……。

「……甲斐を離れる事に抵抗は有りませんでしたか？」

菊姫様の問いに自然に笑い声が出た。

「それはもう、甲斐を離れるとなれば信濃にも戻れませぬ。話を聞いた時はこれは一体如何した事かと驚きました。ですがこのまま埋もれたくないと言われれば……。甲斐から駿河へ、駿府から船を使って尾張へ。そして美濃、近江。真田、室賀、芦田、女子供も入れれば二百人は居りました。道々咎めを受けぬように幾つかに分かれて近江を目指したのです」

「苦労したのですね」

「苦労はしましたがそれは松姫様、菊姫様も同じでありましょう」

松姫様、菊姫様が首を横に振った。

「私達にはそなた達が居ました。とにかく伊勢に行けば何とかなるという希望が有ったのです。でもそなた達は違う、頭が下がります」

お二人が頭を下げようとしたので慌てて止めた。

「お止め下さい、そのような。苦労したのは近江に着くまででその後はトントン拍子でございました。仕官したいと申し出たその日に直ぐに会う、城に参れと命じられて慌てて夫に着替えをと思ったのですがその必要は無い、直ぐに城に上がれとの御命令で呆然と夫達を見送りました。あのように薄汚れた格好で御目にかかって良いのかと」

「まあ」

初めてお二人が面白そうな表情をした。

「如何なる事かと思いましたが無事に仕官が叶ってその日の夜は御祝いでした。夫、室賀様、芦田様。三人が三人とも上機嫌に酒を酌み交わしながら朽木の御屋形様の事を変わった御方だ、動きが速い、多少せっかちな所が有ると何度も言っておりました。早く慣れなければならぬと。良く覚えております」

「風変わりな御方だという噂は甲斐にも届いております」

「気性の激しい御方だという事も」

はてさて、如何いうわけか他国では御屋形様を気性の激しい御方と言う。

「朽木の御屋形様は気性の激しい御方では有りませぬ。多少誤解を与える事も有りますが本当は心優しい御方でございます。私も夫を失った後、何度か御屋形様から私を気遣う文を頂きました。姫様方も余り構えずに御屋形様を御頼りになられた方が宜しゅうございます」

「そうですね、私達には他に頼る方が無いのですから」

そういう意味では無いのだが……。

「姉上からも朽木の御屋形様を頼る様にと言われております」

姉？

「北条左京大夫様に嫁いだ姉です」

私の疑問に気付いたのだろう、菊姫様が教えてくれた。しかし梅姫様が御屋形様を頼れと？

「最初、私達は小田原の北条氏の力を借りようと思ったのです。いくら織田でも小田原城を落とす事は出来ぬ筈、そう思ったのですが……」

松姫様が首を横に振られた。

「北条はもう頼りにならぬと姉上が……。今では小田原城を守るにも人が足りない程なのだそうです。到底織田の攻撃を撥《は》ね返し甲斐を取り返すなど出来そうにないと」

そのような事が……、それで朽木を頼れと……。

「いずれは北条家からも人が来るかもしれませぬ」

「梅姫様がそのように申されたのですか、松姫様」

松姫様が頷いた。

「そのためにも私達に朽木家への道を開いて欲しいと」

「姉上は北条家の命運も長くは無いと御考えのようです」

「……なんと」

なるほど、そういう事であったか……。梅姫様は小田原北条家が長くは無いと見ておられる。余程に状況は逼迫《ひっぱく》しているのであろう。だから松姫様、菊姫様を小田原に留めなかった。道連れにしないために。武田家は信濃衆を通して朽木家と繋がりが有る。それを頼って松姫様、菊姫様を朽木家へと落とされた。

いずれは北条家も最期を迎える。その時に北条家の人間を朽木に落とす。今度は松姫様、菊姫様が受け入れ口になると言う事であろう。武田の血を残し北条の血を残すため……。或いは北条左京大夫様も同意の上での事か。大事の上の大事、御屋形様にお知らせしなければ……。

元亀五年(一五七七年)三月下旬　出羽国置賜《おきたま》郡米沢村　米沢城　鬼庭良直

「如何かな?」

主、伊達左京大夫輝宗様が皿を差し出してきた。皿にはミョウガタケと味噌が載せられている。遠藤不入斎基信殿が小首を傾げた。話をしたいと呼ばれたのだが……。

「遠慮は要らぬ、儂が食べたいのだ。小腹が空いた。食べながら話そうではないか」

なるほど、そういう事か。では遠慮なく、一つとって味噌を付けて口に運んだ。歯触りが良い。殿も不入斎殿も口に運んでいる。シャリシャリという音が響いた。

「不入斎、上杉は弾正少弼が上洛するそうだな」

「そのようで」

「上杉は揺れぬか?」

不入斎殿が首を横に振った。

「揺れそうにありませぬな。上杉、朽木の絆は強うございまする。揺れそうな杉の木を朽ち木が支える。枯れ木にも拘《かかわ》らず随分と強力で」

不入斎殿の言葉に殿が不満そうな表情を見せた。

「詰まらぬな」

「はて、不入斎殿の冗談は面白う有りませぬか？」

「詰まらぬ。揺れれば面白かったのだが」

「なるほど、そちらで。当てが外れましたかな？」

「そういう事だな、左月斎」

皮肉を言っても少しも動じぬ、こちらの方が詰まらぬ。殿がニヤリと笑みを浮かべた。こちらの考えなど御見通しか、やはり詰まらぬ。もう一つミョウガタケを取った。たっぷりと味噌を付けて口に運んだ。うむ、旨い。

「儂も当てが外れたが止々斎殿も当てが外れて面白くは思っておるまい」

止々斎様、会津の蘆名盛氏様か。北条の勢力が弱まり上杉の力が強まった。そして上杉と結んだ北関東の諸大名の勢力が安定した。北条と結ぶ事で北関東の諸大名を牽制し出羽に力を伸ばそうとしていた蘆名氏は苦しい立場に追いやられている。

当然だが蘆名氏は伊達家との協力関係を重視した。伊達家にとっては悪くなかった。殿は蘆名氏と結ぶ事で伊達家内部での統制力の強化を図る事が出来た。中野父子の追放、小梁川《こやながわ》、白石、宮内への叱責。それらを通して殿の力は強まった。今では伊達家中に殿を軽んずる者はいない。

「良い頃合いでは有ったのだがな」

殿の言葉に頷いた。確かに外へと積極的に出る頃合いでは有った。謙信公が病に倒れた事で状況は変わった。上杉が揺れる、そうなれば北関東の諸大名も揺れると見た、上野《こうずけ》は難しいだろうが下野、常陸……。その二つが揺れれば蘆名と組んで陸奥で勢力拡大を図る。先ずは田村、そして相馬。

越後に内乱が起きるなら越後に攻め込む……。

残念だが上杉の影響力が弱まったのは確かだが揺れているとは言い難い。むしろ弾正少弼は着実に上杉を掌握しつつある。このままいけば下野、常陸の諸大名はまた上杉の統制下に戻るだろう。

「今では上杉だけでなく織田も関東に食指を動かしつつあります」

「厄介な事よ」

不入斎殿の言葉に殿がぼやく様に頷いた。

謙信公が倒れた事で武蔵南部、相模東部、下総《しもうさ》、上総が動揺している。本来なら北条が勢力回復に動いても良い。しかし織田が駿河にまで来た事で北条は動けずにいる。織田の次の狙いは伊豆かそれとも相模か。上杉は北条が動けない事を見越して内部を固める事を優先している。朽木、上杉、織田の連携は堅い。

「田村だけでも攻めると言う手が有ると思いまするが？」

儂が問うと殿と不入斎殿が首を横に振った。

「佐竹が如何出るかな、必ず蘆名の背後を突こう。小田を喰って力を付けている。蘆名も簡単には動けまい。となると当家だけで事を起こす事になる」

「あまり好ましくありませぬなあ、相馬の事も有ります。それに上杉よりも蘆名の方がどうもがたついておりますようで。一つ間違えると援軍を出せと言われかねませぬな」

不入斎殿が微かに笑った。どうやら蘆名も当てにはならぬか。

「蘆名はいかぬか？」

「いけませぬなあ。今は止々斎様が居られますが最近では御身体の具合も宜しくないとか。もう五十を越え六十に近くなりましたからな」

蘆名は止々斎様の嫡男修理大夫盛興様が亡くなられ左京亮盛隆様を御養子に迎えた。だが元々左京亮様は二階堂家からの人質。必ずしも蘆名家中での支持は得ていない。蘆名家の実権は止々斎様が握っておられる。それ故家臣達の左京亮様への不満は表に出ていない。しかし止々斎様が亡くなられれば……。

「そろそろ潮時かな」

殿がぼそりと呟くとミョウガタケを口に運んだ。シャリシャリと音を立てて口を動かす。

「不入斎、近江に行ってくれぬか」

「朽木に誼《よしみ》を通じるのですな？」

「それも有るが上方の状況をそなたの目で見て来てほしい」

「承知しました」

不入斎殿が頭を下げた。

潮時か、さて如何なさるおつもりか。朽木と結ぶ、つまり上杉と結ぶと言う事。となると殿の狙いは蘆名かもしれぬ。蘆名の混乱を見越して今から手を打とうという事のようだが、さて如何なるか……。

元亀五年（一五七七年）　四月上旬　　安芸国高田郡吉田村　　吉田郡山城　　小早川隆景

「ほほほほほ、ほほほほほほ」

耳障りな上機嫌な高笑いが聞こえる。

「流石よのう、左衛門佐。朽木に先んじて石山城を押さえたか」

「畏れ入りまする」

頭を下げるとまた〝ほほほほほほ〟と義昭公が笑い声を上げた。

「朽木め、すごすごと兵を退いたそうじゃの。四万以上の兵を持ちながら意気地のない事よ」

「真、公方様の申される通りにございます。それに比べて左衛門佐殿の御働きは実に御見事。兵力で劣るにも拘わらず見事に機先を制された。真、兵は拙速を尊ぶですな」

「そうよのう、中務少輔の申す通りじゃ。京へ戻る日も近かろう。頼むぞ、左衛門佐」

義昭公と幕臣達は上機嫌に好きな事を言って鞆へ帰って行った。後に残ったのは私、兄吉川駿河守元春、安国寺恵瓊の三人。

兄が大きく息を吐いた。

「勝手な事ばかり言いよる。そんな簡単な相手では無いわ。左衛門佐、御苦労であったな」

「畏れ入りまする」

「向こうは良いのか？」

「石山城には四郎が居ります。それに朽木も一旦兵を退きました」

兄が頷いた。

「備前は如何するのだ？」

　恵瓊へ視線を送る。恵瓊が口を開いた。

「表立っては宇喜多家の者を立てて治める所存」

「しかし宇喜多家の者は皆死んでおろう」

「和泉守の孫が宇喜多家中に居ります。その者を跡目に。但し和泉守殿のようなふざけた真似はさせませぬ、石山城の四郎様の監督下に置きます」

　江原又四郎親次、和泉守の娘婿。その男子に宇喜多の家を継がせる。もっとも形だけでは有る。宇喜多はもう一人では立ち行かぬ。ふざけた真似をするような余裕はない。毛利の支配下で存続させる。

「石山城を押さえた事、良くやってくれた。これで毛利は宇喜多の庇護者、朽木は侵略者となった。多少は宇喜多家の者を使い易かろう」

　思わず首を横に振っていた。兄が眉を寄せた。

「嵌められたのやもしれませぬぞ、兄上」

「嵌められた？」

　兄が訝しげな表情を見せた。

「備前、備中、美作でどんな噂が流れているか御存じでは有りますまい。今回の一件、裏で糸を引いたのは毛利だと言われております。石山城を朽木に先んじて押さえたのもそれが理由だと」

「まさか……」

　兄が呆然としている。

「宇喜多を使って三村を潰し備中、美作に兵を入れ今回はその宇喜多を用済みとばかりに潰したと」

「……」

「噂が広がるのが早過ぎます。おそらくは朽木の手の者が動いているのでしょう。石山城も敢えて毛利に譲ったのやもしれませぬ」

兄が唸り声を上げた。

「嵌められたとはそういう事か」

「はい、毛利は備前半国、備中、美作を得ましたが足元は弱い。いや朽木に弱められました。これから先、厄介な事になります」

「朽木お得意の手ですな」

恵瓊が笑みを浮かべている。兄が不機嫌そうに顔を歪めた。この二人、仲が悪い。今も私が居なければ兄は怒鳴り出しただろう。

「石山本願寺もそれでやられました。中を滅茶苦茶にされて何も出来ずに終わった。朽木は無理攻めはしませぬが調略に手を抜く事は無い。そしてその間に別な所を攻める。おそらくは但馬、因幡でございましょう」

「何か対応策は有るか?」

問い掛けると恵瓊が首を横に振った。笑みは浮かべたままだ。

「有りませぬな、石山城を取ってしまった以上有りませぬ。となれば後は力で押し切るしか有りませぬ。こちらから攻め込み備前を切り取る。朽木を追い払う。切り取れば朽木の毒も抜けましょう」

「……」

恵瓊が笑みを消した。

「時が経てば経つほど朽木の毒は備前、備中、美作に回りますぞ。そうなれば動けなくなる。その前に動く、動ける間に毒を抜くために動くしかありますまい」

兄が大きく息を吐いた。

「……左衛門佐、恵瓊の言う通りだ。やるしかあるまい。押し切れば備前、備中、美作は落ち着く。備前、備中、美作が落ち着かぬのは毛利が朽木に及ばぬと国人衆が見ているからだ。力を示せば落ち着く。山陰でも但馬、因幡に集中出来る。備前、備中、美作を失えば但馬、因幡はもとより伯耆も危ない。朽木は一気に出雲、石見に押し寄せよう。そうなれば尼子が動くぞ」

兄がじっとこちらを見ている。

「……腹を括れと？」

「そうだ」

今度は私が息を吐いた。腹を括ったつもりでも括れていなかったか。しかしこの状況で腹を括る事になるとは……。

「右馬頭様を説得しなければなりますまい」

「そうだな、恵瓊、手伝ってもらうぞ」

兄の言葉に恵瓊が頷いた。また一仕事だな。

憂い

元亀五年（一五七七年）　四月上旬　　近江国蒲生郡八幡町　　八幡城　　朽木小夜

帰陣の挨拶を受けた後、御屋形様は自室で留守中に届いた文を読んでいた。

「御屋形様、宜しゅうございますか？」

「うむ、構わん。いや丁度良かった。そなたに話す事が有る」

「まあ」

「先ずはそなたの用件を聞こうか」

「御目出度いお話です」

「ほう、また子が出来たかな？」

「はい、また出来ました」

御屋形様が訝しげな表情をされた。

「……先程挨拶を受けた時は何もなかったが？」

笑い声が出てしまった。

「辰殿が寂しがると思いまして黙っておりました。九月の末から十月頃に生まれましょう」

「……そうか」

「……お慶びではないのですか？」

御屋形様が少し困った様な表情をした。

「いや、そうではない。辰の事を考えていた。また一つ責任を負う事になったと思ったのだ。……子が出来た事を素直に喜べない俺は酷い父親だな」

「……竹若丸の所為ですか？」

御屋形様が首を横に振った。

「そうではない。そなたは竹若丸の事を気にし過ぎだ」

「……」

「宇喜多の事を聞いただろう。一国の国主であろうとあっという間に滅ぶ。まあ滅ぶように仕向けたのは俺だがな。生き抜いて温井の家を再興させねばならん。辰を側室に迎えた時から分かっていた事だがそなたに子が出来たと聞いて改めてそう思ったのだ。最短でも後十五年はかかろう。その間、責任を負い続けなければならん」

御屋形様が息を吐かれた。

「……御屋形様は責任感が強過ぎるのですわ」

「凡人だからな」

「左様でしょうか？」

「天才なら悩まずに自分の思う様に生きるだろう。俺には出来ん。おかげで情けない程に周囲に振り回され悪戦苦闘している己が居る」

御屋形様が笑い声を上げた。

「小夜、目出度いな、元気で良い子を産んでくれ」

「はい」

御屋形様が笑みを浮かべて頷かれた。

「これから暑くなる、身体には気を付けろよ」

「もう慣れております、御心配には及びませぬ」

「それなら良いが……。男は見ている事しか出来んからな。さて、今度は俺からだ。竹若丸に縁談が来ている」

「まあ」

「相手は上杉家だ。弾正少弼殿の下の妹に当たる。名は奈津姫、歳は竹若丸よりも一つ上だ」

一つ上、年回りは悪くない……。

「お受けになるのですか？」

頷かれた。

「断る理由は無いな。それに弾正少弼殿の上洛に付いて来るそうだ。こちらに見た上で判断してくれと言ってきているが見れば断る事は出来ん。なかなか強かな駆け引きをする。ま、向こうも竹若丸を見るとは言っている。受けるかどうかを心配するよりも断られる心配をした方が良いかな」

御屋形様が苦笑を浮かべている。

「竹姫を嫁がせましたのにまた縁組を？」

「竹は未だ九歳だ。当分子は望めん。上杉は朽木との関係をもっと密なものにしたいらしい。それに上の妹は織田家の嫡男に嫁がせようとしているようだ」

「まあ、そのようなお話が？」

御屋形様が頷かれた。

「これまで謙信公は独身だった故婚姻による結び付きを図れなかった。だが弾正少弼殿が跡継ぎとなった事で妹二人が婚姻の駒として使えるようになった。上杉は織田、朽木との関係を密にしようとしている。そのこと自体が弾正少弼殿の立場を強める事になるからな」

弾正少弼様の妹姫が嫁ぐ事で朽木、織田と関係が深まればそれは弾正少弼様の功績……。

「では織田様は如何でしょう？」

「乗り気の様だな。織田としても嫡男にはそれなりの家から嫁を迎えたいと思っていた筈だ。朽木には適当な娘は居ない。である以上上杉から嫁を貰うのは悪くない。特に織田は関東に出ようとしている。多分関東の南を得ようというのだろう。上杉と揉めぬためにも婚姻は役に立つ」

上杉も同じ事を考えているのかもしれない。織田と揉めぬ様に縁を結ぶ。戦ではなく話し合いで関東の分け取りをする。

「であれば上杉家でも一日も早い輿入れを望むのではありませぬか。縁談が決まれば竹若丸も元服を望むでしょう」

「そうなるな。精々延ばせても一年程だろう」

「……宜しいのですか？」

御屋形様が私を見た。何処となく寂しそうな目……。

「已むを得ん。縁談が纏まれば元服させる。戦にも連れて行く。俺の傍に置いて教えて行くほかあるまい」

思わず溜息を吐いた。如何してこうなるのか、あの子に務まるのか……。

「小夜、乱世なのだ。親が今少し子供のままでいさせてやりたいと思っても周囲がそれを許さぬ。考えてみれば俺もそなたとの結婚が決まって元服した。周りに押されて大人になって行く。そういう物なのかもしれん……」

今度は御屋形様が溜息を吐いた。子を思い悩むのは親の仕事とはいえ何とも悩ましい事。また御屋形様に負担をかけてしまう……。


元亀五年（一五七七年）　四月中旬　近江国蒲生郡八幡町　八幡城　朽木基綱

「では備前、備中、美作に噂は広まっているのだな？」

「はっ、予想以上に速く」

俺の問いに小兵衛が答えた。重蔵、下野守が満足そうに頷く。俺も満足だ。毛利の足元は泥濘《ぬかるみ》状態になりつつある。予想以上に速く広まったのは皆も疑っていたからだ。いずれは頭の天辺から爪先まで泥まみれになるだろう。

「半年ですな。米の刈り入れ時季に動く。毛利にどれだけの国人衆が従うか」

「それまでにもっと噂を浸透させないと……、良いな、小兵衛」

下野守と重蔵が和やかに言う。小兵衛が頷いた。厳しい御師匠さんだな、小兵衛、頑張れよ。しかし米の刈り入れ時季は悪くない、国人衆が嫌がる時季に兵を起こす。毛利への反感を募らせるのが大事だ。……小夜の出産には立ち会えないな。可哀想だが已むを得ん。

「宇喜多は和泉守の孫が継ぐそうだな」

「はっ。和泉守の娘が江原又四郎という者に嫁いでおります。その息子を」

「……小兵衛、父親の江原又四郎に繋ぎを付けられるか？」

「毛利の目を盗んで付けるのは……」

「知られても構わんぞ」

小兵衛が俺の顔を一瞬見て頭を下げた。或いは俺の視線を避けたのか。重蔵、下野守は無言だ。部屋は俺の自室、四人しかいない。沈黙が落ちた。

「繋ぎを付けるのは又四郎の妻もだ。現状を一番不満に思っているのは又四郎よりも妻の方だろう。出来るか？」

「はっ」

「では頼む」

江原又四郎が、或いはその妻が朽木と連絡を取り合っていると知れば毛利は如何するか？　殺すかな？　そうなれば願ったり叶ったりだ。毛利の悪辣さを皆が認識するだろう。邪魔な父親、母親を始末したと。息子と毛利の間もおかしくなるだろう。息子も殺すかもしれん。毛利は怒るだろうな。えげつない、悪辣、何と思われても構わん。相手は毛利なのだ、手強い相手だ、手を抜く事は出来ない。隙が有る以上其処を突くのは当たり前の事だ。

「宇喜多和泉守の事を悪くは言えんな、俺も随分とあくどい」

重蔵、下野守が苦笑を浮かべた。嬉しいねえ、変に庇われるよりもずっと良い。小兵衛は無言だ。如何答えて良いか分からないらしい。

「小兵衛、昔の事を話そう」

「はっ」

小兵衛が頭を下げた。

「俺が最初に敵を謀《はかりごと》に掛けたのは高島七頭を潰す時だ。終わってみれば生き残ったのは朽木だけ、八千石の朽木が五万石になっていた。嬉しかったな。この戦国で少しは生きていく自信が付いた」

「左様で」

小兵衛が困った様に答えた。俺が笑うと重蔵が笑い下野守が苦笑をした。そうだな、あれは下野守にとっては痛い失点だった。

俺が謀を掛ける中で自分に課した事は暗殺はしないという事だ。そんな中で暗殺を命じたのは一度だけ。敵では無く味方を殺す様に命じた。そしてバレるような暗殺は命じていない。戦の中で討死に見せかけるように命じた。乱世だから、戦国だからこそ最低限の信頼は要る。戦国で生き抜く秘訣はどれだけの敵を斃《たお》せるかじゃない。どれだけの敵を味方に付けられるかだ。暗殺という行為は闇討ちだ、それをやれば間違いなく信頼を失うと思った。そう、敵は敵のままだ。味方を増やせない。

重蔵に始末するかと訊かれたのは六角右衛門督義治だった。今でも覚えている。でも断った。六角ほどの大家の次期当主が朽木の利用価値も分からず敵視するようでは碌な事にはならないと思った。敢えて殺す必要も無いと思ったのだ。そしてその通りになった。あれ以降、重蔵は俺に暗殺を勧めてこない、小兵衛も同様だ。俺が安易な暗殺を好まないと理解したのだろう。

「宇喜多和泉守が何故暗殺を繰り返したか、分かるか？」

三人が顔を見合わせた。

「性分も有るのでしょうが兵を損せずに済むからでは有りませぬか？」

下野守が答えると重蔵、小兵衛が頷いた。

「少し違うな、確かに下野守の言う事には一理ある。だがその大元には自立の意志が有ったからだと俺は思う」

重蔵が〝自立の意志〟と呟いた。

「宇喜多は百姓を兵にしている。兵を失うという事は百姓を失い収入にも影響が出るのだ。和泉守は浦上の家臣だった。自立すれば当然浦上と戦になる。戦が続けば銭もかかるが兵も失う。だから戦を避けたのだ。その日のために兵を温存し銭を貯めたのだと思う」

三人が頷いた。

俺が暗殺という行為を避けようと思えたのは銭で兵を雇ったからかもしれない。百姓は消耗品に出来ない。失えば収入に影響する。だが傭兵は消耗品に出来るのだ。失えば銭で兵を補充すればよい。収入には影響しない。俺は直家程には兵を失う事を恐れなかっただろう。暗殺を繰り返した直家と兵を消耗品扱いした俺、どちらが酷いのかな？

「しかし、随分と暗殺を繰り返したようですが。自立してからも行っておりましょう」

下野守が小首を傾げた。遣り過ぎだと思ったのかな。

「溺れたのだろうな、余りに容易いために。俺は波多野が俺を暗殺しようとした時、正直に言うと余り腹は立たなかった。俺と波多野では圧倒的に俺が優位だった。波多野は俺を暗殺するしか勝目は無いと思ったのだろう。そこまで追い込まれているなら何故降伏しないのかとは思ったが腹は立たなかった。本気で俺に勝とうとしていると思った程だ」

三人が神妙に頷いている。

「和泉守は大きくなってからも暗殺を繰り返した。兵を失わぬため、銭を失わぬため、自らにそう言い聞かせたのだろう。だが代わりに信頼を失った。誰もあの男と共に茶を飲もうとは思わん。毒を入れられかねぬからな。和泉守にまともな判断力が有ればその辺りは分かった筈だ。暗殺を止めただろう。だが溺れたから見えなかった」

「……」

三人が頷いている。そうだよな、邪魔だと見れば直ぐに暗殺するような奴と席を同じくは出来ない。当然の感情だ。

「俺も毛利も和泉守を信用しなかった。宇喜多の家臣達は自分達が信用されていないという前提の基に宇喜多の進路を決めなければならなかった。だが道は無かった、だから元凶である和泉守を殺そうとなった……。似ているだろう、和泉守が邪魔者を殺そうとしたように家臣達も和泉守を殺そうとした」

宇喜多が滅ぶのは当然だ、むしろ史実の方が異常だろう。……秀吉の事を考えると落ち込むからそう思おう。

「もう直ぐ越後から京に婿殿がやってくる。俺も暫くは京に滞在する。小兵衛、何か有れば京と近江に報せを出せ」

「はっ」

十兵衛には新たに五千の兵を送った。これで一万五千、他に国人衆の兵力を加えれば二万に近い。十分に毛利の動きに対応出来る筈だ。

元亀五年（一五七七年）　四月中旬　近江国蒲生郡八幡町　八幡城　朽木基綱

「それで、九州の様子は。伊東がかなり島津に押されているとは聞いているが？」

俺が問い掛けると大叔父が千賀地《ちがち》半蔵に視線を向けた。今日は伊賀三大上忍の一人千賀地半蔵が来ている。これ有名な服部半蔵の一族なんだよな。服部半蔵は父親の代から三河松平に仕えた。今頃は甲斐で頑張っているだろう。或いは音を上げているかもしれない、こんな筈じゃなかったと。

「厳しゅうございまする。三位入道殿は奢侈《しゃし》と京の文物に溺れ家臣達の心が離れておりまする。あれでは到底持ちますまい。六角家の末期に似ておりましょう」

やはり駄目か。三位入道、伊東家の当主義祐は従三位の位階を貰っている。頭を丸めている事から三位入道と呼ばれているらしい。しかし従三位の位階を貰ったという事は余程に金が有るのだろう。

「分かり易い説明では有る。だがな、半蔵。当家は六角の遺臣が多い。六角の名を出す時は気を付けよ」

「はっ」

半蔵が頭を下げた。まあ伊賀の報告を聞く時は俺と大叔父だけだから良いんだがな。一応注意はしておこう。

「日向北部の国人領主に土持右馬頭親成という者がおりまする。この者、伊東には服しておりませぬ。大友に帰属しておりますが島津とも盟を結んだようにございます。おそらくは南から島津が、北から土持が攻める事で約を結んだのでありましょう」

中はぐだぐだ、外からは挟撃か。

「大友に帰属しながら島津と結んで伊東を攻めるか。土持右馬頭、大友に見切りを付けたという事かな、大叔父上」

俺が問い掛けると大叔父が頷いた。

「そうなりましょう。しかし大胆ですな、日向北部という事は対大友戦の最前線を請け負うと言う事で有りましょう。中々の覚悟で」

俺もそう思う、腐っても鯛という言葉も有る。余程の覚悟だ。

「土持右馬頭は大友家に対してあまり良い感情を持っておりませぬ」

「それは？」

「土持家は宇佐八幡宮の神官の出でございまするが大友家の宗麟公は宇佐八幡宮を焼き討ちしておりまする。それに伴天連《バテレン》の教えを信奉し家中に改宗を勧めそれが原因で謀反を起こす者が出る程の混乱が生じているのが実情にござる」

大叔父が大きく息を吐いた。

「大友家に対して見切りを付けたという以上に反発が有るという事か？」

「おそらくはそうでございましょう」

主君が悪い意味で色を出し過ぎるととんでもない事になるという見本だな。それにしてもキリスト教か、そろそろ気を付けた方が良いかな。

「龍造寺は如何か？」

半蔵が首を横に振った。

「肥前において勢力を拡大中にございまする。間もなく、肥前一国は龍造寺の物になりましょう。大友にはそれを止める力は有りませぬ」

「伊東、大友。中が弱い所は負けるな」

俺の言葉に大叔父が頷いた。

「半蔵、鞆の公方様は相変わらずか？」

「はっ、島津、龍造寺に大友を討てと頻りに文を出しております」

可哀想にな、大友は義輝には随分と忠義を尽くしたのに……。島津、龍造寺が大友に襲い掛かるのが二、三年後かな。それまでに毛利をある程度叩かないといかん。少なくとも備前、備中、美作、但馬、因幡、伯耆を奪い備後、出雲へ侵攻する必要は有るな。忙しいわ。京の事も有るし体が二つ欲しいくらいだ。

「半蔵、調べて欲しい事が有る」

「はっ、何なりと」

「頼もしいな、だが今回は少々変わった頼みだ」

「はっ」

半蔵が頭を下げた。

「北九州でキリシタンの教えがどの程度広まっているのか調べて欲しい。それと伴天連、南蛮人が北九州でどのような動きをしているかもな」

「……」

半蔵が目をぱちくりしている。うん、忍者を驚かしたなんて気持ち良いわ。

「頼むぞ」

「はっ」

半蔵が慌てて頭を下げた。さて、次は土佐の事を聞かなければ……。それと服部半蔵から徳川の情報を聞き出せと命じよう。

叡慮《えいりょ》

元亀五年（一五七七年）四月下旬　　山城国久世郡　　槇島村　　槇島城　　樋口兼続

「弾正少弼様、間もなく槇島城にございます」

直江与兵衛尉信綱様の言葉に喜平次様が〝うむ〟と頷かれた。遠くに城が見える、あと半刻程で城に着くだろう。四月中旬に直江津の湊を船で敦賀に向かい敦賀からは陸路で塩津浜。塩津浜から船で大津、大津からはまた陸路で京へ。あっという間であった。上洛の総勢三百人はもう洛中に踏み込んでいる。越後と京の都は思ったよりも近い。

「与兵衛尉殿、随分と道が良いが」

「下野守殿、朽木では道を整備して人の移動、兵の移動の利便を図っていると聞いた事が有ります」

「なるほど」

斎藤下野守朝信様が頷いた。今回の上洛では直江与兵衛尉様、斎藤下野守様が喜平次様の御側に付く。今も御二人が先導する形で喜平次様のすぐ前を進んでおられる。与兵衛尉様は直江大和守様の御養子、大和守様は年が明けてから体調を崩され今回の上洛には同行出来ない。

「攻められるとは考えぬのかな？　まあ朽木家に攻め込むのは中々難しいか」

「そうそう簡単には出来ますまい」

「そうよな。……塩津浜の城は思ったより小さかったな」

下野守様の言葉に喜平次様が微かに頷かれた。塩津浜城、竹姫様が御生まれになった城で長い間朽木家の居城で有った。

「しかし場所は良いと某は思いますぞ。淡海乃海を押さえ若狭、越前を睨む位置にある。朽木家が北陸に力を伸ばしたのもあの城を拠点としたからでしょう」

また喜平次様が微かに頷かれた。

城は小さかったが塩津浜の湊を利用する船の数は膨大なものであった。敦賀の湊を使い蝦夷地の産物や明、南蛮の産物も塩津浜に集まる。そしてそれらの物が大津を通して京の都に運ばれる。淡海乃海を使った物の流れ、朽木家が富裕である事の証を見た様な気がした。

宇治川沿いに槇島城を目指すと徐々に城が近付いて来た。

「これは……」

「なんと……」

池、いや湖の中に島が有りその島に城が有った。姫様方が籠から顔を出して、それに従う女中達も声を上げて驚いている。今回、中将様の御好意で槇島城に滞在する事が許されているがこれが槇島城……。

「中々に攻め辛い城だな、与兵衛尉殿」

「確かに。それにここも交通の要衝ですな、近江中将様が京での滞在の地とされるのも分かる様な気がします」

喜平次様が下野守様、与兵衛尉様の遣り取りに頷く。島から船が此方に向かってきた。どうやら我々に気付いたらしい。姫様方に籠から降りて頂かねば……。

城に入ると竹姫様が突然走り出した。

「父上！」

勢いを付けて出迎えの一人に抱き着く。抱き着かれた武士が声を上げて笑った。近江中将様？　衣装は特に目を引くものではない、姿形、顔形も同様だ。だが喜平次様、下野守様が緊張を露わにした。

「弾正少弼殿、久しゅうござる」

「御久しゅうございまする」

「御疲れでござろう。先ずは中へ、御案内致そう」

中将様の先導で城内に入ると広間に案内された。中将様と喜平次様が相対し喜平次様の隣に竹姫様、その後ろに華姫様、奈津姫様、その後ろに下野守様、与兵衛尉様が座られた。自分はその更に後ろだ。

喜平次様が華姫様、奈津姫様を紹介した。その後に下野守様が中将様と久闊を叙す。与兵衛尉様が大和守様の代理で上洛した事を告げると中将様が大和守様に身体を厭《いと》う様に伝えて欲しいと仰られた。

「竹、雪乃が来ているぞ」

「母上が？」

「ああ、向こうでカステーラを用意して待っている。さ、弾正少弼殿に許しを得て行きなさい」

「はい」

「華姫、奈津姫、お二人も如何かな？　南蛮の菓子を食してみては。中々の美味だが」

華姫様、奈津姫様が礼を述べて竹姫様と共に女中に案内されて大広間から去った。それを見届けてから中将様が御笑いになった。

「これでようやく話が出来る。そうではないかな」

広間に笑い声が満ちた。

「弾正少弼殿、娘は未だ童女と言って良い年齢だ。色々と迷惑をかけていような。申し訳ない」

「いえ、そのような事は」

喜平次様が首を横に振った。実際竹姫様は我儘を言う事も無ければ家に帰りたいと泣く事も無い。直江津の湊に行きたがるのは困るが……。

「こちらに遠慮は要らぬ。側室を持たれるが良い。本来ならこちらから用意すべきかもしれぬが側室まで押し付けるのも気が引ける。お好きな女性《にょしょう》を御迎えになっては如何かな」

なるほど、そちらで有ったか。喜平次様が首を横に振られるのが見えた。

「畏れ入りますがその儀は無用にござる」

「左様か……、忝い。娘に代わって御礼申し上げる」

中将様が頭を下げられた。

「こちらこそ中将様には御礼申し上げなければなりませぬ。わざわざの御出迎え、畏れ入りまする」

下野守様が礼を言うと中将様が首を横に振られた。

「それには及ばぬ。こちらも京でやらねばならぬ事が有るのでな。……弾正少弼殿、明日は家臣に命じて関白殿下の所へ案内させよう。帝への拝謁の日程は殿下にお任せすれば良い」

「はっ」

「他にも公卿の方々とお会い為された方が良い。上杉家にとって損にはならんと思う」

「御好意、忝のうござる」

喜平次様が礼を言うと中将様が頷いた。


元亀五年(一五七七年)四月下旬　　山城国葛野郡　　近衛前久邸　　斎藤朝信

「ほほほほほほ。真、そなたは無口な男じゃのう。中将の申す通りじゃ」

「……」

弾正少弼様が無言で頭を下げられた。

「ま、悪くない。上杉家は武の家じゃ、寡黙にして剛毅、上杉の当主に相応しいの」

「畏れ入りまする」

弾正少弼様が礼を述べると関白殿下が扇で口元を御隠しになりながら〝ほほほほほ〟と御笑いになった。弾正少弼様が言葉を発するのが面白いのかもしれぬ。だとすれば無口も悪くない。

「竹姫は元気かな?」

「はっ」

「近江に帰りたいと泣かぬか」

「いえ、そのような事は」

「無いか。あれは良い娘じゃ、大らかでのびやかな心を持っておる」

殿下が上機嫌に頷かれた。確かに物怖じせずに落ち着いておられる。男ならば立派な大将になられよう。惜しい事だ。

「帝への拝謁は三日後でおじゃる。介添えは一条内大臣と飛鳥井権大納言がしてくれる。磨は帝の御傍に控えておるからの、何も心配は要らぬ。内大臣も権大納言も朽木とは縁続き、つまりそなたとも繋がりのある御仁じゃ。拝謁まで間が有る故挨拶に行っておいた方が良かろう」

「お気遣い、有難うございまする」

関白殿下が〃大した事は無い〃と首を横に振られた。

「中将からはそなたに朝廷の事も話して欲しいと頼まれておじゃる」

「……」

「帝は譲位を望まれておいでだ」

「譲位……」

弾正少弼様が呟くと殿下が頷かれた。

「帝は今年で在位二十年になられる。本来なら皇位を東宮様に譲られ上皇になられて帝を後見するのが有るべき姿。嘆かわしい事に応仁、文明の大乱以降、世は混乱し幕府は譲位を執り行うだけの力を失った。それゆえここ数代に亘り譲位を出来ぬ状態が続いておる。……分かるかな、これは本来有るべき姿ではないのじゃ」

殿下の問い掛けに弾正少弼様が頷かれた。

「だが近年、中将が畿内を治める事になった。中将は尊王の心が篤い男での。帝の事、朝廷の事、何かと気を遣ってくれる。真に良い男よ。それに朽木は富強でも有る。それでの、帝も譲位をと我らに叡慮を御漏らしになったのじゃ」

「なるほど、その事中将様は……」

「むろん知っておる。麿が教えたのだからの。ま、今直ぐという話ではない。準備を考えれば二、三年後にという話じゃ。仙洞御所《せんとうごしょ》を何処に建てるかという問題も有るからの。帝もそれは理解しておられる」

「……」

関白殿下がぐっと身を乗り出してこられた。

「此度の拝謁、必ずや上首尾に終わる。案ずる事は無いぞ」

「はっ」

「中将は今毛利と戦の最中じゃ。此処で北が揺らいでは中将は西と北で大忙しとなる。そうなっては譲位の話は立ち消えになりかねん。そのような事は誰も望んでおらぬからの」

弾正少弼様が頷かれた。なるほど、朝廷は弾正少弼様が上杉家を混乱させる事無く家督を継ぐ事を御望みか。上杉の家督問題が帝の譲位に繋がっているとは……。

「中将も譲位に関して出来るだけ帝の叡慮に沿いたいと考えておる。かなりの出費の筈だが中将なりに得るところも有る」

「得るところ、と申されますと？」

弾正少弼様が訝しげに声を出すと殿下が〝ほほほほほほ〟と御笑いになった。

「鞆に已こそが将軍と騒ぐ義昭《ばか》が居ろう。中将の力で譲位が実現すれば誰が天下の執権か、武家の棟梁か分かろうというもの、そうであろう？」

「なるほど」

弾正少弼様が相槌を打つと関白殿下が満足そうに頷かれた。確かに殿下の仰られる通りでは有る。兵を率いて戦うだけが戦では無い。これも天下獲りの戦の一つか……。越後に居ては分からぬ事よ。

「そうそう、昨年の事だが永尊皇女様の内親王宣下が有った。覚えているかな？」

「はっ、覚えておりまする」

「では内親王殿下に降嫁の話が出ている事は知っているか？」

「いえ、存じませせぬ」

関白殿下が〝左様か〟と言って頷かれた。

「西園寺権大納言にという話が出ておる」

「……」

「帝の母君、東宮様の母君は万里小路家の出じゃ。万里小路家は二代に亘って帝の外戚となった」

「……」

はて、それが何か。

「西園寺権大納言の母親は万里小路家の出での。そこに飛鳥井家の母親を持つ内親王殿下が降嫁する。分かるな?」

「はっ」

弾正少弼様が頭を下げられると関白殿下が頷かれた。なるほど、そういう意味か。中将様が天下の執権となられた。万里小路家は西園寺権大納言に内親王の降嫁をする事で飛鳥井家、朽木家と結び付きを強めようとしている。

「まあ実現するまでにはこちらも時間がかかろう。西園寺家は内親王殿下が降嫁するには家格も家禄も不足じゃ。その辺りを解決しなければの。もっともこの話は帝の御内意も有る。時間はかかっても解決はする」

「……」

「そういう事での、朝廷も公卿達も中将と共に進もうとしておる。覚えておかれるが良かろう」

「はっ、御教示、有難うございまする」

弾正少弼様が謝意を述べると殿下が満足そうに頷かれた。


元亀五年(一五七七年)四月下旬　　山城国久世郡　　槇島村　　槇島城　　朽木基綱

「兵庫頭、御苦労だな」

「いえ、そのような事は」

俺が労うと伊勢兵庫頭貞良が頭を下げた。少し目が窪んでいる。疲れているのは間違いない。

「それで、如何かな？」

「はっ、やはり降嫁されるとなりますと家禄は千五百石は有りませぬと厳しいかと思いまする」

「なるほど」

西園寺家の家禄は六百石程だ。飛鳥井家よりも少ない。話にならんな。

内親王の降嫁先に摂家が選ばれるのもそれが理由だろう。摂家なら大体二千石前後は有る。それなりに体面は整えられるという事だ。

「となると如何する？　畏れ多い事では有るが一度臣籍に下って頂いてから嫁ぐか？」

兵庫頭が首を横に振った。

「西園寺家では内親王殿下の御降嫁をと願っておりまする」

「となれば最低でも一千石は家禄を増やさなければならん。出来ぬ事は無い、いや容易い事だ。だがそれをやれば西園寺家は相当にやっかまれるぞ。朽木、飛鳥井との縁を繋ぐのが目的なら降嫁に拘る事は有るまい。臣籍に下って頂きその上で西園寺家に嫁ぐ。家禄は一千石程に増やそう。それならおかしくは無い筈だ」

兵庫頭がまた首を横に振った。

「その事は某も提案したのですが……」

「駄目か。だが何故だ？」

兵庫頭がじっと俺を見た。

「立ち位置を変えたいとの事で」

「立ち位置？」

「はっ。外様から内々に変えたいと」

「……何だ、それは」

外様というのが何かは分かる。内々というのも想像はつく。おそらくは譜代の様なものだろう。だが宮中にもそんなものが有るのか？　疑問に思っていると兵庫頭が有るのだと教えてくれた。帝との親疎によって分類されていて役職や宮中行事において格差を付けられるらしい。そして西園寺家は外様として扱われている家なのだという。

公家の家格は摂家、清華家、大臣家、羽林家、名家、半家が有る。西園寺家は摂家に次ぐ清華家の家格を持つ。飛鳥井家の家格である羽林家よりも高い。宮中でも有数の有力貴族と言える。それなのに外様？　兵庫頭に訊くと清華家では西園寺家だけが外様だと教えてくれた。

妙な話だが訳を聞いて納得した。西園寺家は鎌倉幕府とは創成期から親密な関係を築いていた。その当時の当主が頼朝の姪と結婚しているし承久の乱では幕府に内応する恐れありとして朝廷によって幽閉された程に鎌倉寄りだった。当然だが乱後、幕府は西園寺家を信任した。西園寺家は幕府の力を利用して朝廷内で権力を振るった。その勢いは摂家を凌いだと言われている。

当時の朝廷内部では西園寺家を見る目は必ずしも好意的なものでは無かっただろう。どちらかと言えば裏切り者を見る様な視線が多かったのではないかと思う。鎌倉幕府が滅ぶと西園寺家もその影響を受けた。後ろ盾を失って力を失ったのだ。外様とか内々とかの区別が行われたのもこの頃の様だ。西園寺家は外様に区別された。西園寺家の人間が伊予に下向したのもその低迷期の事の様だ。今じゃ伊予の分家は戦国大名だが阿波の三好家に押されて毛利に救いを求めている。毛利は伊予に兵を送るらしい。忙しい事だ、毛利も大変だな。

「外様からなんとか内々へとなりたいと言うのが西園寺家の望みでございます。そのためにも内親王殿下の御降嫁をと」

「……」

「帝、そして東宮様、二代続けて万里小路家と繋がりがございます。その次は勧修寺家の阿茶局の所生の皇子か飛鳥井家の権典侍の御生みになられた康仁様となりましょう」

「康仁様の目は少ないぞ。俺はその事に関して口出しする気は無い」

「当代の万里小路家の当主は勧修寺家からの養子にございます」

「……なるほど、どちらに転んでも良いと言う訳か」

兵庫頭が頷いた。

公家ってのは強かだわ。万里小路家は勧修寺家から養子を取る事で天皇家と結び付きを維持しようとしている。そして西園寺家は万里小路、勧修寺、飛鳥井を利用して外様から内々に立ち位置を変えようとしている。内親王降嫁によって内々に変えてくれと頼むのだろう。そして三代の帝がそれを保証してくれれば西園寺家は内々として受け入れられる、外様に戻される可能性は少ない。そう考えているのだ。

「帝は如何お考えなのかな？」

「関白殿下、内大臣様のお話では内親王として降嫁させたいと伺っております」

「それは外様を内々に変えたいと？」

「出来ますれば」

つまり今回の降嫁はそれが一つの目的か。帝の意思があれば今のままでも内々に変える事は可能だ。だがそれをやれば万里小路家は横車を押したと非難を受けかねん。それは避けたい、だから降嫁を利用する。

「関白殿下、内大臣様の御考えは？」

「構わぬのではないかと」

二人は異存がない。要するに家禄を何とかしろと言う事だな……。しかし摂家並みの家禄にすれば当然だが反発が有るだろう。外様から内々に変わるのだ。必要以上に厚遇していると妬まれかねない。となると家禄を増やすのは避けた方が良いな。増やさずに体面を保つ……。

「家格は清華家のまま、それで良いのだな？」

兵庫頭が頷いた。

「それについては特に何も伺ってはおりませぬ」

「内親王殿下が降嫁される時は御化粧料として千五百石の禄を朽木家から内親王殿下にお渡しする。但しその御化粧料は内親王殿下が御生存の間だけとする。それなれば西園寺家も余り嫉まれまい。今後、摂家以外に降嫁させる場合の前例にもなる。その線で話を纏めてみてくれ」

「はっ」

兵庫頭が頭を下げた。……内親王が生存中は二千石を超えるがその後は六百石に戻る。どう見てもきついだろう、やはり加増が必要になる筈だ。加増は内親王が亡くなった後だな、場合によっては俺が死んだ後かもしれん。面倒な話だわ。

負傷

元亀五年（一五七七年）　五月上旬　　播磨国飾東郡御着村　　御着城　　朽木基綱

御着城の大手門を入ると山内次郎右衛門康豊が〝御屋形様〟と声をかけて近寄ってきた。顔色が良くない。プレッシャーに弱いのかな？　兄の伊右衛門は結構打たれ強いんだが。

「迅速なる御来援有難うございまする」

「京にいた兵を連れてきただけだ、四千にも足りぬ。次郎右衛門、十兵衛は？　備前の状況は？」

「はっ、毛利は四万を超える兵を動かし服部丸山城を囲んでおりまする。一色紀伊守殿より来援の要請があり明智様は二万の兵を率いて備前に向かっておりまする」

敵の半分か、十兵衛も辛いところだ。

「服部丸山城より西の城は？」

「放棄、将兵は全て服部丸山城に集結しております」

「分かった」

無駄死にするなと言ってあるからな。無理せず逃げてくれたようだな。しかし服部丸山城は決して堅固とは言えない。四万の毛利を相手に長くはもたないだろう。

毛利が突然備前に攻め込んできた。上手くしてやられたよ。阿波三好家が伊予に攻め込んでいる。それに対抗するために戦支度をしていると思ったんだが狙いはこっちだった。おまけに街道を封鎖している、その所為で八門からの報告が遅れた。完全に出し抜かれたな。四万を超えるか、本気だな。毛利は伊予を捨てる覚悟を決めたらしい。俺を叩きのめせば三好も大人しくなると考えているのだろう。

「如何なさいます、お味方を待ちますか？」

首を横に振った。

「下野守、それまで服部丸山城が毛利の攻勢に耐えられると思うか？」

蒲生下野守が口を閉じた。難しいと表情が告げている。舅殿が摂津の兵一万五千を率いてくるまでどう見てもあと二日はかかるだろう。近江、伊勢、越前からなら更に一日から二日はかかる。松永、内藤にも出兵の依頼を出したがどうなるか……。

こういうのって史実でも有ったな。確か石山本願寺が相手だった。天王寺砦の明智十兵衛を一揆勢が囲んでどうにもならなくなった。信長は助けようとしたが味方が集まらない。已むを得ず三千程で救けに向かった。信長に比べればましだな。十兵衛は二万の兵を率いている。俺の手勢を入れて二万四千で四万に当たる。十分だ、服部丸山城には最低でも三千から四千は居る筈だ。それも入

闘者皆陣列
者皆陣

れれば三万に近い。今大事なのは俺が最前線に行く事だ。味方を見殺しにしない、それが戦国で生き残る鉄則だ。

「出るぞ」

俺の言葉に次郎右衛門が反対したが下野守、重蔵は頷いた。この二人も分かっているのだ。ここは俺が出張って戦うしかないと。俺が出れば服部丸山城の味方の士気が上がる筈だ。そして毛利は直ぐ近くまで朽木の援軍が来ていると思うだろう。そうなれば毛利は決断を迫られる事になる。戦うか、退くか……。敵将は小早川左衛門佐隆景だ。知将ではあるが蛮勇はない。そこにかけるしかない。

「次郎右衛門、後ろに使者を出せ。俺は既に四千の兵を率いて備前に向かった。遅れるな、とな」

「はっ」

「重蔵、久々に分の悪い戦をする事になったぞ。さて、昔のように上手く行くかな?」

「なんとも、悩ましい事で」

重蔵がニヤニヤ笑うから思わず笑ってしまった。そんな俺を皆が呆れた様な目で見ている。そうだよな、重蔵。昔はこんな戦は珍しくもなかった。朽木は近江の小さな国人だったのだ。

「出立だ！　服部丸山城に向かう。九字の旗を掲げろ。敵味方に俺が服部丸山城を救いに来たと教えるのだ！」


元亀五年（一五七七年）　五月上旬　備前国邑久郡服部村　服部丸山城　朽木基綱

「御屋形様」

十兵衛が俺を迎えて面目無さそうな、それでいて何処かホッとしたような表情を見せた。余程に参っている。しかし相変わらずのイケメン振りだ。ここに女達が居たらいつもと違う十兵衛にメロメロだろう。

「済まんな、十兵衛。俺が率いてきたのは四千程だ。残りはあと一日か二日はかかるだろう」

十兵衛の顔色が曇った。気持ちは分かるぞ、十兵衛。役に立たない主君を持つと苦労するよな。

「状況を説明してくれ」

「はっ」

十兵衛が頷いた。

「毛利は小早川左衛門佐隆景の指揮の下、四万の兵を動かしております。服部丸山城には八千程の兵が攻めかかり残り三万二千の兵が我らと相対しておりまする」

兵を分けても八千は多いか。きついなあ。それに服部丸山城からかなり離れている。正面五百、いや七百メートル程先に毛利軍、さらにその先に服部丸山城とそれを囲む毛利軍の姿が見えた。結構わあわあ毛利軍が城に攻めかかる声が聞こえる。

「小早川は戦いを挑んで来なかったのか？」

「いえ、一度挑んで来ました。出来るだけ損害を出さないように後退しましたので……」

十兵衛がちょっとばつが悪そうだ。援軍に来たのに敵に追い払われた格好だからな。

「追撃は無かったのか？」

「はっ」

追撃は無い。おそらくは服部丸山城を放置するのを嫌がったのだろう。十兵衛は毛利本隊と城を攻めている別動隊を引き離そうとしたのだろうが敵はその手に乗らなかった。囲んでいる毛利軍が追い払われれば挟撃される可能性もある。小早川隆景はそれを恐れたのだ。毛利の狙いは服部丸山城を朽木勢の目の前で落とす事か。

「服部丸山城と連絡は取れるか？」

「いえ、取れませぬ」

俺が訊ねると十兵衛が首を横に振った。まあそうだろうな、服部丸山城は丸い小山の上に城が有るんだがその周囲は平地だ。囲まれたらその隙を突いて連絡を取るというわけにはいかない。孤立無援、服部丸山城では手をこまねいている朽木勢を恨めしく見ているだろう。

「服部丸山城はあと何日毛利の攻勢に耐えられる？」

「何日とは言えませぬが長くはもちますまい」

十兵衛が沈痛な表情をしている。俺がもう少し兵を率いてくると思ったのだろうな。そうであれば正面から押し返せた。正面の毛利勢が押されれば城を囲んでいる毛利勢も城を攻めているような余裕は無くなる。城の連中も多少は息をつけるんだが……。

「どうすべきだと思うか？」

俺が皆に問いかけると十兵衛、官兵衛、重蔵、下野守、皆が沈黙した。

「味方を待つべきだと思うか？」

同じく沈黙だ。後一日か二日で兵力はほぼ互角になる。だがその一日か二日で服部丸山城が落ちないという保証は無いのだ。皆が攻撃すべきだと思っている。だが敵は小早川隆景、おまけに兵力は相手の方が多い。なかなか言い出せないのだろう。朽木の武器は鉄砲隊だが現状では十兵衛に預けた一千丁、俺が持ってきた三百丁、合計一千三百丁程しかない。まして攻めかかるとなれば連射は厳しい。鉄砲は敵の突入を待ち受けて撃つのが基本だ。

「これより全軍で毛利を攻める」

皆が頷いた。

「先陣は俺が務める」

何人かが〝御屋形様〟と声を上げた。これは予想外か。

「聞け、敵はこちらよりも兵が多い。そして大将は小早川左衛門佐だ、甘い男ではない。何が何でも敵を叩き押し返し服部丸山城を救う。そのためには俺が先陣を務めるしかない。皆、俺に遅れるな！　小早川左衛門佐の首を挙げる、その覚悟をしろ！」

〝おう〟という声が上がった。しょうがないよな、分の悪い戦をひっくり返すには無茶をしなければならん。鉄砲隊千三百丁に射撃をさせ怯んだ所に突っ込む。それしかないな。小早川左衛門佐の首が獲れるかな？　獲れれば備前、美作、備中を朽木の物にする事が出来るかもしれん。リスクを負うのだ、それくらいの見返りは有って良い。

小半刻程で準備は出来た。こちらが戦う気だと分かったのだろう。毛利の陣もざわめいている。鉄砲隊を四段に分ける。三百、三百、三百、四百。敵陣近くにまで走らせてぶっ放す。それぞれに足軽を付けて楯を持たせている。敵も弓で応戦するだろうが損害は軽減出来る筈だ。四段攻撃が終わったら直ぐに突撃する。俺が先陣を切る！

「始めよ」

俺が命じると法螺貝の音が鳴った。そして鉄砲隊が走り出す。それに合わせてこちらも陣を前に進めた。鉄砲隊の速度はそれほど速くない。鉄砲が重い事も有るが楯を抱えた足軽と歩調を合わせている所為だろう。毛利の弓隊が攻撃を始めた。距離、四町、四百メートルといったところか。上から降り注いでくる矢を楯を持った足軽が鉄砲足軽を庇いながら防いでいる。それでも多少の損害は出ている。損傷率は一割に満たない。十分だ。

鉄砲足軽がまた走り始めた。速度が上がった。攻撃された事で恐怖心から早く敵に近付いて攻撃をかけたいのだ。悪くない、残り四百メートル、走り抜け！　一射、二射、弓による攻撃が来るがその殆どが第一陣の鉄砲隊を狙っている。第二陣以降は殆ど無傷だ。毛利も朽木の鉄砲隊を恐れているのだ、鉄砲隊を近付けたくない、その気持ちの表れだろう。

三百、……二百、……百！　鉄砲足軽が膝を突き撃つ！　轟音と共に毛利の陣の中央に混乱が生じた。そして馬が嘶《いなな》く、それを抑えた時には撃ち終わった鉄砲足軽が左右に散っていた、そして第二陣が鉄砲を撃った！　頼むから落ち着け、このアホ馬！　毛利の陣がさらに混乱した。第三陣、撃つ！　良し、落ち着いた。

「突撃！　俺に続け！」

〝おう！〟という声が上がった。それを打ち消す様に第四陣が轟音を立てて鉄砲を放った。

矢が飛んでくる、そして混乱する陣を叱咤する声が聞こえた。俺の右隣には多賀新之助、鈴村八郎衛門。左隣には笠山敬三郎、敬四郎親子。こいつらが頼りになるのは分かっている。後は自分の運を信じて突っ込むだけだ。混乱している敵陣目掛けて突き進む。敵陣の旗が揺らめいている。旗持ちが怯えている証拠だ、太刀を抜いた。

「怯むな！　行け！」


元亀五年（一五七七年）六月上旬　　近江国蒲生郡八幡町　　八幡城　　朽木小夜

「御屋形様がお戻りになられました」

女中が声を上げげた。皆がホッとした様な表情を浮かべた。大方様、私、竹若丸、松千代、亀千代、雪乃殿、鶴姫。辰殿、篠殿。そして武田の松姫、菊姫。二人もホッとした表情をしている。御屋形様の御部屋では大勢の人間が主のお戻りを待っていた。

少しして甲冑の音と足音が聞こえてきた。段々近付いて来る。でも片方の足音が弱い。御屋形様が重蔵殿に支えられながら部屋に入って来た。皆で〝お帰りなさいませ〟と言って頭を下げた。御屋形様が座るのが音で分かった。

「母上、今戻りました。皆、戻ったぞ」

皆で頭を上げた。兜と太刀を傍に置いて御屋形様が座っていた。でも右足を投げ出している。なんとも痛々しい、今までこんな姿は一度も見た事は無かった……。

「重蔵、済まぬな、もう良いぞ」

「はっ」

重蔵殿が一礼して部屋を去った。

「母上、申し訳ありませぬ。不覚を取りました。小夜、済まぬ。皆も済まぬ、心配をかけた」

御屋形様が頭を下げると大方様が首を横に振った。

「何を言います、そなたが無事なら私は何の不満も有りませぬ。それは皆も同じです」

皆が頷いた。松姫、菊姫も頷いている。この二人も御屋形様を案じている。

「父上は不覚など取ってはおりませぬ！　戦は勝ったでは有りませぬか」

「そうです！」

「そうです！」

竹若丸が叫び松千代、亀千代も同意の声を上げた。御屋形様が苦笑を浮かべながら首を横に振った。

「勝ってはおらぬ」

「でも」

「勝ってはおらぬのだ、竹若丸」

言い募る竹若丸を御屋形様が窘めた。

「父は今度の戦で小早川左衛門佐隆景の首を獲るつもりであった。そうなれば毛利は総崩れになった筈、備前、備中、美作を一気に攻め獲る事も出来たであろう」

「……」

御屋形様が投げ出した右足を撫でた。

「だが毛利を打ち破り服部丸山城を救った戦で足に矢が刺さった。気にせず毛利に追い打ちをかけようとしたのだが皆に止められたわ。矢を放置しては後々大変な事になりかねぬと。それで傷口を切って鏃《やじり》を取り出した。痛かったな、悲鳴が出そうになる程痛かった。その後は足に力が入らぬ、後詰の兵が来たが到底戦が出来る状態では無かった……」

「……父上」

「服部丸山城を救ったがそれ以上では無かった。備前で朽木に残ったのは和気郡、邑久郡、磐生《いわぶ》郡だけになった。そして傷が癒えるまで当分戦は出来ぬ。今も人に支えを受けなければ歩くのも不自由だ。これでは勝ったとは言えぬ。毛利も負けたとは思っておるまい」

竹若丸が、松千代が、亀千代が項垂れた。

「竹若丸」

「はい」

「戦の勝ち負けを見極めるのは簡単ではない。戦の結果だけでは無く終わった後の事まで見なければならん。大将とはそういうものだ」

「はい」

「徒に戦に出たがるよりもその辺りを半兵衛に良く学ぶが良い」

「はい」

御屋形様が頷かれた。

御屋形様を疲れさせてはいけない。それを機に皆で御屋形様の前を下がろうとしたが私、雪乃殿、辰殿の三人が呼び止められた。

「辰、済まぬな。心配したであろう。そなたを側室に迎えたというのに少々無理をした。已むを得ぬ事であったが済まぬ」

御屋形様が頭を下げられると辰殿が〝いいえ〟と首を横に振った。眼元を押さえている。

「まあ、御屋形様。最初に辰殿を労《いたわ》るのですか？　雪乃は少々妬けまする」

雪乃殿が笑いながら御屋形様を責めると御屋形様も笑い声を上げた。

「安心した、未だ妬いて貰えるらしいな。小夜は如何だ？」

「私も妬いておりまする」

「益々安心、俺も捨てたものではないな」

皆で笑い声を上げた。辰殿も泣きながら笑っている。

「小夜、俺の留守の間、上杉の一行をもてなしてくれた事感謝している。身籠っているのだ、大変だったであろう。おまけに俺は怪我をした、心配させたな、済まぬ」

御屋形様が頭を下げられた。〝いえ、そのような〟と答えたが御屋形様が負傷されたと聞いた時は胸が潰れるかと思うほど不安だった。万一の場合は竹若丸が跡を継ぐ。あの子に朽木家を支えるだけの力が有るのかと……。

「ところで、上杉の奈津姫を如何見た？」

「悪いお方ではないように見ました」

「雪乃は如何だ」

「私も御方様と同じにございます」

御屋形様が頷かれた。そして一つ息を吐かれた。

「小夜、弾正少弼殿の一行は越後に戻った。夏前には正式に使者が来るだろう。いよいよ竹若丸を元服させせねばならん」

「はい」

「輿入れの話も詰めなければならん。多分こちらの話は織田の後であろうが何時輿入れするかは年内に詰める事に成ろう」

「左様でございますね」

越後は雪国。となれば雪が降るまでに話を詰めなければ……。

「俺は傷が癒えたら西国に出兵するつもりだ。そなたに頼まざるを得ぬ。苦労をかける事になる」

「いいえ、そのような。御屋形様こそ御無理をなさっては……」

「分かっている。だがな、弱みは見せられぬ……」

御屋形様が息を吐かれた。毛利がそれを見逃す筈は無い。弱点を突くのが戦国の習い。朽木の弱点は跡継ぎが幼い事。後継に不安が有る以上、敵は御屋形様に負担をかけようとする筈……。竹若丸がその辺りを理解して一日も早く御屋形様の力になってくれれば……。

安国寺恵瓊《あんこくじえけい》

元亀五年（一五七七年）　六月上旬　　近江国蒲生郡八幡町　　八幡城　　朽木基綱

「御怪我の具合は如何でございましょう」

伊勢兵庫頭が心配そうな表情で訊ねて来た。そりゃそうだな、足を投げ出しているんだから。でもね、大した事は無いんだよ。その証拠に同席している重蔵、下野守は平然としている。むしろ余り足を庇わない方が良いなんて言い出す始末だ。温泉でも行こうかな。

「大した事は無い、以前に比べれば大分良くなって来た。七月か八月には兵を出すつもりだ。今は足を曲げると少し引き攣るような痛みを感じるので投げ出している。兵庫頭、我が無作法を許してくれよ」

兵庫頭が首を横に振った。

「何を仰せられます。御怪我をなされたのですからお気になされる事は有りませぬ」

「そう言って貰えると有り難い。本来なら俺が京に行きそなたの話を聞かねばならぬところだ。その上で公家の方々と話をせねばならんのだが……、済まぬな、面倒をかける」

頭を下げると兵庫頭が首を横に振った。

「御屋形様、お気遣いは無用になされませ」

「そうか、甘えさせてもらうぞ」

「はっ」

ちょっとホッとした。曲げると少し痛いんだ。

「公家の方々も御屋形様の御怪我に付いては非常に心配しておられます」

「うむ、兵庫頭から大した事は無かったと伝えてくれ。俺は至って元気だとな」

兵庫頭が〝はっ〟と畏まった。怪我した直後は大変だった。朝廷からは見舞いの使者が来るし近衛、一条、飛鳥井、勧修寺等からも見舞いの文が来た。千津叔母ちゃん、権典侍、竹田宮、春齢内親王、永尊内親王からも文が来た。怪我を治すよりもそっちの対応にてんやわんやだった。

「上杉の件、御苦労だった。上洛は上首尾に終わった。兵庫頭の根回しが上手く行ったようだ」

「畏れ入りまする」

兵庫頭が頭を下げた。

「これで弾正少弼殿の権威も一段と上がったであろう。良くやってくれた」

「はっ」

兵庫頭がまた頭を下げた。上杉もなあ、俺が義昭に関東管領職は上杉で好きに継承して良いと言わせたのに権威付けが欲しいなんて言うんだから。まあ帝に拝謁して御剣と天盃を下賜されたし天下静謐に力を尽くせとの御言葉も頂いた。景勝への権威付けは十分だろう。

「それで西園寺の件は如何であった？」

「はっ、西園寺家では当初は家禄を増やして欲しいようでしたが御屋形様が周囲のやっかみを受けると心配していると伝えると道理であると」

「納得したか」

「はい」

兵庫頭が頷いた。

「ただ内親王殿下が御存命の内は宜しいですがその後の事がいささか不安であると……」

兵庫頭が言葉を濁すと重蔵、下野守が頷いた。当然だよな、家禄が四分の一程度になるんだから。

「その事は俺も考えている。西園寺家には加増が必要だろう。元々の家禄と合わせて千石ぐらいにしたいと考えている。家禄が大幅に減った後に多少戻す、それならば周囲も煩くは言うまい」

「はっ」

兵庫頭が頷いた。

面倒だよな。人間、厄介なのは嫉妬心だ。特別扱いされた人間には当然だが嫉妬心による敵意が集まる。当代の西園寺権大納言は未だ二十歳にもならないのに権大納言になっている。飛鳥井の伯父と比べてみればいかに優遇されているか分かるというものだ。西園寺権大納言に対して面白くないと思っている公家は少なくないだろう。権大納言の代は良くてもその次、さらにその次辺りの代で反動が来るのは避けなければならん。

「その儀、証文は頂けましょうか？」

「それは拙かろう。婚儀の前から内親王殿下の死後の約束など非礼にも程が有る。表沙汰になれば西園寺家も気まずい思いをするぞ」

重蔵、下野守が頷いた。兵庫頭も無理にくれとは言わない。やはり失礼だと思っているのだろう。

「証文は出せん、だが俺がその事を心配していた、西園寺家にはそれなりの配慮をしたいと考えているようだと伝えてくれ。どうも千石ぐらいにしたいと思っているようだと漏らしても構わぬ」

「はっ」

千石ならば公家の中では摂家に次ぐ立場だといえる。文句は言わんだろう。それにしても西園寺家は内親王を大切にしてくれるんだろうな。どうも不安だ、一度釘を刺しておくか。

「兵庫頭、西園寺権大納言に伝えてくれ。内親王殿下は畏れ多い事ではあるがこの基綱にとっては従妹にあたる。決して粗略に扱ってくれるなとな。もし従妹姫を泣かせる様な事が有れば決して許さぬと。たとえ万里小路家の血縁であろうと容赦はせぬとな」

「はっ、必ずや」

兵庫頭がしっかりと頷いた。兵庫頭も西園寺の態度に不安を感じているのかもしれん。

「では後は日取りだな?」

「はい、おそらくは年内に納采の儀を終わらせ御降嫁は年明けになりましょう」

「そうだな、異存はない」

「ところで、納采の儀でございますが……」

兵庫頭が言い辛そうにしている。溜息出そう。

「費用は朽木で持つと西園寺家に伝えてくれ。心配はいらぬと」

「はっ」

やっぱり降嫁先はそれなりの家じゃないと問題が多いな。今回は例外、通常は摂家からにしよう。

「譲位の件は如何か？」

「ただ今土地の確保に当たっております」

「そうか」

出来るだけ御所の近くに仙洞御所を用意しなければならん。という事で用地確保の名目で土地を買い漁っている。何の事は無い地上げ屋だな。昔も今もやる事は変わらん。

「出来るだけ早く譲位は執り行いたい。来年は御降嫁、再来年は譲位と行きたいものだ。帝も御疲れであろうからな」

俺の言葉に三人が頷いた。トップは疲れるんだよ、二十年もやれば疲労も蓄積する。休ませてあげないと。公家達も譲位が実施されれば喜ぶ筈だ。何と言っても上皇に仕える役職、つまりポストが出来るんだから。待てよ、譲位が実施されれば東宮が帝になる。となると新たな東宮が要るな。親王宣下から立太子か、未だ幼いから少し先でも良いか。

「ところで御屋形様」

「うむ」

「改元をしないのかと関白殿下よりお訊ねが有りました」

「改元？」

俺が訊ねると兵庫頭が頷いた。

「元亀の年号は義昭公が定めたものにございます」

なるほど、俺が改元する事で天下人は俺だと宣言しろという事か。重蔵、下野守も頷いている。元号ってあまり変えるものじゃないと思うんだよな、現代人の感覚を持つ俺としては。大体変えても毛利とか使わないだろう。だとすると混乱するだけじゃないのかな。いや待て、誰が元亀を使い続けるかで誰が俺の敵かの判断材料にはなるか。いや、待てよ……。

「兵庫頭、改元は朝廷が望んでいるのか？」

訊ねると兵庫頭が頷いた。なるほどな、朝廷は完全に義昭を否定したいわけだ。俺が征夷大将軍解任に反対したからな。別な手段で義昭との決別を宣言したい。それが改元か。

「異存はない。兵庫頭」

「ではこちらで進めさせて頂きます。ところで次の元号でございますが……」

三人が俺を見た。

「朝廷の御意向を優先する。もしこちらの意向を聞かれた場合には天正と答えよ。所以《ゆえん》は清静は天下の正たりだ」

「はっ」

あれ、三人が平伏している。なんか変な感じだな。

兵庫頭が去った後はいつも通りのお仕事だ。奉行、軍略方、兵糧方、他にも坊主や神官、色々な面会希望者に会う。越前からは心和寺の証意が来た。随分と俺を心配してくれた。無理をしないでくれとね。考えてみれば一向門徒で本願寺から破門されている。朽木領でしか生きていけないと思っているのだろう。俺に万一の事が有って朽木が混乱するのは避けたいのだ。悪くない、それだけ証意達は朽木の中に溶け込もうとしているんだから。

時々綾ママ、小夜、雪乃、辰がやってくる。そして怪我をしているのだから無理をしては駄目だとか少し休めとか言う。今まで怪我らしい怪我はしていなかったからな。妙に過保護にされて居心地が悪いわ。それに夜が困るんだ、三人とも無理はしないでくれって必ず言う。心配そうな目で俺を見る。大丈夫だって言うんだが納得はしていないみたいだ。そうだよな、俺だって無茶はしないと約束出来ないんだから。

御着の十兵衛から文が来た。兵を動かし失地を取り返したいと書いてある。俺が怪我をした所為で責任を感じているらしい。少し待てと伝えた。八月には兵を出す。俺は但馬、因幡方面。それに合わせて十兵衛は備前で兵を動かす。八月から十一月くらいまで、米の収穫が儘ならないようにしてやろう。大規模な出兵になる。今から兵糧方に準備をさせないと。

土佐で戦が起きそうだ。また長宗我部が兵を起こそうとしている。多分田植えの後、七月から八月だろうと大叔父から報告が有った。長宗我部は領内がいよいよ不安定になって来たらしい。一条には鉄砲、弾薬、銭を送っている。勝たなくても負けなければ良い。負けなければ徐々に長宗我部はジリ貧になっていく。徐々に追い詰められて行く筈だ。

仕官希望の武田の遺臣と何人か会った。主だった者で言うと浅利彦次郎昌種、甘利郷左衛門信康、小山田左兵衛尉信茂。良いねえ、小山田はちょっとあれだけどこっちが不利にならなければ大丈夫だ。これから益々武田の遺臣が来るだろう。山県、馬場、内藤、高坂は信長との戦で戦死か残党狩りで殺されてしまった。残念だけど良い人材は他にもいる。今後に期待だ。

奥州の伊達から使者が来た。遠藤不入斎基信、伊達の重臣だな。伊達というと政宗が有名だが今は親父の輝宗が当主だ。だがこの輝宗、決して無能ではない。奥州だけでなく中央にも気を配っている。まあ現状では〝宜しく〟程度の挨拶だ。だが上杉が落ち着けば当然だが関東に兵を出すだろう。その辺りがどう影響するのか。陸奥にも人を入れるか、八門、伊賀、どちらかな？　伊賀は四国から九州を担当、八門は畿内、中国、東海、関東。伊賀の方が良いかな？　大叔父と相談してみよう。


元亀五年（一五七七年）　六月上旬　　山城国葛野・愛宕郡　　平安京内裏　　目々典侍

「中将の怪我も大した事が無いようで一安心でおじゃるの」

〝はい〟と答えると兄、飛鳥井権大納言雅春が〝ヒヤリとしたわ〟と言った。兄の言う通りだ、中将を失えば私達はどうなるのか……。本当にヒヤリとした。いや、ヒヤリ等というものではない、身体が震えた。あの恐怖を何に例えれば良いのだろう。一瞬にして断崖の絶壁に立たされたような恐怖だろうか。足を踏み外せば奈落の底に転落してしまう。そんな恐怖感に鷲掴みにされた。

「流石は毛利と言うべきかの」

兄がポツンと吐いて茶椀を口に運んだ。他人事のような口調だが兄の表情は暗い。茶を飲んでもそれは変わらない。

「厄介な相手よ、公方が頼りにする筈よな」

「……」

「一向一揆の者共も大分加勢したらしい」

「そうですか」

安芸は本願寺の門徒が多い、そして石山を追われた顕如が居る。毛利に加勢して失地回復を図るのは当然とはいえ厄介な者達が一つになった。

「朝廷では親朽木の声が強まりました」

兄が頷いた。

「当然の事でおじゃるの。鞆の公方が戻って来る事など誰も望んではおじゃらぬ」

「ええ」

私達だけでは無い、朝廷でも大騒ぎになった。上杉弾正少弼が上洛し帝に謁見した。朝廷が歓びに沸く中での中将の負傷。漸く安定した畿内がまた混乱するのではないか。公方様が戻って来ればまたあの出鱈目《でたらめ》な悪政が始まると。あの一件以来、朝廷では今まで以上に朽木を後押しすべきだという意見が強まりつつある。

「改元の事、聞いておじゃろう」

「はい、天正と」

答えると兄が頷いた。

「清静は天下の正たり、帝はこの上なく御喜びだ。天下静謐の任を中将に与えたのは間違いでは無かったと左右の者達に漏らされた」

「はい」

帝は足利の色を消したいと望んで改元を希望した。中将はそれに対して天下静謐こそが正義であると答えた。何とも心憎い答えをするもの。

「鞆の公方様は怒りましょうな、元亀の元号を使い続けましょう」

義昭様が公方として行った実績と言えば改元くらいしかない。それを否定されるのだ、怒り狂うだろう。

「そうじゃの、だが大名達は如何でおじゃろうの？　毛利は元亀を使おうが他は誰が使うか、見物でおじゃるの」

兄が皮肉に満ちた笑みを浮かべている。元亀を使う大名は少ない筈、鞆の公方様はその事で現実を知る事になると見ているのだろう。

「内親王様の降嫁の件でおじゃるが」

「はい」

「大分揉めておじゃるの」

「そうですか」

兄が頷いた。表情が渋いのを見るとかなり揉めているのだろう。

「何と言っても西園寺家は家禄が少ない」

「その件は化粧料で話は付いたと思いましたが？」

兄がチラリと私を見た。

「化粧料は一代限りでおじゃるからの」

「一代限り……、なるほど」

私が頷くと兄も頷いた。

「権大納言が大分不満を漏らしているらしい。麿の耳にも色々と入ってくる。或いは聞こえる様に言っているのかもしれぬ」

「困った事でございますね」

溜息が出た。元々西園寺家への内親王降嫁には無理が有った。西園寺家の家禄は飛鳥井家よりも少ない。とてもではないが内親王の降嫁など願える家ではないのだ。飛鳥井、万里小路、一条、朽木を繋げる良い案だと思ったから賛成したのだけれど……。

「まあ現実に内親王様の御子の代になれば困った事になるのは確かでおじゃるの。権大納言の不満は尤もと言えよう。尤もそれをあからさまに口に出すのは如何かとは思うが……」

兄が不愉快そうに眉を顰《ひそ》めている。西園寺権大納言は万里小路家と密接に繋がっている。つまり帝とも繋がっている。何かにつけて優遇されてきた。二十歳にならずして権大納言の地位にあるのだ。その所為で自分が特別扱いされるのが当然と思っているのかもしれない。

「如何なりましょう？」

私が問うと兄が〝ふむ〟と鼻を鳴らした。

「後は中将の判断に任せるしかない。我らにどうこう出来る問題ではないからの」

「……」

「ま、なんとかなるであろうよ。この件は帝の御意向もある。中将の手並みを拝見するとしよう」

「左様でございますね」

今回の一件、如何処理するかで中将の評価が決まる。綺麗に収めればこれまで以上に朝廷は中将を頼るだろう。だが混乱するようならば中将に対して不安を持つかもしれない。上手く収めてくれれば良いのだけれど……。


元亀五年（一五七七年）　六月上旬　山城国葛野・愛宕郡　八条大路　西園寺邸　西園寺公朝

息子と共に部屋に入ると武士が平伏した。上座に座り威儀を正してから声を掛けた。

「御苦労でおじゃるな、兵庫頭」

声を掛けられた武士、伊勢兵庫頭が頭を上げた。

「主命にござりますれば、何程の事もございませぬ」

主命か、もはや朽木の重臣じゃな。

「それで、中将は何と？」

倅の権大納言実益が問い掛けた。全く、もう少し落ち着かぬか。そうも慌てては相手に足元を見られよう。権大納言に昇進したのじゃ、今少し落ち着いてくれねばこの先が思いやられるわ……。

「はっ、お化粧料の事でございますが西園寺家では内親王様がお亡くなりになられた後の事を案じているようだと伝えますと道理であると」

「そうか、道理であると申したか」

倅が満足そうに頷いた。

「はっ、主は西園寺家には加増が必要であろうと考えております。一旦減った後なれば加増しても周囲は煩くは言うまいと」

倅が私を見た。表情に安堵が有る。今少し感情を隠せ！　十八にもなってそれでは子供ではないか！　心を簡単に読まれるようでは難しい交渉など出来まい。それでは帝の御役に立てぬであろう！

「権大納言よ、有り難い事でおじゃるな。中将は西園寺家を気遣ってくれているようじゃ」

「はい」

阿呆！　〝はい〟では無いわ。今少し言い様が有ろう。兵庫頭を通して中将に西園寺家が感謝しているという事を伝えねばならぬというのに……。感情を面に出すのは控え、言葉でこちらの思所を伝えるという事が何故出来ぬのか。左大臣を辞め家督も譲ったというのに……。溜息が出そうじゃ。いや、なればこそ内親王の降嫁が要る。さすれば西園寺家は安泰よ。まして朽木とも縁続きに成れるのじゃ。それなのにこの息子の関心は内親王の降嫁があれば飛鳥井の縁で朽木から援助が貰えるという事だけじゃ……。此処は儂が踏ん張らねば……。

「それで兵庫頭、中将は具体的に如何考えておじゃるのかな？」

問い掛けると兵庫頭が〝はっ〟と畏まった。

「元々の家禄と合わせて千石程にしたいと考えているのではないかと。そのように某は拝察致しました。五摂家には及びませぬがそれに次ぐ家禄となりましょう」

倅が〝ほう！〟と声を上げた。我慢出来ぬ、扇子で口元を隠し小さく溜息を吐いた。

「それは証文のような物がおじゃるのかな」

「控えよ！」

慌てて倅を叱り付けると倅が不満そうな表情を見せた。

「済まぬのう、兵庫頭」

兵庫頭に詫びると兵庫頭が〝畏れ入りまする〟と頭を下げた。

「その事、某より主人に確認致しました」

ほう、確認したか。倅が証文を欲しがると読んだと見える。能吏よな。それとも倅が読まれ易いだけか……。

「そのような物が万に一つも表に出ては西園寺家も気まずい思いをするだろうと申しておりました」

「いや、道理でおじゃるの。もっともな事じゃ」

倅が不本意そうな表情をしているのが見えたが敢えて気付かぬ振りをした。

「御理解頂けましたる事、真にもって忝のうございまする。……そう言えば主が何度か不安そうに呟いておりました。西園寺家は内親王殿下を大切に扱ってくれるだろうかと。畏れ多い事ではございますが内親王殿下は主にとっては従妹にあたります。大変気遣っておいでございます」

兵庫頭が儂を、そして権大納言を見た。

「中将に伝えて欲しい。内親王殿下を当家に御迎えする事、真に名誉な事。決して殿下を粗略に扱うような事はせぬと。のう、権大納言、そうでおじゃろう」

「はい」

もそっと力強く言えぬのか……。兵庫頭が頷いた。

「それを伺って安堵致しました。主はあの通り怒らせると怖い所がございます。真に安堵致しました」

兵庫頭がじっと儂を見ている。見返すとスッと視線を権大納言に向けてまた儂に戻した。分かっておる、倅には後程しっかりと釘を刺しておく。頷くと兵庫頭も微かに頷いた。

「納采の儀でございますが」

「うむ」

「費用は朽木家で持ちまする、心配は御無用に願いたいとの事でございました」

「そうか、兵庫頭よ、中将に何かと面倒をかけるが良しなに頼むと伝えて欲しい。良かったのう、権大納言」

「はい」

倅が顔を綻ばせている。やれやれよ……。


元亀五年（一五七七年）六月上旬　　安芸国高田郡吉田村　　吉田郡山城　　小早川隆景

「申し訳ありませぬ、不覚を取りました」

頭を下げた。

「小早川の叔父上、面を上げて下され。それでは話が出来ぬ」

甥、毛利右馬頭輝元が正面に座っている。幾分困惑した表情だ。左には兄、吉川駿河守元春、渋面を浮かべている。そして右には安国寺恵瓊。

「惜しゅうございましたな。今一歩、でございましたのに」

「簡単に言うな、恵瓊。その一歩が詰められん、それが戦だ。その方には分かるまいがな」

兄の皮肉に恵瓊が一礼した。

「駿河守様、愚僧は左衛門佐様を責めているのではございませぬ。近江中将様が負傷されたのは事実。当たり所が悪ければ、いや良ければ命を奪えたやもしれませぬ。それを申し上げただけにございます」

恵瓊の言葉に兄がフンと鼻を鳴らした。それを見て右馬頭が困った様な表情を見せた。

「これは如何見れば良いのだ？　毛利は朽木を押し返したと見れば良いのか？」

「……」

誰も答えない。それを見て右馬頭が更に困った様な表情を見せた。

「小早川の叔父上、如何か？」

右馬頭がこちらを見ている。一つ息を吐いた。

「本来なら備前から朽木勢を押し返すのが狙いでございました」

兄、恵瓊が頷いた。二人とも表情が厳しい。

「ですが朽木勢の反撃が予想外に速く十分に押し返せておりませぬ。備前の東部、和気郡、邑久郡、磐生郡は朽木領として残りました。近江中将様に手傷を負わせたとはいえ兵に劣る朽木勢に押されて退いたのも事実。到底満足出来るものでは有りませぬ。それに伊予も少なからず三好に取られました」

「……では負けか？」

右馬頭が呟いた。

「負けでは有りますが意味の有る負けでございます」

「如何いう意味か、恵瓊」

「策を用い不意を突き或る程度は押し返す事が出来申した。近江中将様に敗れたとは申せ手傷を与えておりまする。備前、備中、美作の国人衆は毛利は決して弱くない、脆くない、そう思った事でございましょう。簡単には朽木に靡《なび》きますまい、そこが肝要にございましょう。伊予の事は残念では有りますが全てを奪われたわけでは有りませぬ。未だ挽回の手は十分にございます」

恵瓊の言葉に右馬頭が大きく頷いた。なるほど、そういう見方も有るか。

「この後は如何する？」

右馬頭が身を乗り出す様にして恵瓊に尋ねた。

「毛利は武威を示したのでございます。次は引き締めでございましょう」

「引き締めか」

「はい、備前、備中、美作の支配を固めまする。国人衆の中で朽木に通じそうな者を排除する。そして万全の状態で朽木と戦い勝つ」

「うむ」

右馬頭が大きく頷いた。兄が面白くなさそうにしている。右馬頭が居なくなると直ぐに皮肉った。

「坊主は口が上手い」

恵瓊が軽く一礼した。

「不安を抱える者には不利な点を小さく話し有利な点を大きく話す。そうする事で安心させるのがコツでございまする。それに嘘は申しておりませぬ。勝ちはしませんでしたが武威は示した。今一度東備前を攻めても朽木は直ぐに後詰いたしましょう、効果は薄い。ならば引き締めを行うのが得策」

「恵瓊よ、本音は今ならば朽木は攻めて来ぬ、近江中将の怪我を利用しろ、そういう事であろう？」

問い掛けると〝如何にも〟と言って頷いた。

「坊主は喰えぬな、左衛門佐」

「そうですな。……世鬼を使いまする。二人、三人ほど、潰しましょう。それと伊予にも援助を」

私の言葉に二人が頷いた。


元亀五年（一五七七年）七月上旬　　近江国蒲生郡八幡町　　八幡城　　朽木小夜

竹若丸が傅役の竹中半兵衛殿、山口新太郎殿と共に御屋形様の部屋に現れた。私の姿を見て訝しげな表情をしたが言葉にする事無く座った。

「父上、お呼びと伺いましたが」

「うむ、そなたに縁談が来た」

竹若丸が〝縁談〟と呟いた。実感が湧かないらしい。

「相手は上杉弾正少弼殿の妹姫、奈津姫だ」

「奈津姫、……あの方と」

「受ける事にした、異存は無いな？」

「はっ」

竹若丸が一礼した。

「おめでとう、竹若丸」

「有難うございます、母上」

「竹若丸様、おめでとうございまする」

「真、よろしゅうございました」

半兵衛殿、新太郎殿が竹若丸に祝いの言葉をかけると初めて照れ臭そうな顔をした。

「奈津姫の姉、華姫は織田家の嫡男勘九郎信忠殿に嫁ぐ。竹若丸、どういう事か分かるな？」

「はっ、上杉家は朽木家、織田家との繋がりを強めたいと考えていると思いまする」

御屋形様が〝うむ〟と頷かれた。

「それも有るがもう一つ有ると父は思っている。上杉弾正少弼殿は上杉家の養子になられたが家督は継いでおられぬ。おそらく此度の上洛、そして妹姫達の婚儀、これを実績として関東管領職を継ぎ上杉家の家督を継ぐものと思われる。頭の中に入れておくが良い」

「はい」

竹若丸が唇を噛んだ。まだまだ足りない部分が有る、そう思ったのであろう。

「上杉家も二つ一緒に婚儀を行うのは容易では有るまい。年の順から言えば織田家との婚儀が先。それに関東で上杉、織田の間に問題が生じる前に織田との結び付きを強めたいとも思っていよう。その方と奈津姫の婚儀は上杉、織田の婚儀の後になる。確定は出来ぬが再来年頃になるだろうと父は思っている」

「はい」

「妻を娶る事が決まった以上、何時までもそのままにしてはおけぬ。来年、吉日を選んで元服させる」

「はい、有難うございまする」

竹若丸が目を輝かせて礼を述べると半兵衛殿、新太郎殿が竹若丸に祝いの言葉を述べた、竹若丸が嬉しそうに頷く。この子は元服するという事の意味を本当に分かっているのだろうか。そう思うと素直に祝う事が出来ない。自分は悪い母親なのだろうか……。

「父上、初陣は」

「いずれさせる、慌てる事は無い」

「はい」

竹若丸が幾分不満そうに頷いた。

「それよりも覚悟をしておけ。元服し妻を娶ればもう誰もその方を子供とは見做《みな》さぬ。それ相応の責任を果たす事を求められるという事をな」

「……」

「半兵衛、新太郎、竹若丸を頼むぞ」

「はっ」

半兵衛殿、新太郎殿が平伏した。

「小夜、竹若丸の元服を祝ってやれ」

「はい、竹若丸殿、良かったですね」

「有難うございます、母上」

「これからが大変ですよ、御励みなさい」

「はい」

竹若丸が頷いた。本当に励んでほしい。溜息が出そうになるのを慌てて堪えた。

外伝XIII

決別

[けつべつ]

[あふみのうみ
みなもがゆれるとき]

朽木基綱《くつきもとつな》

元亀四年（一五七六年）　五月上旬　　山城国葛野・愛宕郡　　細川藤孝邸　　細川藤孝

兄の前に座り徳利と盃を二つずつ置いた。

「酒か、珍しいな」

「偶《たま》には良いでしょう」

〝そうだな〟と兄が言った。兄は甲賀の和田を使って左少将様を暗殺しようとした。だがその事は霜台殿に事前に知られた。霜台殿は公方様に強硬に兄の処罰を要求し公方様は兄を私に預けた。兄は屋敷内の一室で謹慎している。余り嬉しい預かり人ではない。外部との接触は禁止だが公方様は何かと兄と連絡を取ろうとする。その仲介役を務めるのは苦痛でしかない。

兄の盃に酒を注ぎ自分の盃に酒を注いだ。兄と眼を合わせそして一口酒を飲む。美味いとは思えなかった。最近一人で酒を飲む事が多くなった。美味いとは思えぬのだが飲んでいる。二人なら多少は違うかと思ったが……。まあ相手が兄では已むを得ぬ事か……。

「如何した？　笑っているが」

兄が不思議そうに私を見ている。やれやれ、苦笑が漏れたか。

「笑っておりましたか？」

「うむ、笑っていた」

「こうして二人で飲むのは久しぶりだと思ったのです」

兄がじっと私を見た。

「そうだな、何時の間にか共に飲む事も少なくなった。昔は良く飲んだものだが」

確かに昔は良く飲んだ。何時の頃から兄と酒を飲む事を避ける様になったのだろう……。

義昭様と共に京に戻った頃には飲まなくなっていた、となればその前か。多分、北畠を伊勢に残して欲しいと左少将様に頼んだ頃からであろう。あの頃から兄に付いていけないものを感じ始めた。兄があの時、北畠を伊勢に留める事を無理強いしなければ北畠は族滅せずに済んだであろう。そうなる危険性が有る事は分かっていた筈だ。何度も左少将様はその事を言った。だが兄はそれを無視した。

北畠一族が族滅した時、兄は無反応であった。あの頃には北畠一族は無力な存在になっていた。公方様にとって何の役にも立たない者達が滅んだ、それだけであったのだろう。兄の心に有るのは公方様の御考えに沿う事、それだけだ。そのためなら他の者は踏み付けにしても構わぬと思っている……。

「兵部大輔、公方様は如何御過ごしかな？」

また兄がじっと私を見ている。答えるのは気が重かった。

「……苛立っておいでです。左少将様が播磨をあっという間に制しましたからな。竹姫様の嫁入り、永尊皇女の内親王宣下、権典侍の懐妊と朽木家は慶事が続いております。それに阿波の大御所様が権中納言に御昇進されました。その事も御不快のようです」

兄が不愉快そうに顔を顰めた。

「まあ毛利が備中に兵を出しております。それに備前の宇喜多が毛利に付きました。その事は御喜びですが……」

兄が〝そうか〟と言って一口酒を飲んだ。そして徳利を持って盃に酒を注いだ。口元が緩んでいる。少し満足したらしい。もっとも宇喜多が何処まで信用出来るのかという問題も有る。毛利にとって宇喜多は不安要素でしかない。

兄も、そして幕臣達も毛利を朽木にぶつけようとしているようだ。公方様もそう考えているのだろう。だが亡き陸奥守元就殿は毛利は天下を望むなと言ったと聞く。となれば毛利が何処まで積極的に少将様と争う覚悟が有るのか甚だ心許ないと言えよう。もっとも安芸には本願寺顕如が居る。そして安芸は一向門徒の力が強い。毛利もそれは無視は出来まい。

「兵部大輔よ、教えて欲しい事が有る」

「何でございましょう」

「私が甲賀者を使うと霜台殿に報せたのはそなたか？」

「……」

「霜台殿が動いたのは確信が有ったからであろう、違うか？」

兄が私を見ていた。眼に怒りは無い。だが視線は強かった。問い掛けだがかなりの確信が有る。否定は無駄だろう。

「そうです、正確には左少将様に報せました。霜台殿には左少将様が教えたのでしょう」

「なるほどな、……何故だ？　公方様を裏切ったのか？」

「そうでは有りませぬ。公方様の御為にならぬと思ったからです。兄上を死なせたくないとも思った。その事は以前兄上に言った筈ですぞ」

兄が一口酒を飲んだ。私を見ながらだ。私を見定めようとでも言うのだろうか？　不愉快だった。言いたい事が有れば言えば良いのだ。私も言わせてもらう。これまで兄との口論は避けてきたがそれも限界だろう。お互いの考えをはっきりと言う時がきたのかもしれぬ。

「成功すれば良いだろう」

「成功する可能性は低いでしょう。それに成功しても公方様の御為には成りませぬ」

兄が不満そうな表情を見せている。

「兄上、自分を将軍に押し上げた人物を暗殺する。そのような将軍を皆が信用すると御思いか？　幕府は今以上に信用を失いますぞ」

「朽木は公方様を蔑ろにしている。そうではないか？」

兄が盃を下に置いた。乱暴な手つきで酒を注ぐ。

「公方様が左少将様を邪魔者扱いしたからでしょう。畠山、北畠の事をお忘れか？　上洛後も十分な恩賞を与えようとはしなかった」

「……」

「助けを求めながら抑え付けようとする。それでは信用されますまい。左少将様が幕府を、公方様を蔑ろにするのも突き詰めればそういう事では有りませぬか？」

兄が私を睨むような眼で見ていた。口元に力が入っているのが分かった。

「朽木は大き過ぎるのだ！　幕府にとって邪魔だ！」

兄が膝を叩いた。

「朽木が小さくなれば幕府の権威が上がると御考えか？　幕府の権威が失墜したのは、将軍の権威が失墜したのは朽木が大きくなる前からですぞ！」

睨み合いになった。

「このままでは幕府は滅ぶぞ、それで良いのか？」

「……」

「そなたも分かっているだろう？　あの男は幕府の中に入ろうとはせぬのだ」

「……」

「確かに我等はあの男の扱いを誤ったのかもしれぬ。もっと積極的に幕府内部に取り込むべきだったのであろう。そなたの言う通りよ。だがな、あの男が幕府の中に入ったかな？　これまでのやり様を見るとあの男は幕府を必要としていないのではないか？」

兄の言う通りだ。このままでは幕府は滅ぶだろう。そしてその事は朽木長門守殿も言っていた。幕府と左少将様の目指す所は違うと……。

「細川も三好も幕府の内に入って権力を振るった。だがあの男は幕府の中に入ろうとせぬ。天下静謐の任を受けて幕府の外で力を振るっている。そして朝廷も公家もそんな朽木を支持している。これは新しい天下人の誕生ではないのか？」

「かもしれませぬな」

「ならば」

「なればこそ我等は左少将様に協力しなければならぬのではありませぬか？　兄上」

また睨み合いになった。

「兄上、何故朝廷が左少将様に天下静謐の任を与えたと思います?」

「あの男の銭に眼が眩んだのだろうよ」

吐き捨てる様な口調だった。

「違いますな」

「……」

「足利に失望したからです」

兄が鋭い眼で私を見た。

「兄上とてお分かりでしょう。朝廷は五畿内の安定、そして朝廷の庇護を幕府に望んでいるのです。しかしここ近年、幕府は畿内を安定させる事が出来なかった。朝廷を庇護する事が出来なかった。京の眼の前で小野庄、山国庄を押領した宇津を制する事さえ出来なかった。足利は頼りにならないと思ったのです」

「……」

「それだけではない。左少将様の御力により安定した畿内をまた混乱させようとした。うんざりしたのですよ。朝廷を守れぬのなら足利など要らぬ。朝廷を守れるのなら足利でなくとも良い、そう思ったのです。だから天下静謐の任が左少将様に与えられた」

兄が顔を歪めた。

「今なら未だ間に合います。天下人の実は左少将様が持ち名は公方様が持たれている。左少将様に名を奪われる前に御二方が協力する事で名と実を一致させるのです」

「……公方様に譲歩しろと言うのか」

「……已むを得ますまい。このままでは左少将様は幕府抜きで新しい天下を創りますぞ」

長門守殿は左少将様の目指す天下は幕府の望む天下とは違うと言った。ならば一致させる事で共存は可能となる筈だ。細川、斯波が没落し畠山もかつての勢威は無い。三管領四職は力を失ったのだ。ならば朽木を新たな柱として幕府を支えさせる。朽木だけではない、織田、上杉、毛利等の有力大名に支えさせる事で幕府を新たに創り直す……。そうする事で幕府の存続は可能となる。その事を言うと兄が膝を叩いて激昂した。

「馬鹿な、それでは足利の天下ではない、朽木の天下ではないか！」

「……」

「それは我等幕臣の採るべき道ではない。我等はあくまで足利の天下を守るべきだ！」

「……」

「毛利の勢力が東に伸びれば三好、松永、内藤も公方様の檄に応えよう！　畠山も起つ！　そうなれば織田、上杉もこちらに靡く筈だ！　朽木を倒せるのだ！」

醒めた。兄が興奮すればするほど心が醒めて行くのが分かった。

三好、松永、内藤が公方様の御味方に付く？　ならば何故兄が此処に居るのだ？　あの三人は左少将様と戦う事を怖れている。戦えば滅ぶと判断しているのだ。本願寺はもう摂津には居ない。左少将様が摂津、播磨を完全に制した以上簡単に兵を挙げるとは思えない。兄が〝如何した？〟と訊いて来た。私の心に気付いたのかもしれない。

「その後はどうなります？」

「その後？」

「朽木を倒した後です」

「……」

兄は何も言わない。いや、言えないのだ。その後の展望など無いのだろう。

「安定するまで時が掛かりましょうな。畿内は荒れに荒れましょう。阿波の大御所様も起たれるやもしれませぬ」

「……」

「誰が畿内で勢力を伸ばすのかは分かりませぬ。ですが誰であろうと公方様を信用はしますまい。左少将様は公方様を蔑ろにはしても圧迫は致しませぬ。しかし新しい畿内の主は公方様を常に圧迫致しましょう。ふざけた真似をすれば殺すと。永禄の変をお忘れになりましたか？」

兄の顔が強張った。

そうか、兄は、いや反朽木派の幕臣達はあの事件から眼を背けているのだ。公方様が弑される事など有り得ないと思い込んでいる。朽木は足利の忠義の臣だから大丈夫だとでも思っているのかもしれない。だから反朽木の声を大声で上げられるのだ。要するに甘えなのだ。左少将様に甘えている。殺されるという恐怖に曝されれば大人しくなるのかもしれない。

元亀四年（一五七六年）　五月上旬　　山城国葛野・愛宕郡　　細川藤孝邸　　三淵藤英

「公方様を弑すというのか？」

問い掛けると兵部大輔が〝そうなるやもしれませぬ〟と言った。

「兄上、公方様は新しい畿内の主を認められますかな？　朽木に代わって畿内の覇者になるのです、相当大きな勢力を持っている筈。或いは朽木よりも大きいやもしれませぬ。朝廷もその者を頼りに致しましょう。それを公方様が御認めになられると思いますか？」

「……」

弟が私を見ている。暗に認められまいと言っている。その通りだ、御認めにはなるまい。

「また密書を出しましょうな。そうなれば新しい畿内の主もそれに気付く。となれば公方様が居る限り、戦は無くならぬと判断しましょう。違いましょうか？」

声と眼に皮肉な色が有った。

「主殺しが許されると思うのか？」

「殺さなければ殺される。そうなった時、躊躇うと思われますか？　朽木の様になりたくないと思えば躊躇いますまい」

「……大き過ぎる大名がいかぬのだ！　将軍の権威を守るには邪魔だ！　幕府の威光が届かぬ！」

「ならば自ら兵を挙げ相手の領地を切り取れば宜しゅうござろう！　公方様御自らが大きくなれば大名を邪魔に思う事も無くなりましょう！　将軍の権威も幕府の威光も、どちらも守られる！」

「！」

弟が強い眼で私を睨んでいた。思わず盃の酒を飲み干した。弟も同じ様に飲み干した。

「そのような事、出来るわけが無かろう！」

「左少将様はそれをやりましたぞ！」

「！」

「朽木は元は八千石の小領主でありました。だが近隣を攻め獲り今の身代を築いた。死に物狂いで今の朽木を作ったのです。朽木だけでは無い、織田、上杉、毛利もそのようにして大きくなったのです！」

「……」

弟が荒い息を吐いている。一際大きく息を吐いた。

「公方様が真に幕府を再興させ将軍の権威を確立すると御考えなら他の大名を使うのではなく自ら兵を挙げられるべきでしょう。そして自らの力で左少将様と戦う。それこそが武家の棟梁、征夷大将軍では有りませぬか？……それが出来ぬのであれば左少将様と協力する事で幕府を守るしかない。今の様に他の大名を唆すだけでは信を失うだけです」

途中から弟がなげやりな口調で言った。出来ぬと思っているのだ。戦う事も協力する事も出来ぬと見ている。実際無理だろう。

公方様の疑念を確認するために敢えて弟に暗殺の話を持ちかけた。霜台に漏れたと知った時、弟が漏らしたのだと確信した。その心底に有る物も今分かった。公方様の御為にならぬとは言っているが弟は明らかに公方様に対して不満を持っている。朽木に靡いたのではない、公方様への、今の幕府への不満なのだ。その無力さに苛立っている。いずれは公方様を見限って朽木に靡くだろう。公方様の杞憂では無かったのだ。

かねての手筈通り、病になろう。公方様の見舞いの使者が来る筈だ。使者には〝公方様に御仕え出来ぬ事は無念だ〟と伝える。それで公方様には弟が裏切ったと分かる。

弟が盃に酒を注いでいる。そして一息に飲んだ。飲んだ後に軽く笑った。部屋に入って来た時には表情に鬱屈した物が有った。だが今はそれが無い。ずっと胸の内に秘めていたものを吐き出した解放感が有るのであろう。

弟はどちらかと言えば大名に融和的であった。公方様の御考えよりも大名の都合を重視するところが有った。現実的であったのかもしれぬがその事が私は不満だった。もしかすると私が弟の心を圧し潰していたのかもしれない。その事が弟の心を公方様から離れさせたのか……。

決別だな。もう弟とは同じ道を歩めまい。弟も心の内を曝け出した以上、朽木への傾斜を一層強めるだろう。そして共に酒を飲むのもこれが最後になる。……幕臣でありながら公方様を裏切り朽木に付いた。たとえ弟であろうと殺さねばなるまい。最後の酒だ、それがどれ程苦かろうとゆっくりと味わおう。その苦さが私と弟が兄弟だという証なのだから……。

外伝XIV

輿入れ

[こしいれ]

あふみのうみ
みなもがゆれるとき

朽木基綱

元亀四年（一五七六年）　八月下旬　　越後国頸城郡春日村　　春日山城　　直江景綱

「大和守様、この長持は？」

長持を担いだ若い二人組が訊ねて来た。額には汗をかいている。

「何が入っておる」

「はっ、竹姫様の御召し物にございまする」

「ならば、その、ええと、なんじゃ、そう、その箪笥《たんす》とかいう物の前に置け。女共が中身を移す」

部屋の奥を指し示すと長持を担いだ男達が〝はっ〟と答えて奥へと向かった。女達が〝こちらへ〟と嬉しそうに声をかける。竹姫様の御召し物を見るのが楽しいらしい。

それにしても箪笥か……。少将様が特別に作らせたと聞くが上杉家の家紋、竹に二羽飛び雀と朽木家の家紋、隅立《すみたて》四つ目結が描かれた見事な蒔絵《まきえ》よ。美しさも際立っておるが長持に入れるよりも遥かに便利だと女達が言っておった。越前守殿御内室様も欲しがっておられる。越後でも流行るやもしれぬな。

「この長持は如何致します？　中には貝合わせ、それに毬等が入っております」

今度は別な二人組が訊ねて来た。この二人も額に汗をかいている。

「それは隣の部屋じゃ。倅の与兵衛尉に聞け」

「はっ」

長持を持った男達がくるりと背を向けて隣の部屋に向かった。

「大変でござるの、大和守殿」

声のした方に眼を向けると三人の男達がニヤニヤと笑っていた。声をかけてきたのは山本寺伊予守定長殿、後の二人は上杉十郎景信殿と千坂対馬守景親殿だ。面白がっておるな、不届きな！

「そう思うのなら少しは手伝っては如何じゃ」

「いやいや、某はこういうのは苦手でござってな」

「戦ならば喜んでお手伝いするのじゃが」

「真、自分の嫁取りだけで懲りましたわ」

三人が笑いながら手を振っている。

「冷やかしに参られたか」

「いや、そうではござらん。直江津の湊には沢山の船が来ているとか。竹姫様の嫁入り道具を運んで来たと聞いたので一体どれほどの物かと思いましてな、見に来たのでござる」

山本寺伊予守殿が笑っている。結局は冷やかしかと思ったが朽木家の財力、武力を示す機会でもある。喜平次様の御為にもなる。

「船は嫁入り道具を運んで来た物だけでは無い。護衛の船も有る。大筒を備えた南蛮船じゃ。合わせればざっと百隻程は来ておろう」

〝百隻〟と伊予守殿が呆れた様な声を出した。

「嫁入り道具じゃがそれ、そこに鏡台がござろう」

三人が鏡台に視線を向けた。

「下の台は螺鈿《らでん》じゃが上の鏡は南蛮渡来の物じゃ。鏡の裏は銀を塗っておると聞いた」

〝銀〟と声が上がった。そして溜息が聞こえた。螺鈿だけでも相当なものだが南蛮渡来の鏡、それに銀。どれほどの銭を使ったのか……。

「隣の部屋には竹姫様がお使いになる耳盥《みみだらい》が有るが蒔絵作りの見事な品よ」

「螺鈿に蒔絵でござるか」

十郎殿が首を横に振っている。

「南蛮人が螺鈿と蒔絵を好むらしい。朽木領内では螺鈿と蒔絵が盛んなようじゃ」

〝なるほど〟と対馬守殿が頷いた。これまでにも何度か螺鈿、蒔絵の品が少将様より御実城様に贈られている。

「文台、硯箱もある。いずれも見事な出来栄えの品じゃ。硯は端渓《たんけい》の逸品じゃ」

〝端渓！〟と千坂対馬守殿が声を上げた。他の二人は曖昧な表情だ。どうやら端渓の価値は分からぬらしい。

「大和守殿、眼は有るかの？」

「有る、水巌《すいがん》じゃ」

対馬守殿が大きく息を吐いた。わざわざ明から取り寄せた品じゃ。盗まれぬように警備の者を付けねばならぬな。

「大和守様、これは？」

若い男が太刀の載った三方を持っている。

「それは喜平次様への引き出物じゃ。喜平次様の御部屋に持っていけ」

男が〝はっ〟と言って持っていこうとすると伊予守殿が〝待て待て〟と声をかけた。

「その太刀、朽木物であろう。銘は？」

若い男が〝さあ〟と言って首を傾げた。

「見て良いかの？」

伊予守殿が私を見た。後の二人も私を見た。太刀を見たいらしい。

「何を考えておられる。少将様よりの婿引き出物でござるぞ」

「それは分かっておるが」

「目録には〝正興〟と有った。ほれ、早う持っていけ」

男が足早に立ち去ると伊予守殿が〝正興か〟と言ってホッと息を吐いた。切れ味の良い刀を造る名工と評判が高い。だが越後にはなかなか朽木物は入らぬ。そう言えば竹姫様の御道具にと薙刀が有ったな。あれも正興であった。

「太刀などよりその屏風を見られては如何じゃ」

「屏風？」

三人が奥に有る屏風を見て訝し気な表情をした。

「天下に二つと無い品じゃ。近寄って見られるが良い。但し、触ってはならぬぞ」

三人が屏風に近寄った。六曲一双、桜の花びらが舞い散る絵が描かれておる。狩野永徳の作じゃ。

「なにやら色紙が貼ってあるが……」

「越の海？　渡る舟人？　和歌か。ん、……正三位権中納言甘露寺経元？」

〝なんじゃ、これは！〟、〝正三位！〟、〝権中納言！〟と声が上がった。三人が私を見た。

「京の堂上の方々から御和歌《おうた》を頂いたそうじゃ。それを色紙に書いて屏風に貼ったのよ」

「……」

「畏れ多い事では有るが帝、東宮様の御和歌も有ると聞いている。詠み人知らずとなっている御和歌がそうじゃ」

溜息が聞こえた。気持ちは分かる。自分もこの屏風の事を知った時は溜息が出た。間違いなく上杉家の家宝よ。どの大名家もこれほどの家宝は持っておるまい。

「その和歌を色紙に書かれたのが飛鳥井権大納言様じゃ。権大納言様は少将様の伯父君でもあるが飛鳥井家は能筆の家としても有名での、権大納言様御自ら御筆を執られた」

「……」

三人が声も無く屏風を見ている。聞こえているかな？

「如何じゃ、天下に二つとない品で有ろう。今回の婚儀で上杉家、朽木家の結び付きは今まで以上に強まった。朝廷もその事を喜んでおられるという事よ」

また溜息が聞こえた。どうやら聞こえていたらしい。京の公方様はこの婚儀に反対であったようだが屏風には公方様の御和歌も有る。公方様も正面切って少将様とは争えぬという事じゃ。そして竹姫様の後ろにいるのは少将様、関白様だけではない。朝廷も付いているという事。三万人の行列の件も有る、竹姫様だけでは無い、婿の喜平次様を軽んじるなど許される事では無いと皆も理解するだろう。少将様の御配慮には真に頭が下がる。

「大和守様、この長持は？」

また来たか。

「……中はなんじゃ」

「雛人形にございまする」

「隣の部屋じゃ。倅の与兵衛尉に聞け」

〝はっ〟と答えて長持を持った男達がくるりと背を向けて隣の部屋に向かった。別な男達が長持を担いでこちらに来る。あと幾つ有るのか……。真、戦の方がましじゃの。


元亀四年（一五七六年）　八月下旬　　越後国頸城郡春日村　　春日山城　　長尾政景

皆から少し離れた場所に直江大和守が座っていた。幾分憔悴しているようだ。ここ最近は竹姫様の輿入れで忙しかった。その所為だろう。近付いて隣に座った。

「大和守殿、此度は御疲れでござろう。先ずは一献」

「忝のうござる」

直江大和守が盃を差し出したのでそれに酒を注いだ。大和守が一口酒を飲んで盃を置いた。ふむ、疲れでは無く体調が良くないのかもしれぬ。普段なら飲み干す所だ。

「盛況でござるな」

「真に、……喜ばしい事にござる」

二人で大広間を見渡した。大広間は喜平次と竹姫様の婚儀を祝う者達で溢れている。越後、関東、信濃、越中、飛騨の国人衆、その殆どが使者では無く自らこの春日山城に集まった。勿論、この中には御実城様が倒れた事で上杉家の家中に異変、動揺が無いかと探りに来ている者も居よう。だがこれだけの人数が集まったという事は誰もが無視出来ぬ筈だ。喜平次の立場も一層固まろう。

「御疲れの様だが」

問い掛けると大和守が苦笑を浮かべた。

「歳ですな、御実城様が御倒れになってから此処まで思いの外に堪えました。そろそろ隠居して婿の与兵衛尉に任せようかと思っており申す」

大和守は御実城様の信頼厚い重臣であった。御実城様が御倒れになって気落ちしたのかもしれぬ。

「今少し、御助け頂きたい」

「……出来る限りの事は……」

顔を寄せ互いに小さな声で話し合った。上杉家の家督相続、関東管領職への就任、まだまだ喜平次には越えなければならぬ壁が有る。それにはこの男の力が必要だ。

「越前守殿、大和守殿」

いきなり名を呼ばれて驚いているとドンと音を立てて前に座った者が居た。一人では無い、三人。高梨摂津守政頼、須田相模守満親、井上左衛門尉昌満。三人とも信濃の国人衆だ。

「此度の婚儀、真に目出度い。これで上杉家は朽木家、近衛家と縁戚になった」

摂津守が大声で言うと後の二人が〝目出度い〟、〝将来《さき》が楽しみじゃ〟と続けた。

「何でも婿引き出物として鉄砲三百丁を頂いたと聞いたが真かな？」

相模守が興味津々と言った表情で聞いて来た。

「真にござる。鉛玉に火薬も付いており申した。ざっと四千発分程は有り申そう」

「四千発か、大したものじゃのう」

「豪儀じゃ」

「上杉家の武備は一層厚みを増したぞ」

大和守が答えると三人が其々《それぞれ》に嘆声を上げた。喜平次には正興の太刀も送られてきた。だが鉄砲三百丁、弾薬四千発の方が周囲に与える影響は大きい。近江少将様は本気で喜平次を支えようとしていると皆も見る筈だ。

「越前守殿、竹姫様はどのような御方かな？」

左衛門尉が小首を傾げながら訊ねてきた。

「未だ八歳ですからな、童女にござる。なれどいずれは美しく御成長なされましょう。大らかで物に拘らぬ御気性と見受けましたぞ」

三人が頷いている。

「それは楽しみじゃ。後程、御挨拶させて頂こう」

摂津守の言葉に相模守、左衛門尉が頷いた。

「村上殿、小笠原殿も来たがったのだが武田を抑えるという仕事が有る。宜しく伝えてくれとの事でござった」

「御丁寧に痛み入る」

「村上殿、小笠原殿に良しなにお伝え願いたい」

儂と大和守が答えると摂津守が〝越前守殿、大和守殿〟と声を掛けてきた。

「我等信濃の者達は一度は武田に領地を奪われ越後に逃げ申した。常の事ならそのまま上杉家の客将、家臣となって終わりでござったろう。だが関東管領殿の義侠心と近江少将様の御助言にて我等は信濃に戻る事が出来た。有り難い事にござる。この御恩、決して忘れてはならぬ。何時か応えねばならぬと思っており申した……」

「……」

「此度、少将様の御息女を上杉家に迎えられる事、真に目出度い。我等信濃の者達、これまで以上に期待に応える所存。甲信の事は心配要りませぬぞ」

摂津守の言葉に相模守、左衛門尉が大きく頷いた。

「御気持ち、忝い」

「礼の申しようもござらぬ」

我等が礼を言うと三人が席を立った。そうか、この三人はそれを言いに来たのだ。信濃の国人衆にとっては御実城様は恩人であったが喜平次はそうではなかった。だが竹姫を妻に迎えた事で近江少将様を通して繋がりが強くなったのだ。

竹姫を喜平次の妻にと願い出た時はそこまで考えての事では無かった。喜平次の後見をと考えただけだった。だがこの繋がりは重視しなくてはならぬ。喜平次の代になっても上杉家と信濃の国人衆の繋がりは維持される。それは喜平次の強みだ。なるほど、喜平次も信濃の国人衆を大事にする事になるだろう。恩に報いるという気持ちも有るだろうが中々に強かな交渉をするものよ。大和守も苦笑を浮かべている。

「何でも屏風には和歌が書かれているそうだな」

「公家の方々の和歌らしい」

「畏れ多い事では有るが帝の和歌も有ると聞いた」

三人が声高に話しながら歩いている。そうする事で皆に屏風の事を、朝廷と朽木家の繋がりを認識させようとしているのだろう。

〝ドン〟と外から音が聞こえた。

「おう、なんじゃ」

「花火じゃ」

「綺麗じゃのう」

皆が廊下に出て外を見ている。夜空には大輪の花が咲いていた。また〝ドン〟という音と共に花が咲き歓声が上がった。

「朽木家が此度の婚儀を祝って花火を打ち上げているのよ」

「なるほど、花火を愛でながら酒を飲むか。風流じゃのう」

彼方此方から声が上がった。この花火、皆が忘れる事は無いだろう。そして喜平次の後ろには朽木家が付いているという事も……。

取引相手は手練れ①

若狭出身の大商人
組屋源四郎
一番の古株
うふふふふ
基綱様は御武家様には惜しゅうございますなァ♡
キセル狐
同じく
古関利兵衛
敦賀に活動拠点を移して以降
ケタケタケタ
ますます流通も取引もウハウハですわ〜
山陰筋担当
ゆでわ猿
同じく
田中宗徳
田中は羽前・羽後方面の物産の流通担当ですがね
ンフフフフ…
まあ正直申し上げて…
儲けますすなァ
現代の山形・秋田方面
ソロバン狸
殿…銭の重みで倉の底が抜けたのですが……?
ゴゴゴゴ
ああ…うん
すまん平九郎
御倉奉行

平九郎は胃が痛い。

取引相手は手練れ②

駿府で米の売買をしている（八門の仕事である）
元・高島越中
お金大好きマン
天職です!!
堺で刀・武器京で漆器を扱っている
桔梗屋・葉月
お得意様には多少値段はお安くしておりますぞー♡
ゆるふわ巨乳
うん…儲けが止まらない…ノンストップ銭…この時代現金《キャッシュ》(物理)しかないし…
明から銅銭を輸入したから…銭が…銭が腐るほど有る…これは…また……
殿…
ギン
また倉の底が抜けましたぞ
もっと銭を使

☆儲けてるのに叱られる当主——!!

コミカライズ
出張版おまけまんが。

またもやお呼びいただきまして
ありがとうございます!!
これを書いている今、世の中は大変
なことになっておりますが…、少し
でも癒しや笑いや興奮、涙等の
エンタメを、原作同様、届けられて
いるといいな〜と思っております。
コミカライズでは 元服→祝言も
（やっと!!）
済み、まもなく4巻発売です!!
こちらもどうぞ よろしく
お願いいたします♡

梅丸改め
元服後の
主税基安くん
いい男になれよ〜
もとむらえり☆
2020.04.XX

おじゃるでマッチョな

あれは関白近衛殿下…
ほほほほ
麿の屋敷でおじゃるが…
ムキムキッ
パチン
どん!!
ばん
!!!!
もりもりっ
…殿
近衛様の公家らしからぬあのお身体は一体
鍛え方を伝授していただきたいほどでご…
あーあのおじゃマッチョな
俺に聞くな…

どんな鍛え方をするとそうなるの…。

あとがき

お久しぶりです、イスラーフィールです。

この度、「淡海乃海 水面が揺れる時 ～三英傑に嫌われた不運な男、朽木基綱の逆襲～七」を御手にとって頂き有難うございます。

今年の三月二十五日（水）～二十九日（日）の期間、場所は新宿村ＬＩＶＥにて舞台『淡海乃海─現世を生き抜くことが業なれば─』が公演されました。コロナ騒動の中、細心の注意を払っての公演でした。来られない方のために YouTube LIIVE でも配信しました。自分は初回、土曜日、日曜日の最終公演と三回観ましたが三回とも引き込まれて二時間の上演時間があっという間に過ぎました。最終公演ではトリプルカーテンコール、スタンディングオペレーションでキャストさんを迎えたのですがその時には涙が出そうになりました。書籍とは全く別なものなのですが本当に素敵な劇だったと思います。キャストの皆さん、スタッフの皆さん、イラストで御協力頂いた碧風羽様、もとむらえり様には改めてこの場でお礼を言わせていただきます。本当に有難うございました。コロナ騒ぎの中で足を運んで下されたお客様にも心から感謝を。そしてＴＯブックスさんが「淡海乃海」を舞台化しようと決断された事にも感謝しか有りません。「淡海乃海」の世界がまた一つ大きく広がったと思います。有難うございました。舞台を収録したＤＶＤが八月予定で発売されます。既に予約も開始されています。本当に素敵な劇で

すので多くの方に観て頂ければと思います。（私の書いたＳＳも付いています）

既にご存じかと思いますがこの七巻が発売される頃にはコミカライズの四巻、そして「淡海乃海」のＩＦシリーズ「羽林、乱世を翔る」の第一巻の七月発売が情報公開されていると思います。まあ何と言いますか、ＩＦシリーズ「羽林、乱世を翔る」については本当に良いの、と半信半疑な思いも有りますが楽しんでいただければと思います。そして「淡海乃海」の第八巻も原稿の準備に入ります。もうしばらくお待ちください。

さて、第七巻ではついに足利義昭が挙兵します。義昭と基綱がはっきりと決裂するのです。そして義昭は毛利と組み基綱は朝廷と組む。基綱と義昭の対立は基綱と毛利の対立でもあり幕府と朝廷の対立でもあるのです。その対立の間で多くの者が選択を迫られる事になります。間違えれば滅ぶ事になる。対立が激しくなればなるほど選択肢も少なくなる。生き延びる事が難しくなるのです。そして朽木家では徐々に次の世代が表舞台に登場してきます。その辺りを楽しんでいただければと思います。

今回もイラストを担当して下さったのは碧風羽様です。素敵なイラスト、本当に有難うございました。これからも宜しくお願いします。そしてＴＯブックスの皆様、色々と御配慮有難うございました。編集担当の新城様、今回もまた大変お世話になりました。皆様のおかげで無事にこの本を出版する事が出来ました。心から御礼を申し上げます。

最後にこの本を手に取って読んで下さった方に心から感謝を。

第八巻でまたお会い出来る事を楽しみにしています。

二〇二〇年四月　イスラーフィール

コミックス2話
試し読み

あふみのうみ

みなもがゆれるとき

朽木基綱《くつきもとつな》

第二話

朽木 岩神館
朽木《くつき》民部《みんぶ》少輔《しょうゆう》 竹若丸
こちらが越後の 長尾《ながお》弾正少弼《だんじょうしょうひつ》だ
第十三代将軍 足利《あしかが》 義藤《よしふじ》
長尾弾正少弼 景虎でござる
ペコリ
某《それがし》は朽木民部少輔 稙綱
これは孫の 竹若丸にござる

竹若丸は未だ幼いが
中々の軍略家だ
我が孫ながら
先が楽しみでござる
!
!!
やめろおいそんな目で見るな
俺は未だ五歳だぞお前らも
公方様のおっしゃる通りだ
………
竹若丸様はまだ幼いながら
………
頼むから余計な事を言うなよ
待て景虎君冗談だって分かってるよな？そんなに睨むんじゃない

それはいったいどのような軍略でありましょう
!
先ほども言ったが六角と朝倉の反応がよくないのでな……
公方様
ちょっ…
心配性だのう竹若丸は
だが案ずるな弾正は信用できる男だ
…そうではありません
長尾弾正少弼様は越後のお方
越後の隣は越中でございます

あっ
一向一揆の占拠地
長尾
越後
越中
越前
仲悪い
その軍略は一向門徒を使うことを考えておられますのか？
うむ まあそうだ
チッ
某《それがし》は気にしておりませぬ 公方様 お続け下さい
いや 止めよう どうせ上手く行かぬ策だからな
弾正を不快にさせることはない

上手く行かぬのですか？
竹若丸は上手く行かぬと見ている
0.8万石
朽木
朝倉50万石
100万石
六角
三好170万石
だが大事なのは予が六角 朝倉の助力をただ待つのではなく
自ら事を起そうと努力することだと竹若丸に言われた
その姿勢が何時か六角 朝倉の心を動かすだろうと
はー
…予もそう思う
予が六角 朝倉の心を動かせた時京に戻ることができよう
仰せの通りにございます
…『竹若丸に言われた』？

朽木…
竹若丸…
その方が次に京に上る時は予がその方を迎えよう
はっ
楽しみにしております
その夜
ヒイイイ
ちょっ
景虎のやつどんだけ清酒飲むんだよ!
義藤に会うためじゃなくて清酒飲むために来たんじゃないのかっていうかただでさえ白米も食べれないってのに
こんの元祖邪気眼系中二病大酒飲みがああああ!

景虎は
岩神館に泊まり
翌日越後への
帰国の途に就いた
もう来んな大酒飲みめ
?
いかがなされました?
弾正様
――……
朽木の
竹若丸殿は
御年
五歳と聞く…

わずか五歳で一向門徒を使う軍略など
思いつくものだろうか
…末恐ろしい小童だな…
某より二十弱も若い
成長した暁には朽木はどうなることであろう
朽木竹若丸
括目すべき男だ

長尾弾正が朽木にいる義藤の元を訪れたという噂は
またたく間に各地に広がった
高島七頭
朽木ごときが…公方様がいるからと調子付きおって
高島七頭の頭領はこの高島だ！
高島越中
朽木は勝手に税率を下げているらしな
四公六民だぞ？
ここ三年で見違えるほど豊かになってきておる
関所も勝手に廃止したようだが
いったいどういうことだ

六角
朽木の当主が晴綱の倅になってから
朽木は変わり始めた…と？
確かに朽木は豊かになっておるな
越後の長尾弾正も朽木を訪ねたそうだが…
六角家当主
六角《ろっかく》左京大夫《さきょうだゆう》義賢《よしかた》
所詮は八千石
所詮は五歳の童
泳がせておいても問題あるまい
うちの息子と変わらぬ年頃ではないか

朽木の小倅だと？
五歳など…俺のほうが三つも年上ではないか
三好
三好長逸《みよしながやす》
――妙な童子がおりますな
大叔父上もそう思われるか
随分と怖いことを考えるもので

しかし成りますかなこの策
先ず成らんと思う
しかし妙な童子よまだ五歳か……
祖父の後見を受けて当主となっているようだが傀儡ではないな
朽木か
朽木竹若丸……
童子のことは如何なされます？

…できれば味方に付けたい
朽木は鉄砲 刀 澄み酒 椎茸 石鹸 塗り物 綿糸と産物が豊富じゃ
あの童子が当主になってから豊かになったと聞く
それに宮中の飛鳥井《あすかい》とも縁続き 帝にも近い
童子が三好に付いてくれれば十年後 二十年後が楽しみよ
倅の孫次郎の良い相談相手にもなる
コクン
朽木が三好に付けば将軍家に大きな打撃を与えられましょう
朽木は将軍家にとって忠義の家
それが三好に付けば安全な隠れ家を失うことに成ります

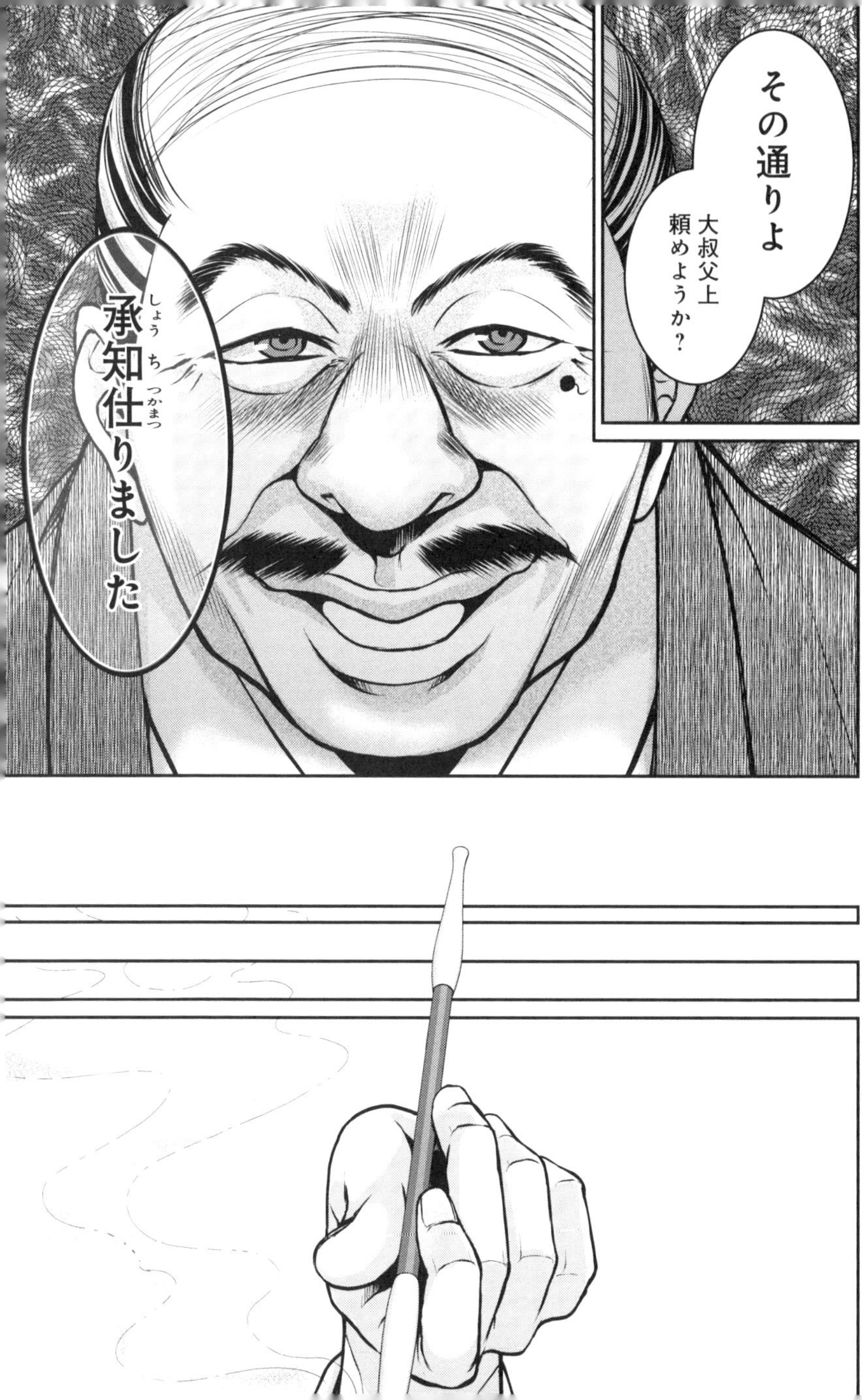
その通りよ
大叔父上 頼めようか？
承《しょう》知《ち》仕《つかまつ》りました

朽木から依頼された
三百貫にて
秋の新米を買えるだけ——と☆
どん
組屋さま
朽木は羽振りがいいですね
商人も領民も皆言ってますよ朽木は活気があると

うふふ
何を今さら☆
組屋はとっくに知ってましたよ♥
竹若丸様は金の力を知っている
この組屋と同じ匂いがする
三年前
――それと竹若丸がこれからも米を頼むことになるだろうと言っておった
もし余力があるのなら値が上がる前に買い付けておいたほうがよかろうと

ほう 朽木様は買い入れる余裕がありませぬか？
それもあるが
正直に言えば米を置く場所がない
朽木城は狭いのでな…
なるほど それは失礼☆
改めて買う時はその時の相場で買うと竹若丸は言っておる
宜しいのですかな？
構わぬ
互いに儲けることで良き関係を築きたいとのことじゃ

…それはそれは…
ありがとうございます
では　そのように
ところで　組屋
そなた　竹若丸を　どう思う？
組屋は　商人で　ございます
商人は　利を得るのが　仕事
されば　儲けることが　できない相手とは　付き合いませぬ
……なるほど

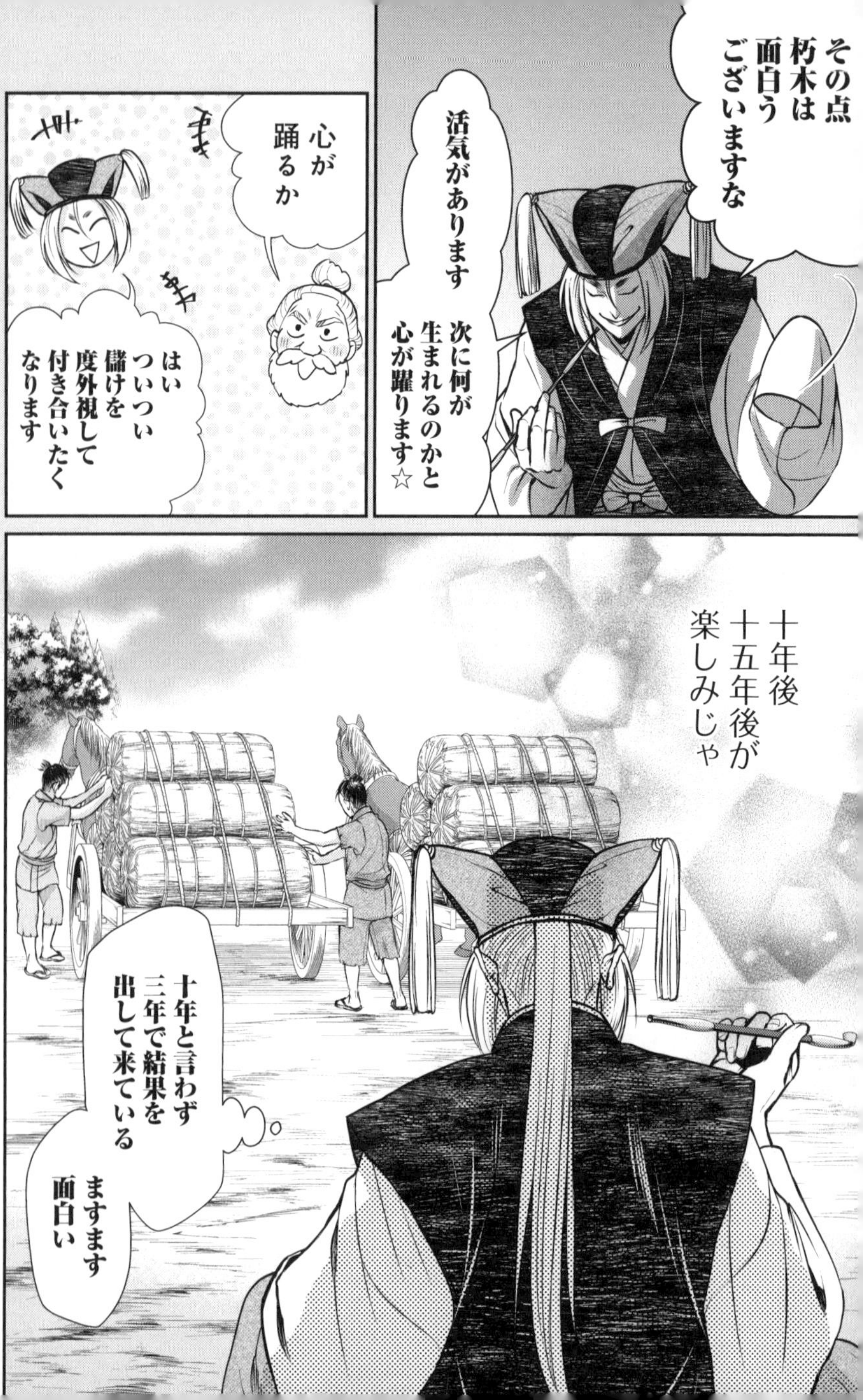

その点
朽木は
面白う
ございますな
活気があります
次に何が
生まれるのかと
心が躍ります☆
心が
踊るか
はい
ついつい
儲けを
度外視して
付き合いたく
なります
十年後
十五年後が
楽しみじゃ
十年と言わず
三年で結果を
出して来ている
ますます
面白い

まだまだ楽しませてもらいますよ☆
竹若丸様♥
十月
朽木城
母上 竹若丸にございます 入っても宜しゅうございますか
どうぞ
竹若丸の母
朽木《くつき》 綾《あや》
おはようございます母上

十月に入って
大分涼しく
なってきました
そうですね
朝晩は
肌寒く感じる
時もあります
コクコク
真《まこと》に
コクリ
今年は
米の出来は
例年並みだそうです
そうですか
去年は豊作
だったのに
……残念ですね

仕方がありません
毎年豊作というわけにもいかぬでしょう
凶作でないだけましです
米をめぐって戦になる
……！
——その通りだ
戦が起きるだろう
でもそれを五歳の子供が指摘するなど——
この子は何者なのだろう

――塚原卜伝《つかはらぼくでん》殿の教えを受けた兵法者が四人朽木に来てくれるそうです
――そろそろ椎茸の仕込みをしようと思います
椎茸を栽培していることは朽木家の秘事として外部への口外や流出は絶対禁止ですので母上にも手伝っていただきます
岩神館の庭は見事ですがそれだけでは飽きてしまいます
公方様の無聊《ぶりょう》をお慰めできればと考えています
師走《しわす》になれば飛鳥井の御爺様伯父上様に澄み酒と干し椎茸石鹸 漆器を送ろうと思っております
今年も帝への正月の献上をお願いしようと考えておりますので
母上からもお口添えをお願いします
わかりました
お邪魔しました

ふぅ…
私は未だ慣れない
何時かこの現実を受け容れられるのだろうか……
十二月
越後の景虎から…
手厚いもてなしありがとう
お酒が美味しかった
また飲みたい
後でじっくり軍略について話したい
…まあまとめるとこういうことだよな

軍略うんぬんは社交辞令だろうな
たぶん酒を寄越せってことだろうな
あとで組屋にたのむか…
殿
いささか厄介な問題が起こりました
京へ送りました荷が強奪されましたぞ
日置五郎衛門《ひおきごろうえもん》

山賊か
野盗の類いかな
物騒な
世の中だよなぁ
戦国の世じゃ
珍しくもないか
いえ
三好です
はあ？
三好い？

大広間
三好の考えがわからぬ
三好が奪ったのは帝への献上品だ
義藤を無視したいと思っても帝は無視できない…
竹若丸よ 三好は朽木と将軍家の親疎を測っているということはないかの
親疎を測る？
義藤は朽木に滞在 叔父四人は近侍してるのに？
……
義藤の顔を潰すことが朽木の利益なることはないぞ
わからん …已《や》むを得んな
荷をもう一度送る

三好に掛け合っていては正月に間に合わん可能性がある
畏れ多いことだが帝も心待ちにしておられるのだ
荷をもう一度送る
年明けて 一月
竹若丸
大丈夫かの
多分
しかしなあ
如何してこうなった?

三好が朽木を攻めるなんて歴史があったのか？
昨年の暮れ三好が朽木の献上品を奪った
こっちは直ぐに荷を送り直して無事正月までに届けることができた
三好家からも謝罪の言葉と共に荷が返還された
(それも飛鳥井と朝廷に献上した)
それで終わりの筈だったんだが…
事が妙な方向に進みだしたのはその後だ…

松の内も終わった頃
朝廷から三好が今回の件を俺に直接会って謝罪したがっていると言ってきた
しかも朽木に出向くと言うやつ
最初は断ったんだがな…朝廷も再度言ってきたしな…
断り続けると朝廷と三好の顔を潰すことになるからなぁ
三好は義藤の様子に関心があるのだと思ったんだが…
三千の兵を待機させて朽木谷に出向くとは…脅しか？…脅しだよな
会談は俺と使者の二人だけで行いたいとの要望があった
これでわかった
奴《三好》の狙いは朽木だ

朽木城
三好三人衆の一人
三好《みよし》孫《まご》四郎《しろう》長逸《ながやす》
じ〜〜〜
なんだコイツ稚児趣味じゃないよな
ペコ
朽木竹若丸です
本日はよくおいでなされました
いや挨拶が遅れ申した
三好孫四郎長逸にござる
昨年は当家の者がそなた様朽木家に大変ご迷惑をおかけした
改めてお詫び致す
この通りでござるお許し頂きたい

ご丁寧なこと痛みいります
過ちは誰にでもあること謝罪を頂いた以上当家は済んだことと考えております
三好様にもそのように思っていただければ幸いにございます
にこ
そのお言葉を頂き肩の荷が降り申した
忝《かたじけな》い
……謝罪は終わった
これからが本番だな
それにしてもお若い
失礼ながら竹若丸殿は御幾つかな?
今年六歳になりまする
……現当主筑前守《ちくぜんのかみ》が三好家を継いだのが十歳の時でござった
それよりも四歳もお若い……さぞかしご苦労なされたことでござろう

祖父が居り申した故左程のことはありませんでした
左様か
ホロリ
うんうん
…妙だなこれで終わりか？
ずずっ…
うまっ
焙じ茶ですな
以前から竹若丸殿にはお会いしたいと思っておった
なかなかの軍略家であられるな
怖いことを考えなさる

六角 朝倉 浅井
それに三好の眼を引き付け
一向門徒に背後を突かせる
――竹若丸殿の
策と聞いた
違うかな？
!!!

公方様が余りに御嘆きになるので御慰めになればと思ったのです
元より実現可能とは思っておりませぬ
まあ気晴らしのようなものですな
気晴らし？
何を考えておられる
何も

顔色がよろしくないが？
！
はあ？何だそれ揺さぶりのつもりか？
サラリーマン舐めるんじゃねえよ
!?

大原に三千もの兵が居りますからな
顔色も悪くなります
…三好の者は皆心配性でござってな
あれはこの孫四郎の身を案じてのこと
他意はない
某も公方様を御慰めしようと思っただけのこと
他意はありませぬ

竹若丸殿 真《まこと》 六歳かな？
同年代の者を相手にしている様な気がするのだが
見ての通り
六歳の幼児です
HAHA HA HA
まあ良い 今日ここに来たのは一向宗のことを話すためではない
そろそろ足利家への義理立てを止めては如何かな？
三好に付いては如何じゃ
…………

お主の事は調べた
若いが中々の器量人《きりょうびと》だとな
こうして話してみてその通りだと思った
だが朽木は小さいお主の器量《きりょう》を活《い》かせまい
虚《むな》しくはないかな

……
三好家なら その器量に 相応しい待遇を 与えることができる
…例えば？
三好は今 丹波《たんば》に兵を 出している
これはもうじき 埒《らち》があく その後は 若狭《わかさ》だ
朽木は若狭とも 接していよう
朽木
若狭
丹波
近江
朽木が 三好に付けば 若狭の武田は 西と南から 攻められる ことになる
制圧後は 若狭を 朽木に 任せてもよい
あえて目を 瞠って見せつつ…
怪しい もんだな

如何かな
竹若丸殿
義藤殿を
攻めろとは言わぬ
追い出してくれればよい
その後で
三好家に付いて
若狭攻めを手伝う
悪い話では
あるまい
それともまだ
足利家に
義理立て
なさるかな
……
今のお話
三好家御当主
筑前守様も
御存知のことですか？
某の一存だ
だが
大叔父である
この孫四郎
主の筑前守を
説得する
自信はある
信じて欲しい

中々の熱演だが信じられんな
主の諒承《りょうしょう》なしとはお粗末だ
ガキだと思って甘く見たか
……良いお話とは思いますが某の一存では答えを出せません
コソコソ
公方のおつき
ひょっこり
来るなって言ったのに来るからな……
朽木が裏切るかもって心配か？

竹若丸殿
御見送りは
ここまでで
結構でござる
お気をつけて
お帰り下さい
くるり
そうそう
忘れていた
先程の件
宜しく

言うと思ったよ
このタヌキおやじめ
孫四郎様筑前守様に宜しくお伝え下さい
ぱあああああ!
朽木家は
若狭一国で
将軍家を裏切ることなどできぬと

……家を潰すおつもりかな？
潰せますかな
朽木家を

……三千の兵があることを忘れたか
高《たか》が三千……
三万でも答えは変わりませぬな

淡海乃海《あふみのうみ》
水面が揺れる時《みなもがゆれるとき》
三英傑に
嫌われた不運な男、
朽木基綱の
逆襲
[著] イスラーフィール
[絵] 碧風羽《みどりふう》
第八巻 2020年夏発売予定!

羽林、乱世を翔る
（異伝　淡海乃海　水面が揺れる時）
いてん　あふみのうみ　うりん、らんせをかける
[著] イスラーフィール
[絵] 碧風羽《みどりふう》
2020年7月10日発売予定！

淡海乃海
水面が揺れる時
あふみのうみ
みなもがゆれるとき

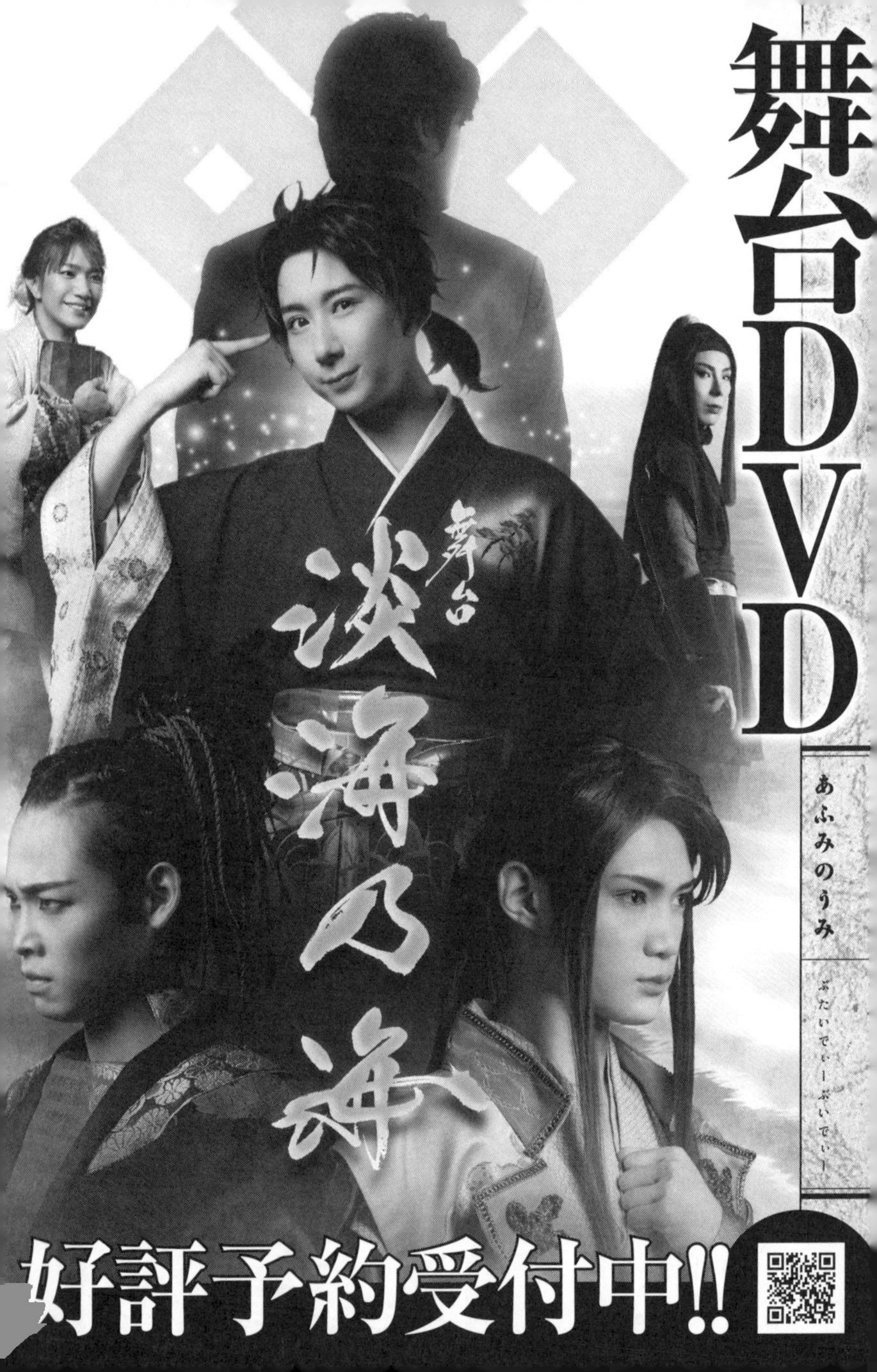

舞台DVD
あふみのうみ
ぶたいでぃーぶいでぃー
舞台
淡海乃海
好評予約受付中!!

発売決定！
特典映像＆
原作 イスラーフィール
書き下ろし
SS付き
!!
収録時間：240分予定
価格：3800円（税別）
発売時期：2020年8月下旬予定！
TOブックスオンラインストアにて

淡海乃海《あふみのうみ》　水面が揺れる時
～三英傑に嫌われた不運な男、朽木基綱の逆襲～七

2020年6月1日　第1刷発行
2020年7月1日　第2刷発行

著　者　イスラーフィール

発行者　本田武市

発行所　TOブックス
〒150-0045
東京都渋谷区神泉町18-8　松濤ハイツ2F
TEL 03-6452-5766（編集）
0120-933-772（営業フリーダイヤル）
FAX 050-3156-0508
ホームページ　http://www.tobooks.jp
メール　info@tobooks.jp

印刷・製本　中央精版印刷株式会社

ISBN978-4-86472-979-6